FERNANDO LUIZ

REFLEXO DISTORCIDO

SKULL EDITORA

Proibida a reprodução total ou parcial desta obra, de qualquer forma ou por qualquer meio eletrônico, mecânico, inclusive por meio de processos xerográficos, incluindo ainda o uso da internet, sem a permissão expressa da Editora Skull (Lei nº 9.610, de 19.2.98).

Editor Chefe
Fernando Luiz

Revisão
Maycon Silva Aguiar

Diagramação
Ronald Monteiro

Capa
Murillo Magalhães

Finalização
Alice Prince

DADOS INTERNACIONAIS DE CATALOGAÇÃO NA PUBLICAÇÃO (CIP)
(CÂMARA BRASILEIRA DO LIVRO, SP, BRASIL)

LUIZ, Fernando.
    Título: Reflexo Distorcido/ Fernando Luiz – 2021.
2° Edição | 334 pp
    ISBN 978-65-86022-23-0
    1. Policial 2. Literatura brasileira 3. Investigação
I. LUIZ, Fernando II. Título.

Índice para catálogos sistemáticos:
1. Thriller: Literatura brasileira B869
                                    CDD-B869.93
                                          82-3

Copyright © Fernando Luiz 2021
Copyright © Skull Editora 2021
Todos os direitos desta edição são reservados

SUMÁRIO

Agradecimentos 05

Prólogo 07

Capítulo 1 – Semelhança 19

Capítulo 2 – Sombras do passado 31

Capítulo 3 – A queda da empresa 41

Capítulo 4 – Mal silencioso 49

Capítulo 5 – Brincando com leões 59

Capitulo 6 – Lembranças 73

Capítulo 7 – Acionistas 99

Capítulo 8 – Quem matou walter? 111

Capítulo 9 – Balística 127

Capítulo 10 – Descobertas 135

Capítulo 11 – Reflexos 141

Capítulo 12 – Silêncio 147

Capítulo 13 – Sinais 157

Capítulo 14 – Pescador 165

Capítulo 15 – Berço de ouro 171

Capítulo 16 – Nervosinho 179

Capítulo 17 – Velhos contatos 201

Capítulo 18 – Verdades secretas 189

Capítulo 19 – Lembranças **213**

Capítulo 20 – AMTech Rio **223**

Capítulo 21 – Hereditário **237**

Capítulo 22 – Irmão **243**

Capítulo 23 – Sentimento antigo **253**

Capítulo 24 – Primo perfeito **257**

Capítulo 25 – Festa felina **265**

Capítulo 26 – Frente a frente **275**

Capítulo 27 – Vozes **279**

Capítulo 28 – Ilusão de ótica **285**

Capítulo 29 – Preciso do nome **293**

Capítulo 30 – Somente ele sabia **397**

Capítulo 31 – Quem é este homem? **301**

Capítulo 32 – A mulher que os criou **307**

Capítulo 33 – Acertando os pontos **315**

Capítulo 34 – Retrato de família **323**

Epílogo **331**

AGRADECIMENTOS

Para você que se perde no seu reflexo e vive uma eterna guerra, não é necessário ter um irmão gêmeo para ficar em dúvida. Nossa mente nos guia e nos confunde a todo tempo, mas lembre-se de que a ajuda está próxima, graças à nossa família. Somente ela pode nos tirar deste turbilhão de dúvidas e nos salvar.

Espero que gostem!

PRÓLOGO

O som da campainha ecoou pelo apartamento. Allan saiu do banheiro, enrolando-se na toalha. Não estava acostumado a receber visitas. pegou as chaves e abriu a porta. O homem do outro lado usava terno e tinha o olhar sério. Reconhecendo o visitante, Allan o deixou entrar. Suspirou, sabendo do motivo da vista, e, de costas para ele, falou:

— Ele que te mandou? — o rapaz se virou, recostando-se na mesinha ao lado da porta. — Até que demorou...

Os dois se encararam por alguns segundos. Allan exibia o abdômen tanquinho, e a pele morena deixava a água do banho escorrer. Descalço, ele se equilibrou em um pé só, escorando o outro na mesinha. André desabotoou o terno e se sentou no sofá. O mesmo corte de cabelo de sempre. Liso e para trás, evidenciando a marca registrada da família. Os fios brancos proeminentes nas laterais da cabeça. Suspirou e falou:

— Sete anos... Então, sabe que, se eu estou aqui, é porque tem que vir comigo. — o visitante o observava. — Seu pai está doente.

— O grande doutor Alcântara Machado me quer presente? Difícil de acreditar. — Allan se mantinha sério. — E quanto ao Heitor, ele me quer presente também?

— Heitor não sabe que vim atrás de você, nosso pai... — Allan se espantou com a frase. —Ele me pediu que te procurasse, quer todos juntos.

— Nosso pai... — Allan andou pela sala. Segurou a toalha branca na cintura, parando à frente do visitante. — Sabe, sempre te considerei meu irmão e, quando ele disse que você, filho da empregada, era realmente filho dele, não te recriminei. — Allan encarava o irmão. — Primeiro, você fala "o seu pai" e, depois, "nosso pai". Você ainda não o considera seu pai? Responda-me, André...

— Não estou aqui para falar de mim. — André ficou sério. — Todos esses anos, você esteve longe. Talvez o *nosso* pai esteja tentando reconciliar-se com você.

— Sabe os motivos de meu afastamento. — Allan caminhou até o quarto e pegou uma calça, voltando rapidamente. O apartamento não era grandioso, mas era organizado, não aparentava ser ocupado por um homem. — Sabe que, se eu voltar, ele vai causar problemas.

— Ele é seu irmão. — André sorriu. — Nosso, apesar dos pesares.

— Ele não mudou nada, não é? — Allan se sentou no sofá.

— Nosso pai quer todos juntos por causa do testamento. Heitor não vai ficar com a empresa só para ele. — Allan passou a mão nos cabelos, estava tenso. — O jatinho sai dentro de quatro horas.

— O que ele tem? — André encarou o irmão. Allan estava pensativo.

— Câncer... Os médicos deram para ele só seis meses. — embora tentasse se mostrar forte, Allan não aguentou. André se aproximou do irmão e o abraçou. — Venha comigo, ele precisa de você.

***

Heitor entrava no quarto dos pais. Estava claro, e havia aparelhos hospitalares em um dos lados. A cama do casal fora trocada por uma maca de hospital, sobre a qual Walter Alcântara Machado perdia toda a sua imponência. O filho engoliu em seco e se aproximou do pai. Olhou o quadro de família sobre a cama, que exibia o Walter e a Marta Alcântara Machado de anos atrás e os dois gêmeos com dez anos de idade.

— André não aparece há dois dias. Sabe me dizer aonde ele foi? — o filho olhava para o pai. Walter estava com os cabelos brancos bem ralos, a pele parecia escamosa. Os olhos, um dia verdes, estavam amarelados.

— Ele foi para Suíça. — o velho falou em tom baixo. A voz grave, hoje reduzida a um mero sussurro. — Foi buscar seu irmão. — Heitor desviou o olhar e suspirou. — Quero que se comporte, não quero que briguem.

— Eu e meu irmão nunca nos demos bem, nem parecemos irmãos. — Walter pegou a mão do filho e a segurou com força. — Vou tentar. — Heitor olhou dentro dos olhos do pai. — Seu advogado está aqui, vai redigir seu tes...

— Não fique assim, filho. — Walter falou com a intenção de acalmar o filho. Ergueu a mão, tocando o rosto do filho. Heitor chorou. — Eu sempre soube que isto iria acontecer.

REFLEXO DISTORCIDO

— Mas eu não pensei que seria assim tão rápido, caramba! Seis meses? — Heitor quase gritou. — O que vou fazer sem o senhor? — sua voz falhou.

— Está sem mim há quase dois anos, a empresa está bem direcionada, Allan vai te ajudar...

— Ãhh, Allan? O filho arruaceiro vai sentar-se no escritório e guiar uma empresa, ahh, duvido! — Heitor se levantou, nervoso.

— Eu ainda estou vivo Heitor, me respeite, seu irmão irá voltar, e, juntamente, com André, vocês guiarão a empresa. — Walter falou com todas as suas forças. — São irmãos...

— O vagabundo, o bastardo e o idiota. — Heitor resmungou.

— Que bom que sabe quem é você nesta história. — Walter tossiu. — Chame o advogado, já acabamos.

Heitor saiu do quarto, espumando de raiva, deixando o velho pai sozinho com o advogado. Desceu as escadas e se sentou no sofá da sala. Os empregados foram dispensados. Ele olhava as fotografias acima dos móveis, lembrava-se da época em que era criança. Ele e o irmão se davam bem, mas, depois de adultos, o ódio entre eles aflorou de tal forma, que ninguém pode entender. Allan, sempre viajando e curtindo a vida, e Heitor, tentando ser responsável, nem pareciam irmãos gêmeos. E ainda havia o André, filho de Walter com a empregada. O rapaz fora criado com os dois, frequentou as mesmas escolas e cursos, tornando--se auxiliar do pai, motorista e advogado da família.

O som de chaves despertou Heitor. André entrava com duas malas nas mãos. Parou ao ver o irmão e esperou a reação. Allan entrou meio que receoso, parou logo atrás, estático. Ele encarava o irmão gêmeo. Idênticos, pareciam um espelho refletindo a imagem um do outro. Heitor se levantou e, sem dizer nada, saiu da sala, subindo a escada, dirigindo-se até seu quarto.

— Foi melhor do que imaginei. — André falou, tomando ar. Colocou as malas no chão.

— Isso é só o primeiro ato, é sempre tedioso no teatro. — Allan sorriu. — É bom voltar.

— Vou avisar o pai...

— Ele não quer ser interrompido. — Heitor surgiu no alto da escada. Havia parado no corredor, contendo toda a sua raiva pelo irmão. Suspirou, controlando a acidez na voz. — O advogado está com ele. Não é estranho, André? Você não é o advogado?

— Sou parte interessada. — André falou, encarando o meio-irmão. — Como advogado, sei que isso pode causar suspeição. — silêncio — Mais alguma farpa?

André permanecia de pé, no meio da escada. Allan, no meio da sala, observa os dois trocarem ironias.

— Não erga a crista comigo. — Heitor desceu dois degraus. Parou frente a frente com o irmão, segurou-o pelo colarinho — Não passa de um bastardo.

— Heitor, ele é nosso irmão, chega disto. — Allan quebrou o silêncio e encarou o gêmeo. Heitor desceu os degraus, aproximando-se de Allan.

— O que você faz aqui, veio para pegar a sua parte da herança e sumir novamente? — a tensão entre os três era grande.

— Vim me despedir do nosso pai, ouvi-lo e sepultá-lo. — Allan engoliu em seco. — E... Tentar me reconciliar com o meu irmão.

— As palavras perdem o charme depois que são ditas, meu irmão. — Heitor pousou a mão no ombro de Allan de forma irônica, passou por ele e pegou as chaves do carro, que estavam sobre a mesinha ao lado da foto da mãe dos dois. — Pode ficar até que tudo isto acabe, mas peço para ir embora logo depois. E, fique calmo, não tenho mais aquele revólver.

Heitor saiu, batendo a porta. Allan se virou e encarou André.

— Viu? O segundo ato é sempre emocionante.

Às sete horas da noite, o advogado saiu do quarto. Allan, sentado no sofá, observou o velho, de cabelos grisalhos e terno de risca de giz preto, descer as escadas. André acompanhou o homem até a saída da propriedade e, quando retornou, estava com os olhos marejados.

— Chorar no jardim faz bem. — ele encarou o irmão. Allan suspirou e se levantou do sofá. Subiu as escadas devagar e se encaminhou para o quarto do pai. Ficou parado na porta, com medo de abri-la. Deu dois toques levemente e a abriu. Estava tudo escuro. Deixou a porta aberta, seguiu até a lateral da cama e acendeu o abajur.

— Oi, pai. — Walter abriu os olhos. — É o Allan, eu vim.

— Juro que pensei que não viria. — Walter ergueu a mão e tocou o rosto do filho. — Já se encontrou com seu irmão?

— Sim. — Allan sorriu. — Não se preocupe, ergui a bandeira branca, e ele também, pelo senhor. — Allan segurou a mão do pai.

— Só espero que não se matem depois disto. — Walter tossiu.

— Pai, sei que fui um covarde... Afastar-me. — Allan ficou calado.

— Você é meu filho, esqueça o passado. — Walter o olhava com atenção. — Casou-se?

— Não. — Allan recostou-se na cadeira. — Estou bem assim.

André bateu na porta antes de entrar e se sentou do outro lado da cama.

— Quero que vocês liguem para o advogado pela manhã. Ele irá ler o testamento para vocês. — Walter olhou para André. — Fiz de você diretor majoritário da empresa...

— Pai, mas e o Heitor? —André se espantou. —Ele merece mais do que eu.

— Eu decido quem merece. — Tossiu. — O que ele vai ler para vocês é somente uma cláusula. A divisão dos bens e todo o resto só serão feitos quando eu me for. — Allan colocou as mãos no rosto. — Heitor estará presente e entenderá. Allan! — o rapaz o encarou. — Quero que os ajude. Depois de tudo encaminhado, poderá voltar à sua vida, mas, antes disso, deverá cuidar do que é seu.

— Sim, pai.

— Ligue para os empregados. Diga-lhes para voltarem aos seus trabalhos. — Walter sempre conduziu a família, mas, desde que descobriu a doença, manteve-se ausente. As ordens são passadas aos filhos, para que façam valer sua autoridade.

André obedeceu ao pai e saiu. Allan permaneceu com o pai. Embora o pai lhe dissesse para esquecer o passado, o rapaz não conseguia. Passou a noite tentando sanar os problemas de anos atrás.

De manhã, Allan foi acordado pela empregada. A mulher o encarou e sorriu.

— Que bom que voltou, senhor Allan. — O rapaz vestiu a camisa e se sentou na beirada da cama.

— Quantas vezes terei de dizer que não gosto que me chame de senhor? — ele sorriu.

— Uma vez mais e, depois, mais uma. — ela se sentou na cama. — Temo que seu irmão não aceite o seu retorno.

— Não pretendo ficar, Ivanna. — ele suspirou. — Que horas ele chegou ontem?

— De madrugada, logo depois que cheguei. — Ivanna era empregada da família há anos, cuidou dos gêmeos e de André quando eram jovens. — Bêbado.

— Vai ser complicado. — espreguiçou-se, passando a mão no rosto e nos cabelos. Os fios brancos se misturavam aos negros.

Allan tomou um banho e desceu. Vestia camisa social preta e uma calça jeans. Estava de chinelos, mas deixou um sapato separado, para o caso de precisar. Na sala de estar, Heitor estava sentado ao lado de uma garrafa de café. Allan cumprimentou o irmão, que fechou os olhos. Estava com dor de cabeça.

— Não grite. — Heitor bebeu o café e encheu a xícara novamente. — André está com o papai no jardim. Temos um tempo para conversar.

— Sobre o que quer falar? — Allan se sentou à mesa e pegou uma xícara.

— O velho fez de André diretor majoritário da empresa, o que pensa sobre isso? — os irmãos se encaravam.

— Ele te falou? Vamos esperar o advogado chegar e entender melhor. — Allan não gostava de discutir negócios à mesa. — Ele deve ter seus motivos.

— Quando você foi embora, ele disse que havia te deserdado. — Heitor falava baixo, os olhos fundos. A cabeça ainda doía. — Aí, ele começou a se apegar ao André. — sorriu. — De filho da empregada, motorista da família, virou o advogado pessoal dele.

— Você acha que seria diferente se não tivéssemos nos "desentendido"? — Allan frisou as aspas no ar. Sabia que o que tiveram fora mais do que um desentendimento. Pegou um pedaço de torrada e mordeu.

— Não sei dizer, acho que ele se tornaria útil ao nosso pai. Afinal, o grande doutor Alcântara Machado fez com que ele cursasse Direito. — Heitor sempre carregava suas frases com ironia.

— Ele pode estar agindo assim porque sempre fez de nosso irmão o filho da empregada...

— Mas é o que ele é.

— Não, ele é nosso irmão! — Allan elevou a voz. Heitor fechou os olhos. — Desculpe.

***

No jardim, André empurrava a cadeira de rodas de Walter. O patriarca estava calado, com os olhos atentos a cada canto da casa. Seguiram pelo caminho de ladrilhos azuis até a piscina. André virou a cadeira, deixando o pai visualizar a mansão. Sentou-se na grama, ao lado do pai. Walter pousou a mão sobre a cabeça do filho. O rapaz segurou a vontade de chorar.

— Sabe, eu lhe devo desculpas. — a voz rouca de Walter fez o rapaz tremer. — Não deveria tê-lo criado como filho da empregada. Deveria ter assumido sua paternidade assim que nasceu.

— Isso não importa mais, eu sei que... — o telefone de André tocou. Walter sorriu, sabia que o filho era comprometido com o trabalho. Afinal, instruiu-o assim. O rapaz se afastou, e o pai pôde ouvir parte da conversa.

— Não quero desculpas, mandei resolverem, não posso esperar. — silencio. André ouvia a pessoa do outro lado. — Não! Hoje, *não, meu irmão voltou, vamos atrasar.*

Desligou o telefone e sorriu para o pai.

— Negócios... — olhou confuso ao redor. — Pai, o senhor viu os seguranças?

— Ia te falar isso agora. — Walter tossiu. — Bento e Roy não estão aqui... — tossiu novamente. — Esqueça, preciso que cuide de Heitor, ele...

Na sala de jantar, os gêmeos conversavam. Um som fez com que interrompessem o assunto. Logo depois, o grito de André ecoou pela propriedade. Allan se levantou rapidamente, e Heitor o seguiu, zonzo. Saíram da casa e correram pelo jardim. André chamava por socorro e ajuda. Allan sentiu uma dor no peito ao ver o irmão abraçado com o pai. Walter estava desacordado.

— O que aconteceu? — Allan gritou, ao ver que o pai tinha um ferimento no peito. — Pai? Pai!

Os seguranças apareceram, lotando o jardim. André estava em choque, abraçado ao pai. Heitor observou o jardim.

— Procurem, ainda estão na propriedade. — Allan encarou um dos seguranças. — Quantos eram, André?

— Três. — Falou em meio aos soluços. A camisa suja de sangue.

— Ali. — Heitor apontou na direção da piscina. Havia avistado um homem de capuz negro. Correu, enfiando a mão por de trás da camisa. Allan estremeceu ao ver que o irmão ainda tinha o revólver. O som de tiros fez com que Allan abaixasse. Walter estava morto em sua cadeira de rodas. Os dois filhos choravam. Os seguranças chamaram a polícia. Logo, os jornais estampariam a notícia.

"O homem mais rico da cidade acabara de ser assassinado"

CAPÍTULO 1
SEMELHANÇA

No hospital, Heitor cuidava do braço ferido. Havia levado um tiro enquanto perseguia o assassino de seu pai. Aos vinte e nove anos, o rapaz andava armado desde os dezoito; desta vez, não foi diferente. Ao ver o estranho correndo pela propriedade, alertou os seguranças e correu, sacando a arma. O atirador fugiu. Não estava sozinho. Heitor e outros dois seguranças foram baleados. Allan avisou aos funcionários, dispensando-os novamente. André, com a camisa ensanguentada, sangue de seu pai, ficou sentado na grama, enquanto os paramédicos levavam o corpo. Heitor retornou, amparando um segurança. Logo, outra ambulância chegou, e todos seguiram para o hospital.

— Meu nome é Suzana. Sou delegada da septuagésima oitava DP, o senhor é... — ela encarava Heitor. Negra, de cabelos encaracolados, a mulher usava roupas sociais e tinha o distintivo pendurado no pescoço. Na cintura, o coldre exibia o resolver preto brilhante.

REFLEXO DISTORCIDO

— Heitor Alcântara Machado, sou filho, um dos filhos. — ele estava sentindo dor no braço. — Já descobriu algo? — imponente como o pai, ele nem a olhava.

— Nada, é cedo para dizer. — silêncio. — Quem estava com o seu pai na hora? — a delegada o encarava. O rapaz estava disperso, não a olhava. Pensava em algo. — Senhor Heitor? Por favor, sei como deve estar se sentindo, mas pode me ajudar?

— André, ele é meu meio-irmão. — Heitor fungou. — Filho do meu pai com uma falecida empregada nossa.

— Alguém mais estava na mansão, além de você e seus irmãos? — ela o olhava com atenção.

— Todos os empregados haviam sido dispensados, a pedido do meu pai, mas, logo no início da noite, ele solicitou que todos retornassem. — Heitor olhou para o fim do corredor, vendo o irmão gêmeo conversar com um médico. Levantou-se da maca onde estava sentado e se aproximou, escutando a conversa.

— Um único tiro, papai não teve chances. — Allan estava inconsolável. Heitor o abraçou, sentindo o braço ferido doer. — Temos que enterrar nosso pai. — ambos choravam. Heitor apertava o abraço no irmão.

— Gente. — A voz de André os fez se afastar.

— Seu infeliz.... — Heitor se virou e acertou um murro na cara de André com o braço ferido. O movimento brusco fez com que gritasse de dor. — Deveria tê-lo protegido. — Suzana se atentou à discussão.

— Acha que eu estava sentado no colo dele, recebendo bons conselhos? — André se levantou com a boca sangrando. — Não havia seguranças. Alguém armou isso.

— O quê? — Allan entrou na frente de Heitor e encarou André. — Como assim? Armou?

— Nosso pai havia aumentado a segurança. Eu supervisionei a organização a pedido dele. Sete seguranças em cada parte da propriedade em que ele estivesse; na casa, somente dois. — André limpou a boca, sentindo dor. — Bento e Roy estavam na casa. Os outros não estavam lá. Papai notou a ausência deles e me falou. Estávamos conversando, ele estava bem... — Começou a chorar, sentou-se no chão do hospital, sendo observado pela Delegada Suzana e pelos médicos.

— Ouvimos o tiro e, depois, quando você gritou por ajuda. — Heitor respirava com dificuldade, seu braço sangrava, estava pálido.

— Quando gritei, Roy e os outros apareceram. — André olhou para os irmãos. — Falem com todos, eu quero saber quem cometeu essa falha, meu pai está morto.

— Nosso pai. — Allan falou, segurando Heitor, que, fraco pela perda de sangue, desmaiara. — Hey, calma, vamos cuidar disso.

Um médico se aproximou e o levou para a cirurgia. Os outros permaneceram no corredor. A entrada do hospital estava apinhada de repórteres e fotógrafos. A delegada conversava com os médicos devido à retirada do corpo antes da chegada da perícia.

— Delegada, recebemos a ligação da mansão. — o paramédico responsável pela ambulância falava com ela, que observava tudo com atenção. — o chefe da segurança solicitou a retirada do corpo.

— Não deveria ter feito isso. — a mulher fungou. — Tudo bem, façam a perícia corporal. — ela encarou o legista militar. — A família quer enterrá-lo ainda hoje.

REFLEXO DISTORCIDO

Allan observou a conversa da delegada com os médicos. *Por que Bento autorizara a retirada do corpo de Walter?* André ligou para os seguranças, que escoltaram todos até a propriedade da família. Allan pegou um dos carros dos seguranças, optou por não pegar o seu na garagem da propriedade. Ao chegar à empresa, todos já sabiam do ocorrido. Os jornalistas foram mais rápidos.

***

O prédio da Alcântara Machado Technologies era um dos maiores da Avenida Paulista. Todo espelhado com vidros azuis esverdeados, exibia o logo da empresa na fachada. O falcão dourado reluzia sob a luz do sol. Abaixo do animal, estava escrito *A. M. Tech*. A empresa de mais de dez anos de existência, hoje, ganhará espaço na mídia, devido à notícia do falecimento de seu fundador. Allan manobrou o carro e entrou pelo estacionamento subterrâneo, sendo recebido por dois seguranças.

— Dr. Heitor, soubemos o que aconteceu. — Allan sorriu. Arrumou a gola da camisa e falou:

— Não sou Heitor, sou Allan, o gêmeo dele. — suspirou. — Preciso que me ajudem a chegar ao escritório do meu pai. Faz tempo que não piso aqui.

Allan seguiu os seguranças pelos corredores da empresa. Todos os funcionários que passavam por ele abaixavam o olhar. *Imagino o tipo de autoridade que Heitor impõe aqui*, pensou enquanto passava pelo refeitório. O silêncio ocasionado por sua presença o fez ficar constrangido. Preferiu caminhar em vez de utilizar o elevador privativo. Subiu doze andares até chegar ao escritório de seu pai.

22

Era como voltar no tempo. Quando jovem, seu pai o força-ra a trabalhar com ele. Aos dezenove anos, Allan havia dormido com quase todas as secretarias e funcionárias; com muitas delas, dentro da própria empresa. Foi quando ele encontrou Anitta. *Bons tempos*. À frente, uma pequena recepção estava vazia. Ele se lembrava da jovem funcionária de cabelos negros. A porta do escritório estava aberta. Allan dispensou os seguranças e entrou. Uma jovem com roupas sociais olhava as fotos na estante e chorava em silêncio.

— Ele era uma boa pessoa. — falou, impondo à voz um tom mais alto do que o convencional. A jovem se assustou. Encarou Allan e baixou o olhar.

— Perdoe-me, dr. Heitor. — ela se encolheu, saindo do escritório.

— Quando meu irmão chegar, eu o informarei sobre o pedido de perdão, mas acho que ele não vai te perdoar, então... — ele sorriu. A jovem notou que, apesar da semelhança, aquele não era Heitor Alcântara Machado. — Eu sou Allan.

— Líliann Souza — ela limpou as lágrimas. — Seu pai foi um grande homem. — ela notou o olhar disperso de Allan para as mesmas fotografias que ela fitava segundos atrás. — O senhor irá ficar no lugar do dr. Heitor? Ficamos sabendo pelos jornais que ele levou um tiro.

— Eu não sei como funcionam as coisas por aqui... — Allan a encarava. Era jovem, deveria ter uns vinte e cinco anos, tinha pele clara e olhos escuros, os cabelos amarrados em um coque impecável no topo da cabeça. A maquiagem leve e a voz doce fizeram com que Allan se acalmasse um pouco. — Trabalha em que área?

REFLEXO DISTORCIDO

— Eu era a secretária de seu pai. Aliás, eu enviava os memorandos ao dr. Heitor. — a mulher o encarava com tristeza. — Eu sinto muito.

— Obrigado... — Allan havia esquecido o nome da secretária.

— Líliann. — ela sorriu. — Eu gostaria de lhe pedir um favor, dr. Allan.

— Não me chame de doutor, não sou formado em nada. — Allan sorriu. — Pode falar. —Ele estava hipnotizado por ela.

— Gostaria de ir ao enterro. — ela estava sem graça. — Eu gostava muito do seu pai.

— Claro, eu já estou indo, pode pegar o dia de folga. — Allan se levantou da cadeira e abriu a porta para que ela saísse.

Os funcionários foram dispensados a pedido de Allan. O dia não seria descontado dos salários. Líliann aceitou ir com ele. Sentia-se desconfortável no carro do novo patrão. Ela o observava de tempos em tempos. Apesar da pouca idade, o homem de vinte e nove anos tinha as laterais da cabeça salpicadas de cabelos brancos. Isso era charmoso, como ela teve de admitir. Allan a olhou, e ela disfarçou, virando-se para o exterior do carro. Então, ele sorriu e puxou assunto.

— A genética da família é contraria. — riu. — Tenho cabelos brancos desde meus vinte anos.

— Conheci seu pai há nove anos. Ele não tinha muitos cabelos na época, mas dava para notar que ele demorou a ter cabelos brancos. — ela o olhou. — Desculpe, deve estar sendo difícil.

— Não se desculpe, passei sete anos fora de casa, longe e sem saber se Heitor e André cuidavam bem dele. Quando volto, isso acontece. — ele fungou. — Pensei que o diagnóstico dos médicos seria válido. Ao menos, passaria seis meses com ele.

— Quem poderia fazer isso? Dr. Walter era uma boa pessoa. — Líliann ficou pensativa. Passou o cabelo para trás da orelha.

24

— Quem fez isso sabia a rotina do meu pai, era alguém próximo a ele. — Allan segurou o volante com firmeza. A jovem, ao notar a tensão, tocou sua mão. Allan sorriu, retirando sua mão de debaixo da dela. Não podia cometer o mesmo erro.

O carro foi estacionado na frente do cemitério da Consolação. Allan desligou o veículo e ficou pensativo. Do lado de fora, ele podia ver amigos da família, os funcionários da casa, seguranças e os dois irmãos. Heitor estava pálido, o braço enfaixado, caminhando juntamente com os seguranças, na direção do mausoléu da família. André estava inconsolável, chorava, sendo observado pelos amigos. Uma mulher se aproximou de André o abraçou. Então, deu-lhe um beijo, ajudando-o a se levantar e seguir a comitiva. Allan saiu do carro e, ao lado de Líliann, seguiu a multidão. Fotógrafos acompanhavam de longe, respeitando as ordens de Heitor. O irmão se aproximou de Allan e falou:

— A delegada quer interrogar todos. Já pegou meu depoimento no hospital — olhou levemente para trás, para que Allan notasse a presença da policial. Fungou devido à presença de André. Achava que todo o drama era uma mera encenação. — Aquela é Veronic, noiva do André. — Allan se atentou à mulher magra de cabelos vermelhos.

— Pelo menos, um de nós vai se casar. — Allan enfiou a mão dentro do terno e retirou os óculos escuros. — Esta é Líliann, era secretária do nosso pai. — Allan fez as apresentações.

— Olá, dr. Heitor. — O irmão a cumprimentou com um piscar do olho direito. Tocou o ombro ferido e respirou fundo. — Meus pêsames.

— Os fotógrafos são iguais a abutres. — Heitor desviou o olhar, ignorando as condolências da jovem. — Já mandei os seguranças tirarem todos daqui.

— Vai com calma, estão estampando o rosto do nosso pai nos jornais, não vai querer a indelicadeza do filho como manchete.

REFLEXO DISTORCIDO

Allan o olhou. Líliann percebeu que a semelhança entre eles era grande – os mesmos olhos negros e os fios brancos, o maxilar quadrado e a voz firme –, mas notou, também, as diferenças. Allan era amável, atencioso e se preocupava com aqueles que estavam à sua volta; Heitor era sério, mandão e grosseiro com todos que fossem de classes sociais abaixo da dele.

— Senhor... — Heitor olhou para trás e viu um dos seguranças discutindo com um fotógrafo. Aproximou-se do fotógrafo, falando de forma autoritária.

Allan observou a ação do segurança que recebia ordens de Heitor. A câmera do fotógrafo foi retirada pelo irmão. Líliann desviou o olhar. André aproximou-se do irmão e falou:

— Pare com isso, é o enterro do nosso pai. — Heitor se virou, raivoso, acertando outro soco na cara do meio-irmão. André revidou e os dois rolaram no chão sujo do cemitério.

— Parem! — Allan gritou, pegou Heitor pelo pescoço e o jogou na direção dos seguranças que se aproximavam. Bento e Roy o seguraram com força.

— Seu infeliz! — André gritou, fazendo as câmeras dos fotógrafos capturarem outros pontos do enterro. — Preocupa-se com a imagem da família e toma atitudes que a desonram.

— Você não deveria estar aqui, bastardo! — Heitor cuspiu uma nódoa de sangue.

Allan passou a mão nos cabelos e suspirou, entrando na frente de Heitor.

— Chega! — pegou-o pela gravata e o fez se aproximar. Ficaram se encarando. — Nosso pai está prestes a ser sepultado, respeite-o ao menos neste momento. — a voz de Allan era o único som em todo o cemitério. O irmão gêmeo virou de costas, encarando André. Heitor gritou.

— Ele é o culpado... — Allan se virou para encarar Heitor, com o olhar carregado de ódio do irmão.

— O quê?

Os flashes e cliques de máquinas aumentaram. Os jornalistas anotavam tudo o que era falado.

— Ele matou nosso pai.

André se aproximou, mas Allan estendeu a mão e o impediu. Olhou para os seguranças, sinalizando para que dispersassem os fotógrafos.

— Bento! — Allan chamou um dos seguranças. — Com educação e sem violência. — Allan olhou a câmera do repórter no chão, pegou-a, escutando os resmungos do irmão. Olhou o rapaz, que estava assustado. — Desculpe, meu irmão, ele está nervoso. Todos estamos. — Allan notou que a câmera estava com a lente rachada devido à queda. — Eu pago pela câmera e, como desculpas, lhe dou uma entrevista.

— Sério? — o rapaz sorriu.

— Aqui, não. — Allan procurou por Líliann. Chamou-a, vendo que a multidão seguia seu rumo até o mausoléu. Os fotógrafos e repórteres se afastaram, respeitando a família Alcântara Machado. — Esta é Líliann, minha secretária. — a jovem se espantou com o novo cargo. — Ela vai te dar o endereço onde daqui... — ele ficou pensativo, os irmãos se fuzilavam, mas respeitavam a distância imposta por ele. — Duas semanas, compareça na minha residência em duas semanas, ela vai te explicar.

Allan se virou. Deixando a jovem conversando com o repórter, passou por Heitor, pegou-o pelo braço com força, escutou os protestos de dor e os ignorou. Longe da multidão, de André e de repórteres, ele soltou o irmão, dando-lhe um soco na cara e fazendo-o se escorar em uma lápide.

REFLEXO DISTORCIDO

— Você é louco? — Allan retirou o terno. Jogando-o no chão, dobrava as mangas da camisa. Heitor partiu para cima dele, mas foi derrubado. — Juro que estou me controlando para não cometer os mesmos erros do passado, mas você pede.

— Eu te odeio. — Heitor permanecia no chão, chorava. — Tudo isso é culpa sua.

— Tirem-no daqui. — Allan notou a presença dos seguranças.

— Senhor, o enterro do dr. Walter... — Bento encarou Heitor com o rosto machucado e a roupa suja. Allan pegava o terno, retirando algumas folhas secas que se prenderam no tecido.

— Leve ele daqui antes que fale mais alguma besteira. — Allan olhou para trás, sentindo que alguém se aproximava. Uma mulher de cabelos encaracolados e pele negra o encarava. Tinha na cintura uma arma presa a um coldre e, em seu pescoço, um distintivo. Era a mesma mulher que conversara com Heitor no hospital. Allan suspirou, aproximando-se dela.

— Senhor Allan, seu irmão está bem? — ela o acompanhava na direção do mausoléu. — Ele me pareceu alterado.

— Heitor sempre foi alterado, falta de surra quando jovem.

Líliann se aproximou do patrão, dizendo-lhe que a entrevista com o repórter Vinícius Magalhães, do site G1, estava marcada.

— Por isso, bateu nele? Estava dando o que seu pai negou? — a delegada o encarou. — Preciso pegar seu depoimento, podemos marcar uma hora?

— O que a senhora quer? — Allan falou asperamente. Líliann pensou estar lado a lado com Heitor.

— Saber se seu irmão tem provas sobre a acusação que acabou fazer perante centenas de repórteres. — ela firmou as mãos na cintura, pouco acima do coldre. — Senhor Allan?

— Não está vendo que estou tentando sepultar meu pai? — Allan suspirou.

— Aqui está meu cartão. Espero o senhor quando estiver bem. Temos assuntos para conversar. — ela encarou a secretaria e entregou o pequeno papel quadrado de cor violeta. — A acusação do seu irmão foi grave, espero que ele saiba o que diz.

— E eu espero que a senhora saiba investigar a morte do meu pai. — a mulher fungou, olhando-o com raiva. Allan fechou os olhos, tomando ar. — Desculpe, este não sou eu. — ele olhou para André, que os seguia com sua noiva. — Não gosto de delegacias. Pode comparecer em minha casa, senhorita...?

— Suzana Moiter. Se assim deseja... — ela estendeu a mão, cumprimentando-o com a intenção de acalmar os nervos. — Amanhã, às 10h?

Allan olhou para Líliann, que sacava uma caneta e retirava da bolsa uma caderneta. Allan se afastou das duas e se aproximou do mausoléu. Passou o braço sobre o meio-irmão e acompanhou a abertura dos cadeados. Lá dentro, cinco caixões estavam dispostos. Os avôs, a mãe e o tio. O quinto era o da mãe de André, que foi sepultada como membro da família, devido aos anos de trabalho e ao envolvimento com Walter. O caixão de mogno com detalhes dourados foi colocado ao lado do da esposa. Allan e André entraram no mausoléu e rezaram sobre o caixão. Minutos depois, todos rezavam juntos, e a porta se fechou.

Na saída, os repórteres esperavam por todos no estacionamento. Allan falou pouco, escolhendo outros dois repórteres para a entrevista de duas semanas adiante. Entrou no carro e subiu o vidro lentamente. Pôde ver, escorada no poste próximo à entrada do cemitério, a delgada Suzana, atenta a todos os movimentos dos amigos e familiares do falecido Walter Alcântara Machado.

CAPÍTULO 2
SOMBRAS DO PASSADO

— Quer carona até em casa? —Allan ainda estava tenso, mas não havia se esquecido de sua passageira. — Onde mora? — Liliann sorriu sem jeito.

— Me deixe em um ponto de ônibus, eu me viro. — ela estava sem graça.

— Deixa disso, anda, fala! — Allan ligou o GPS.

— Vai demorar... — ela olhava o relógio do celular, passava das 6h da tarde.

— Fala! — ele sorriu de canto, e Liliann se derreteu.

—Segue a avenida, não vai aparecer no GPS. — ela riu. — Moro em um lugar pobre.

Um dos seguranças trouxe o carro do rapaz, a fim de que ele não saísse por aí em um carro todo filmado e encontrasse problemas. Allan caminhou até o carro preto estacionado ao lado daquele em que vieram para o cemitério. Líliann ficou impressionada com o veículo. O rapaz a ajudou a entrar, abrindo a porta, entrou e acelerou pela avenida, seguindo as coordenadas de Líliann. A jovem, sim, morava longe, mas isso não impediu o rapaz de ser cavalheiro. Duas horas e um trânsito horrível depois, Allan estacionava em um bairro pobre chamado Arariba, na zona sul da cidade. Os moradores observavam a Lamborghini preta passar pela praça e subir a rua. A jovem destravou o portão, e ele entrou com o carro.

— Até que não é tão pobre. — Allan sorriu.

— Bom, é violento. — ela estava sem jeito. — Aceita um café?

— Sim.

Allan adentrou a casa e se espantou com os grandes cômodos e a pouca quantidade de móveis. Sentou-se em um sofá marrom com almofadas vermelhas, observou as fotografias dispostas aleatoriamente, sem critério de tamanho ou de evento, em uma mesinha no centro da sala. A televisão era antiga e tinha a tela manchada. O rapaz se lembrou de sua infância antes de seu pai tornar-se um homem rico.

— Você mora sozinha? — Allan se virou assim que pressentiu Líliann retornar da cozinha com duas xícaras de cores e de modelos diferentes. O aroma do café inundou o ambiente. — É uma casa bem grande.

— Sim, foi o que minha mãe me deixou. — ela sorriu e se sentou ao seu lado, entregando-lhe uma das xícaras. — Você não está nada bem...

— Me conhece só há oito horas e já sabe quando estou mal. — Allan sorriu, passou a mão nos cabelos e suspirou. Líliann pegou sua mão com ternura. O rapaz retirou a mão de debaixo da dela e se levantou. — Tenho que ir...

32

— Fiz algo que eu não devia? — Líliann se levantou sem entender. — Você nem tomou o café!

— Isso. — ele demonstrou o ambiente em volta. — Nós, esta proximidade, nada disso pode ocorrer...

— Desculpe, mas foi você quem se ofereceu para me trazer. — ela não entendia. — Está insinuando que estou querendo algo com você, senhor Allan?

— Não! — Allan suspirou, passando a mão no rosto — Não é isso, é que... — fungou. —isso já aconteceu e não deve se repetir.

— Você é louco.

***

Allan a deixou sozinha e saiu da casa. Entrou em seu carro e dirigiu até a mansão dos Alcântara Machado. O bairro dos Jardins estava movimentado. Ainda era possível ver repórteres em busca de alguma notícia, mas o que Allan presenciou estava além de um mero furo de reportagem. Chegando à rua da propriedade, deparou com centenas de repórteres. Viaturas de polícia e policiais se espalhavam pela entrada e ruas próximas. *Heitor aprontou alguma*, pensou, conhecendo o jeito de o irmão resolver as coisas. Estacionou o carro e foi recebido por uma mulher ruiva extremamente furiosa.

— Seu irmão é louco. — gritou aos prantos.

— Veronic, estou certo? — Allan falava calmo. — O que está acontecendo?

— Heitor fez uma coletiva de imprensa e acusou André. Os policiais estão aqui para prendê-lo.

Allan correu para dentro de casa. Suzana Moiter estava na sala, dando voz de prisão ao meio-irmão. Heitor estava com dois seguranças à tira colo e, ao ver Allan, afastou-se do irmão.

— Com que provas?! — Gritou.

— Senhor Allan, só estou aqui para fazer cumprir a lei. — Suzana o encarou.

— Não estou falando com você. — Allan se desviou da delegada e encarou o irmão, que se escondia atrás dos seguranças. — Com que provas está acusando nosso irmão?

— As necessárias para deixá-lo muito tempo preso. — Heitor falou, sustentando o olhar do gêmeo.

— Heitor, retire a queixa...

— Não! — Heitor estava tenso. — Não há nada que eu possa fazer.

— Há sete anos, você disse que eu não podia fazer nada, mas, hoje, vejo que posso. —Allan suspirou. Virou-se, encarando a delegada Moiter. — Meu irmão estava bêbado. Hoje de manhã, tomamos café juntos. Não tem como ele saber quem matou meu pai. Ele está nervoso, e ninguém vai levar meu irmão daqui. — os seguranças se aproximaram de André e o cercaram.

— Senhor Allan, não pode interferir em uma investigação policial. A família Alcântara Machado não tem este poder.

— A única coisa que quero é o verdadeiro assassino preso, e ele não é André Belcorth. — Allan suspirou. — Os excessos de meu irmão gêmeo não validam uma acusação. Façam o teste! Ele está bêbado.

— Seu... — Heitor se aproximou de Allan, mas se calou com o olhar do gêmeo. Suspirou, passando a mão direita nos cabelos.

Fungou, jogando as mãos para o alto, em ato de rendição. — Me desculpe, delegada. Eu cometi um erro.

— Vocês acham que só porque são ricos podem ficar brincando com a polícia? — Suzana pegou um par de algemas e falou: — Heitor Alcântara Machado, está preso por denunciação caluniosa.

Heitor ficou estático com a atitude da delegada. Suzana se aproximou dele e o algemou, enquanto outro policial falava seus direitos.

***

Sete anos atrás

Mansão dos Alcântara Machado

Allan caminhava pelo jardim, como forma de se acalmar. Nunca foi um cara violento, mas as discussões com seu irmão gêmeo estavam cada vez mais frequentes. O rapaz usava roupas simples, bermudas e chinelos. A camiseta regata se colava ao corpo, devido ao suor. Estava pensativo. O jardim imitava um labirinto, com arbustos floridos desenhando o caminho circular. Os seguranças eram vistos em todas as imediações da propriedade. Bento, o segurança pessoal do pai dos gêmeos, aproximou-se do rapaz.

— Seu pai está lhe procurando, senhor Allan. Ele...

— Você acha que o Heitor faz isso de propósito? — o segurança ficou calado. — Pode falar livremente, Bento.

— Allan, vocês são iguais somente na aparência, mas são diferentes no temperamento, índole. — o segurança se calou. — Desculpe.

— Sem problemas, às vezes me pergunto se somos irmãos. — fungou. — Ele acabou com o meu noivado.

— Seu pai estava discutindo com ele. — Bento colocou a mão na orelha esquerda, estava ouvindo alguma mensagem. — Seu pai está te chamando.

Allan entrou na mansão. A sala estava toda revirada, e a mesa de vidro, estilhaçada. Os empregados tentavam limpar a bagunça. Allan viu o revólver no chão e ficou parado, olhando o objeto. Sentiu a mão de seu pai em seu ombro, virou-se e o abraçou.

— Heitor não será preso. — Allan o olhou, incrédulo. — Não me olhe assim, já vai me custar muito dinheiro encobrir tudo.

— Não pode fazer nada, maninho. — Heitor apareceu na sala, o rosto machucado por causa da briga com o irmão. Os empregados pararam seus afazeres e observaram a cena.

— Eu a amava, e você a tirou de mim. — Allan disse furiosamente. — Monstro.

— Sua raiva intimida até ursinhos de pelúcia...

— Heitor! — Walter gritou. — Suba e pegue suas coisas, Bento irá levá-lo para fora do país por alguns dias.

— Ele tentou me matar, minha noiva levou um tiro e está hospitalizada, e o senhor irá tirá-lo do país? — Allan gritou.

— Nenhum filho meu será preso. Heitor cometeu um erro. Eu, mais do que ninguém, sei como puni-lo. — Walter olhou para os funcionários. — Voltem ao trabalho, quero esta casa arrumada antes da chegada da polícia, e Allan... — Walter encarou o filho. — Vá cuidar desse ferimento.

Allan havia se esquecido da troca de murros com seu irmão. A briga se estendeu do segundo andar para a sala, o que resultou na destruição de boa parte da decoração. Allan se lembrava de toda a briga em flashes, dos murros e pontapés que recebeu toda vez que respirava. Mas o que estava mais nítido em sua mente era o início de tudo. Ele havia marcado com Anitta, sua noiva, de se encontrarem na mansão dos Alcântara Machado. A jovem era uma Duarte, uma das famílias mais ricas depois da família de Allan. A união entre os dois era vista por todos como um golpe financeiro por parte da família da jovem. Walter era contra o namoro, mas Allan estava apaixonado. Embora fosse rica, a jovem trabalhava na AMTech como secretaria. Fora uma das muitas garotas com que Allan havia saído, mas a única que o fez se apaixonar. Anitta já havia presenciado diversas discussões dos gêmeos e até aguentado as ironias do patrono da família Alcântara Machado.

Allan chegou tarde e, sabendo que sua noiva o esperava no quarto, subiu, mas não antes de passar no escritório de seu pai e de pedir-lhe a benção, costume que mantém desde muito jovem. Allan subiu as escadas rapidamente e entrou em seu quarto. Anitta estava nua nos braços de um homem. Heitor a penetrava com força. A cena o deixou sem ação, Allan gritou, raivoso.

— Canalha! — continuou parado na porta. Anitta saiu de debaixo do rapaz e o encarou, olhando de um para o outro. Allan, na hora, notou a mudança. Seu irmão havia cortado o cabelo e feito a barba. Espetou os fios com gel, coisa que nunca fez, ficando idêntico a ele. — Como pôde?

— Allan, eu... — Anitta não entendia. — Eu pensei que...

— Eu sei o que houve.

Dali em diante, nada mais foi dito. Allan retirou a noiva do quarto, e Heitor se vestiu. Enquanto tentava acalmar a jovem, Allan controlava a raiva, mas não conseguiu. Ao esbarrar com o gêmeo no corredor, Allan o golpeou com um murro, fazendo-o cair contra a mureta do corredor e despencar do segundo andar da casa sobre a mesinha de vidro no meio da sala. Heitor gritou de dor, ferido e furioso. Allan desceu a escada, pegou-o pelo pescoço e o golpeou na barriga e no rosto.

— Infeliz! — falou Allan, desviando dos golpes tortos de Heitor. O irmão gêmeo estava machucado e desorientado — Se passar por mim? Jura que essa foi sua melhor ideia?

— Não, samaritano. Eu iria pegá-la à força... — outro murro. Heitor caiu, ergueu a mão, pedindo para que o irmão parasse. Allan se compadeceu. Foi um erro.

Anitta descia a escada, assustada com toda a baderna. Walter saiu do escritório, não acreditando no que via.

— Que bagunça é essa? — Walter gritou. Heitor aproveitou que o irmão se distraiu e o golpeou no rosto, fazendo-o cair. O gêmeo o golpeou nas costelas com chutes. — Allan, Heitor...

— Ele passou dos limites, pai. — a porta da cozinha se abriu, e André entrou na sala. Parou ao ver o pai e os irmãos discutindo, virou-se e voltou para a cozinha. Allan sentiu as costelas doerem — Ele se passou por mim, levou Anitta para a cama.

— Deus do céu, Heitor, seja homem uma vez na vida. — Heitor não gostou do que o pai falou. Subiu a mão pela cintura e sacou o revólver que guardava sempre debaixo da camisa. Mirou no irmão.

— Heitor, deixa disso. — Allan ficou parado, olhando fixamente nos olhos do irmão.

Anitta estava confusa. Eram tão iguais; não fosse isso, não se entregaria para Heitor. O canalha fingiu ser seu noivo. O pai dos gêmeos ficou perplexo. Heitor sempre fora violento e, desde jovem, o mais irônico, mas nunca imaginou que fosse capaz de matar o irmão.

Allan deu um passo para trás, estava com medo. Heitor viu a atitude como uma tentativa de fuga e, rapidamente, puxou o gatilho. Allan se esquivou, Walter gritou em protesto e Anitta se jogou na frente do noivo. A bala a acertou no peito. A jovem caiu aos pés de Allan, agonizando. Heitor, em estado de choque, sorria. Estava louco. Largou o revolver, deixando-o cair no chão com um som oco. Sentou-se no sofá e lá ficou.

Daquele ponto em diante, Allan não se lembrava de mais nada. As ordens do seu pai aos empregados e seguranças. A retirada da namorada para o hospital de confiança. Allan, também estático, decidiu caminhar no jardim — uma atitude ridícula, mas a melhor forma de acalmar os nervos e não pegar o revólver, fazendo o que Heitor não teve capacidade de fazer: matar seu gêmeo.

CAPÍTULO 3
A QUEDA DA EMPRESA

Allan acordou depois de uma noite movimentada. Os repórteres só foram embora depois das três da manhã. Sobre a cama, próximo aos seus pés, uma dezena de jornais estampavam tudo o que ele não queria que fosse noticiado. Somente dois garantiram a integridade da família Alcântara Machado, visto que seus editores eram amigos de seu pai e não publicariam absolutamente nada sobre os excessos de Heitor. Já os outros...

Ele leu todos os jornais, atentou-se a todas as imagens, inclusive às que retratavam Heitor esmurrando André. A porta se abriu, e o meio-irmão entrou. O rosto estava marcado pelos golpes de Heitor, e o olhar, preocupado. Usava bermudas jeans e chinelos. A camiseta regata deixava seus braços fortes à mostra.

— Dr. Theo entrou com o pedido de *habeas corpus* de Heitor. — suspirou. — Eu iria fazê-lo, mas ele achou melhor que eu não me encontre com Heitor por alguns dias.

— Homem sábio. — Allan jogou os jornais no chão. A capa de uma revista ficou à mostra, e sua manchete chamou a atenção de

André: "A queda de um titã – Morre Walter Alcântara Machado".
— Eu iria lhe pedir que o chamasse, mas ele já se prontificou.
Temos um problema.

— Sim, temos exatamente três mil problemas ligando diariamente para o RH da Alcântara. — André suspirou. — Juro que tento ficar a par de tudo o que acontece na empresa, mas Heitor se apossou do conselho logo que nosso pai ficou doente e você se afastou. — sentou-se nos pés da cama e colocou as mãos no rosto. — As ações da AM Tech despencaram ontem à noite, e temos um rombo no nosso caixa.

— Nosso pai não sabia desse rombo, sabia? — Allan tentava entender. — Ou Heitor, pelo menos?

— Se nosso "querido" irmão... — falou, frisando aspas no ar. — souber de algo, saberemos logo que ele chegar, mas temos um problema.

— O que eu faço? O que faremos? — Allan encarou o irmão.

— Somos os donos majoritários da empresa e, por direito, responsáveis por todos os empregados. Eu pensei na viabilidade de cortes com pagamentos futuros...

— Não! — Allan o interrompeu. — A Alcântara era a menina dos olhos de nosso pai, não iremos demitir ninguém, preciso que ligue para a Líliann.

— Já liguei. Aliás, ela está lá embaixo, te esperando. Você tem uma reunião com o conselho dentro de duas horas. — André sorriu. — Ela é bonita. — Allan ignorou.

— Eu havia marcado com Suzana Moiter hoje às dez da manhã. Podemos pedir ao conselho que espere? — Allan se levantou, estava de cueca *box* pretas, caminhou até o closet, enrolando-se no roupão. — Ela quer conversar sobre os excessos de Heitor no cemitério.

42

— Ela desmarcou o encontro depois de prender Heitor, mas irá nos procurar conforme houver avanços na investigação. — suspirou. — Ontem, tomou meu depoimento, disse que só falta você e alguns empregados.

— É isso então? Eu me torno o CEO da Alcântara, e Heitor, o garoto problema da família. — suspirou — Estou em uma realidade alternativa, os papéis se inverteram?

— As coisas mudam, mas você não é o CEO da empresa, eu sou. — André o encarou, sorrindo. — Mas aceito toda e qualquer ajuda.

— O pai foi bem esperto em te escolher. — falava dentro do closet, enquanto vestia uma calça social. — Você se formou em Direito; Heitor em Economia e Direito. Já eu não me formei em absolutamente nada. — pegou uma camisa branca.

— Heitor poderá resolver o problema financeiro da empresa. Eu só posso agilizar os trâmites legais, e você...

— Serei útil calado. — Allan terminava de abotoar a camisa. Saiu do quarto, sorrindo para o irmão.

***

No carro, Allan dirigia calado. No banco do carona, Líliann anotava os compromissos dos irmãos em sua agenda. O silencio incomodava todos. André notou a tensão do irmão na presença da jovem logo que eles se encontraram na sala da mansão. A secretária usava um vestido vermelho na altura do joelho e um casaco preto para enfrentar o frio de São Paulo. Allan estava tenso. Suas mãos se pregavam ao volante, e os dedos estavam firmes e brancos, tamanha era a força empregada. Até que...

REFLEXO DISTORCIDO

— Me desculpa. — Allan freou bruscamente e girou o volante, parando no acostamento. Estava na Avenida Paulista.

— O quê? — Líliann o encarou, sem entender.

— Eu fui um idiota ontem, você não deveria me entender, é difícil...

— Eu sei. — ela o interrompeu. — Quando você foi embora, há sete anos, eu já trabalhava para o seu pai. Ele ficou fora da empresa durante meses. Logo, os boatos começaram, e a morte da sua noiva só aumentou os boatos.

— Você sabe? — Allan sorriu. Olhou pelo retrovisor, notando que André ria disfarçadamente.

— Um dia, seu pai me chamou para conversar. Nós conversávamos muito, e ele disse que foi um erro acobertar os excessos de seu irmão; e que, por causa disso, você nunca mais pensaria em se casar. Heitor tirou...

— Tudo o que eu mais amava. — levemente, a mão de Líliann tocou a mão de Allan. Sorriam um para o outro.

— Hranh. — André limpou a garganta, quebrando o clima que se formava. — Devo desmarcar a reunião?

— Não! — ambos falaram, voltando às suas habituais máscaras de profissionais sérios. Allan sorriu pelo retrovisor, enquanto André ria, debochado.

Na empresa, o hall central estava apinhado de gente. André pediu que todos os funcionários ficassem e aguardassem o fim da reunião. Allan se trancou na sala de seu pai com sete pessoas e seu meio-irmão. Líliann anotava todas as decisões tomadas na reunião, até que o assunto mais aguardo começou a ser discutido: os funcionários.

44

FERNANDO LUIZ

— Um corte é o mais viável. — falou uma mulher gorda com pérolas no pescoço, dona de 18% da empresa.

— Senhora Giovanna. — Allan falou, calmo. — A Alcântara Machado Technologies perdeu, em dois anos, mais de setenta bilhões de dólares. O modo como perdemos esse dinheiro é a melhor questão a ser discutida.

— Demoraremos meses para descobrir os motivos do desvio. — a mulher ficou séria. André suspirou, encarando Allan. — Não podemos ficar recebendo ameaças dos funcionários e possíveis processos.

Allan se endireitou na cadeira e sorriu, dizendo:

— Senhora Giovanna, eu não lhe disse que o dinheiro foi desviado. — André a encarou. —Eu estou aqui para fazer valer o nome que está na fachada deste prédio. Portanto... — Allan se levantou. — Se meu irmão aceitar esta medida. Espero que ele aceite...

— O que decidir será feito. — André emendou. — Senhorita Souza. — André encarou a secretária. — Peça café para todos, por favor. — Líliann saiu lentamente e instruiu a funcionária que ficava na recepção do andar. Voltou rapidamente, atentando-se à reunião.

— Lembre-se de que o testamento ainda não foi lido. Vocês não podem decidir nada.

— Meu pai me fez majoritário nesta empresa. — André olhou para a mulher e para os demais na sala, que permaneciam calados. — O testamento será lido, oficialmente, dentro de dois meses, e a medida que meu irmão escolher será tomada.

— Ele não é ninguém nesta empresa. — Giovanna se levantou, apontando o dedo na direção de Allan. — É um vagabundo, nunca ligou para esta empresa.

45

REFLEXO DISTORCIDO

— Allan? — André esperou que ele revidasse.

— Eu quero que abram a conta de emergência de meu pai, peguem todo o dinheiro e paguem os funcionários com correção. — Allan sustentou o olhar da mulher. — Quero me reunir com os gerentes financeiros e os funcionários responsáveis pelos pagamentos. Quero saber de quem veio a ordem de bloqueio dos pagamentos e desde quando estamos trabalhando com os lucros atuais, e não com os já existentes — ou, no caso, com os que existiam.

— Vai falir esta empresa gastando o dinheiro de reserva de seu pai. — a mulher gritou.

— Vou usar um dinheiro de emergência para uma emergência. — Allan se sentiu zonzo. Líliann percebeu que o rapaz não estava bem.

— Assim que o testamento for lido, farei de Allan diretor geral. Ele irá cuidar de tudo aqui, até do conselho. — André se levantou, aproximando-se do irmão. Também havia notado que ele não estava bem.

— Não sabe onde está se metendo. — Allan ouviu a mulher esbravejar dentro da sala. André o tirou, sinalizando aos outros que a reunião havia acabado. Amparou o meio-irmão.

Na cantina, alguns funcionários ficaram longe ao ver um Alcântara Machado sentado em uma das mesas. Líliann havia sido instruída a avisar aos funcionários que os pagamentos seriam feitos dentro de dois dias e que ninguém seria demitido. Logo, a notícia percorria os níveis da empresa em que poucos funcionários haviam decidido trabalhar, em vez de ouvir mais uma possível desculpa. Alguns funcionários cumprimentaram Allan e André com leves acenos ou meneares de cabeça. André se aproximou de alguns trabalhadores que discutiam a veracidade da notícia.

— Será que seremos pagos? — um rapaz jovem segurava o crachá entre os dedos.

— Que nada, é só mais uma desculpa para não pararmos de trabalhar. — um senhor mais velho falou para logo se calar ao ver o filho bastardo dos Alcântara Machado se aproximar. André permaneceu em silêncio, ouvindo tudo.

— Vou me demitir e procurar um advogado.

— Não precisa procurar um advogado, já encontrou um... — todos ficaram calados. — Não precisam ficar assim, eu conheço todos, sou igual a vocês.

— Não é não, seu André! Você é filho dos donos, não é o motorista. Não mais. — o velho se levantou, jogando o crachá aos pés de André. — Prove que não seremos demitidos!

— André... — a voz de Allan fez com que todos olhassem para ele. — Temos, aqui, quinze funcionários em uma discussão. Posso saber por quê?

— Gente, este é Allan Alcântara Machado, filho do dr. Walter. — foi possível notar que todos perderam a fala. — Allan, eles acham que serão demitidos.

— Não serão. — Allan se levantou. Estava pálido. — E, para provar, quero que entreguem a Líliann seus códigos de funcionários. Serão os primeiros quinze a receber o salário atrasado corrigido.

— Não! — o velho se aproximou de Allan. — Existem funcionários que precisam pagar aluguéis, comprar remédios. Coloque-os como prioridade.

— Tudo bem então. — Allan sorriu. — Vou precisar da ajuda de todos para que a AM não feche. Por favor, me...

CAPÍTULO 4

MAL SILENCIOSO

Hospital Bandeirantes – Bairro da Liberdade

Heitor entrou no quarto do hospital e encarou o gêmeo, ambos com um ar cansado. Allan estava sentado na cama com um tubo preso ao pulso. Sentia dor e um gosto horrível na boca; afinal, estava tomando glicose há quase seis horas. Abriu os olhos e encarou seu reflexo. Heitor mantinha o ar arrogante, mas não conseguia mais trocar farpas com o irmão. As poucas horas preso na delegacia em uma cela escura e suja o fizeram perder parte da arrogância.

— Você é diabético. — Heitor quebrou o silêncio, aproximando-se do irmão. Sentou-se na poltrona ao seu lado.

— E você é feio. — Allan se lembrou das vezes em que teve uma conversa sadia com o irmão. — Por que o espanto? — Silêncio.

— Essa doença matou nossa mãe. Tem que se cuidar...

— Nossa mãe morreu no acidente, Heitor. Não foi a diabetes. — Allan se endireitou na cama, estava cansado de ficar sentado. — Preocupado comigo? Difícil de acreditar...

— Você é meu irmão. — Suspirou. — Não quero enterrar outro membro da minha família. — mordeu os lábios, passando a mão nos cabelos lisos.

— Trégua então? — Allan estendeu a mão.

— Trégua. — Heitor se levantou e apertou sua mão. — Mas ainda não engoli a ideia de aquele bastardo reger a nossa empresa.

— Se vamos falar da empresa, saiba que iremos brigar. — Allan o encarou. — Vamos esperar. Eu autorizei a abertura da conta de emergência do nosso pai...

— Você o quê? — Heitor gritou. Respirou fundo, tentando não esmurrar o irmão.

— Estão todos sem receber há meses. Iríamos perder os funcionários. — Allan se exaltou, sentido dor na garganta. Estava seca. — Estamos falidos.

— Quanto vai usar? — Heitor tentou se conter.

— Três meses de salário para cada funcionário, valores corrigidos.

Allan fechou os olhos, esperando outro rompante do irmão. O silêncio permaneceu por quatro segundos. O som da porta se fechando fez com que ele abrisse os olhos e constatasse o óbvio. Heitor havia saído, deixando-o sozinho novamente.

***

Os dias foram passando, e a relação dos irmãos estava neutra. Mal se falavam e, quando se encontravam pelos cômodos da mansão, as perguntas e respostas eram frias e simples. Heitor passava a maior parte do dia no escritório de seu pai, trancado e incomunicável. Os pagamentos dos funcionários foram feitos a contragosto de Heitor. Líliann estava cada vez mais próxima de Allan, que não acreditava no quanto havia se envolvido com a empresa e com a jovem. Seu tratamento de diabetes começou assim que teve alta, no dia seguinte. Embora quisesse acompanhar o andamento da empresa de perto, Allan tinha um compromisso com a sua saúde.

— Heitor está em reunião com os acionistas. Ele irá apresentar novas medidas quanto aos atrasos. — Líliann entrava no quarto de Allan. O rapaz estava sentado na cama, lendo um jornal. — Ele propôs um corte de 30%.

— O que André disse?

Allan a encarou, dobrando o jornal. Olhou-a dos pés à cabeça. Estava linda. Usava calças sociais pretas e um sapato de salto bege, que combinava com a cor do colete que usava por cima da camisa branca. Os cabelos longos estavam soltos em cachos sobre os ombros. Usava batom na cor rosa claro. Nada chamativo.

— Não disse. Apenas pegou a proposta, amassou e jogou no lixo. — Líliann sorriu. — Nunca entraremos em um acordo se dois dos três majoritários não se suportam.

— Eu deveria estar lá. — Allan se levantou, ficando bem próximo a ela. — Eles podem se matar.

— Temos noventa seguranças e câmeras. Qualquer um dos dois está extremamente seguro contra as atitudes do outro.

— Você não os conhece. Se Heitor e André brigarem, colocam a AM no chão. — Allan estava nervoso, preocupava-se com as atitudes dos irmãos.

— Você precisa descansar. Sua glicemia ainda não está boa. — Líliann tentava acalmá-lo. — Vou pedir para prepararem o jantar.

REFLEXO DISTORCIDO

— Não! — Allan a impediu de sair do quarto. — Iremos jantar fora. — ela o olhou sem entender. — Um amigo da família abriu um restaurante não muito longe daqui, vamos visitá-lo.

— Você é teimoso, não pode ficar comendo qualquer coisa. — Líliann estacou na frente da porta, como se o impedisse de sair. — Uma comida caseira é melhor do que qualquer cinco estrelas.

— Se vai me supervisionar sempre, por favor, me acompanhe. — Allan passou por ela gentilmente. Entrou no closet, retirando a camisa. Líliann ficou sem graça. — Eu quis dizer no jantar. — Allan desafivelava o cinto. A jovem ficou estática, olhando o abdômen definido. A pele morena brilhava com o suor.

— Me dê uma hora. — recobrando os sentidos, Líliann saiu do quarto totalmente envergonhada. Desde sua separação, ela nunca havia ficado tão próxima de um homem sem camisa, ainda mais de um homem bonito como Allan, que, ainda, era seu patrão há quase duas semanas.

Descendo as escadas da mansão, Líliann se perguntava como chegar em casa – do outro lado da cidade – e voltar a tempo de jantar com Allan. Na sala, Veronic estava sentada no sofá com um livro nas mãos. Líliann se atentou ao título, "Madame Bovary". A mulher de cabelos vermelhos fechou o pequeno livro e sorriu, dizendo:

— Você está com cara de quem precisa de ajuda. — semicerrou os olhos. — Os homens da família Alcântara Machado têm um charme incomum...

— Desculpe? — Líliann se fez de desentendida. — Só estou encrencada.

— Mulheres sempre estão. — Veronic se levantou. — Em que posso ser útil?

— Não quero incomodá-la, senhora. Tenho que me apressar. — Líliann se reservou o seu cargo de secretária. — Necessita de algo?

— Não faça isso. Você pode ser uma funcionária da empresa, mas é a única mais próxima de Allan em anos. — Veronic a olhou dos pés à cabeça. — Eu e André vamos ao restaurante de um amigo da família. Anda, me conte. O que houve? Ainda estou aqui e posso te ajudar.

— Este é o meu problema: Allan me chamou para jantar com vocês. — Líliann mordeu os lábios. — Não tenho roupas adequadas para ir ao restaurante com o meu patrão.

— Então, esse é o motivo da sua cara de desespero. — Veronic gargalhou. — Venha comigo.

***

— Não iremos demitir um único funcionário. — André falava com todos na empresa. — Foi apresentado um plano de corte estimando em 30% do corpo de trabalhadores, mas eu o recusei. — o silêncio se tornou impressionante. Horas antes, tudo estava um caos.

— Por que querem nos demitir? Muitos estão aqui há mais de vinte anos. — um homem próximo a André falou. — Não tem mais dinheiro?

— Escutem, o plano foi recusado. Dou a minha palavra de que ninguém será demitido. —André estava exausto. Mesmo depois de quase seis horas com o conselho de acionistas e com Heitor, ele ainda tinha de falar com os funcionários. *Allan, por que não está aqui?*

REFLEXO DISTORCIDO

**

Allan saiu do quarto arrumando a gola da camisa que escolheu para o dia. Desceu as escadas sorrindo. Os funcionários que cuidavam da organização da casa pararam seus afazeres para ver o jovem patrão. Extremamente lindo, provocava suspiros em todas as mulheres. Usava camisa social preta com um terno e calças sociais no mesmo tom da camisa. Os três primeiros botões da camisa estavam abertos, e os cabelos salpicados de fios brancos, penteados para trás.

Na sala, procurou por Líliann, mas não a encontrou. Veronic usava um vestido longo de cor azul e os cabelos amarrados em coque, com duas mechas soltas emoldurando o rosto. Allan olhou para o topo da escada e sentiu seus batimentos cardíacos aumentarem. Líliann descia, calma e lentamente, cada degrau. Veronic emprestou à jovem um par de sandálias brancas e um vestido creme rodado. Sorriu ao perceber que Allan não tirava os olhos dela. Ao, finalmente, aproximar-se dele, Líliann respirou fundo.

— Você está linda. — Allan a pegou pela mão, levou a mão direita da jovem até seus lábios e a beijou. — Deslumbrante.

— Você também está muito bonito, senhor Allan. — abaixou os olhos, envergonhada. Allan, gentilmente, ergueu seu rosto, fazendo-a olhar em seus olhos verdes. Ela estremeceu.

— Só tenho vinte e nove anos, senhor é formal demais...

— André vai nos encontrar no restaurante. Vamos? — Veronic deslizava a tela do celular.

54

O casal sorriu. Allan abriu a porta, dando passagem às duas mulheres, fechando-a atrás de si. Na garagem, os seguranças estavam prontos. Atrás da Lamborghini de Allan, um carro preto com dois seguranças esperava que saíssem. Embora não gostasse, os irmãos haviam entrado em um consenso – um dos poucos – sobre todos andarem com seguranças.

— André disse o motivo de não vir para casa? — Allan olhava pelo retrovisor ao falar com Veronic. A jovem se sentou no banco de trás, enquanto Líliann acompanhava Allan no banco do carona.

— A reunião se prolongou, e parece que Heitor e ele discutiram. — notando que Allan fechou a cara. Então, a jovem emendou. — Mas, fique calmo, eles não se bateram.

— Já que estamos falando sobre a empresa, Allan, amanhã é o dia da sua entrevista com os jornalistas...

— Merda, me esqueci totalmente. Depois que fui hospitalizado, deixei de fazer muitas coisas. — ele ficou pensativo. — Será que ainda encontramos alguma loja de eletrônicos aberta?

— Já está tarde. Com sorte, só no shopping. Mas por quê? — Veronic cruzou as pernas.

— O jornalista que teve a câmera quebrada por Heitor no enterro de meu pai, havia lhe prometido uma câmera nova. O mínimo a ser feito.

— Não se preocupe, já comprei. — Líliann o surpreendeu com a frase. — Está guardada no seu guarda-roupas.

— Como eu não vi? — Allan prestou atenção ao farol, que havia se fechado. Olhou pelo retrovisor. O carro dos seguranças se mantinha atrás dele.

— Tenho meus truques. — A jovem sorriu. — Olha! André.

REFLEXO DISTORCIDO

Allan percebeu o carro branco estacionando ao lado deles no farol. Uma Mercedes Branca, de quatro portas, com vidro filmado. Veronic reconhecia o carro do noivo. O vidro desceu lentamente. Com ar cansado, André sorriu para eles. Rapidamente, Veronic pôde ver o olho marcado pelo o que ela deduziu ser um golpe dado por Heitor. O farol abriu, e Allan virou a esquina na avenida Marques de São Vicente, próximo ao terminal da Barra Funda. O restaurante ficava perto do Shopping Bourbon. André seguiu o carro dos seguranças de Allan, tomando uma distância dos seus próprios seguranças, que foram forçados a acelerar. Ao estacionar na frente do restaurante, Líliann se impressionou com a quantidade de pessoas na fila. Allan desceu do carro e abriu a porta. Rapidamente, André entregou a chave de seu carro ao manobrista, correu e abriu a porta do carona, deixando Veronic sair sem tocar na porta. Ela o beijou, mas não antes de analisar a vermelhidão no rosto do rapaz.

— Não acredito... — André a calou com os dedos em seus lábios.

— Algum problema, irmão? — Allan caminhava até a entrada do restaurante de braços dados com Líliann.

— Depois, conversamos. — André se aproximou da recepção. Uma jovem magra com cabelos negros sorriu e falou:

— Boa noite, sejam bem-vindos ao Steffanno. — ela suspirou. — Nomes?

— Alcântara Machado, Allan. — André, acostumado a servir a família, falou por Allan. O irmão se manteve calado, ainda acostumado à servidão do irmão.

— Me desculpe, mas não encontro o nome na lista. — ela olhava pela segunda vez.

— Chame Bernard. — ao dizer isso, uma mão tocou o ombro de Allan, fazendo-o se virar. O rapaz abraçou o homem que o tocava.

56

Era alto e negro, tinha olhos verdes brilhantes e atentos. Usava um terno negro riscado e uma gravata vermelha. O cavanhaque bem delineado contornava o rosto. Líliann sentiu o perfume amadeirado que exalava do homem. Afinal, como era uma inauguração, dono e ambiente mereciam estar apresentáveis.

— Não precisa, Lis. — o homem falava com a recepcionista. Piscou o olho direito e sorriu. — A mesa oito é deles, está no meu nome. — A jovem olhou na lista e viu "Bernard Steffano, mesa para seis."

— Mesa para seis? — ela olhou um a um os amigos do patrão, contando somente quatro.

— Heitor não veio? — o homem sorriu. Encarou André, erguendo o seu queixo, analisando seu rosto. Deu-lhe um tabefe de leve e o segurou pelo ombro. — Mesa para quatro, Lis. Se é assim, não vamos perder tempo. — riu, satisfeito com a visita dos amigos.

CAPÍTULO 5

BRINCANDO COM LEÕES

— Por acaso, leu o depoimento do Heitor Alcântara Machado? — um policial entrou na sala da delegada. Suzana estava sentada, analisando alguns documentos. — Chefe?

— Sim, e ele sabe muito bem manipular as pessoas. — ela estendeu um documento para ele. O policial pegou e começou a ler. — Advogado formado, doutorado em retórica... Ele é um sabonete.

— Será que foi ele? — o policial a encarou depois de ler o depoimento. — O próprio pai?

— Ainda não tenho um preferido, mas ficarei de olho em Heitor. Aliás, foi por isso que te chamei, Nick. Quero que fique de olho nele, bem de perto.

— Tudo bem, mas e o André Belcorth, quem é ele nesta história? —Suzana pegou o depoimento de André, dado no dia do assassinato, e sorriu.

— André Belcorth é o garoto que se deu bem, herdou parte da empresa, o nome da família, ganhou faculdade. Não me convence. Está na lista de suspeitos, como o irmão Allan.

REFLEXO DISTORCIDO

— Allan? — Nick se recostou no batente da porta, sem entender. — Sete anos fora do país, por que voltar e matar o pai?

— E se Walter Alcântara Machado não fosse o alvo? — Suzana se levantou de sua cadeira e se espreguiçou. — Entenda, detetive, que te escolhi porque sei que precisa de uma investigação para pleitear a vaga de subdelegado. Leia tudo novamente e conheça todas as entrelinhas. — ela sorriu. — Allan e Heitor se odeiam, mas têm algo entre eles que impede o controle da AM Technologies.

Suzana saiu de sua sala, deixando a dúvida no ar. Nick voltou a ler o depoimento de Heitor, sentou-se na mesa da delegada e pegou os depoimentos de André, juntamente com os depoimentos de todos os funcionários da mansão. Logo, ele pôde entender que, de acordo com Suzana, o alvo do tiro era André, o novo acionista majoritário da empresa.

***

Mansão Alcântara Machado – 21h.

Heitor acionou o portão automático e esperou. Estava irritado. Dirigiu seu Camaro preto, lentamente, pelo caminho de pedras, circulou o jardim e estacionou à frente da mansão. Estava sozinho. Seus seguranças entravam pela lateral da propriedade, deixando o carro na garagem. Soltando a gravata, o rapaz entrou na mansão e foi recebido por Ivanna, a governanta.

— Senhor Heitor, pensei que iria jantar fora...

— Se estou aqui, Ivanna. — ele a olhou, raivoso, e movimentou o braço direito. Machucou-o em mais uma discussão com André. — Onde está o Allan?

— Saiu com a senhorita Veronic e a Líliann, foram ao Steffanno. Seu convite está no escritório, sobre a mesa. — ela se virou, encaminhando-se para a cozinha, quando ele a impediu.

— Passe uma camisa para mim; preta, de preferência. Saio em meia hora. — subiu as escadas, entrando no seu quarto. Abriu uma das gavetas da escrivaninha e pegou o seu revólver, colocando-o sobre a cama. Entrou no closet e se despiu, caminhou até o banheiro e ligou o chuveiro. Escutou o som dos passos de Ivanna, que entrava no quarto. Ela procurava por uma camisa. Depois de se lavar, Heitor saiu com a toalha enrolada na cintura, encarou Ivanna e fungou, dizendo:

— Impossível escolher um camisa? — a mulher respirou fundo e o encarou. O revólver sobre a mesa a assustava. Observou o braço de Heitor, que estava arroxeado.

— O senhor não tem camisas pretas. — apontou para o guarda-roupas. — Quem usa camisas sociais pretas é o Allan.

— Senhor Allan, respeite seus patrões. — ele ficou calado, encarando a mulher. — Pegue uma das dele.

— Ele não vai gostar...

— É uma ordem...

***

Restaurante Steffanno- 21h45

— Como você está, Allan? — Bernard Steffanno falou, enquanto esperava que se sentassem. Allan, cordialmente, puxou a cadeira para que Líliann se acomodasse e esperou que André fizesse o mesmo por Veronic. Após as damas se ajeitarem, os dois se sentaram. — Acredito que esteja sendo difícil.

— Controlar Heitor é uma tarefa difícil. — Allan sorriu para Líliann, que pousou a mão sobre a coxa do rapaz. — Belo restaurante.

— Não estou falando de Heitor, como *você* está? — Steffanno o encarou. — Lhe mandei uma mensagem há dois dias, pedindo-lhe que viesse até meu escritório, para que conversássemos.

— Pessoal. — Allan fungou. — Steffanno é meio-irmão de minha falecida mãe. Portanto, é meu tio; por isso, a preocupação. — Allan o encarou. — Estou bem e gostaria de jantar sem ter que discutir minha vida particular. Vim prestigiá-lo, não ter uma consulta com o psicólogo.

Bernard sorriu para todos e se afastou. Líliann pressionou a coxa de Allan, sem entender o motivo de tal aspereza. Ele, gentilmente, aproximou-se dela, afastou o cabelo da jovem e falou em seu ouvido.

— Gosto muito dele, mas, hoje, estou mais preocupado com André.

A jovem perdeu o fôlego e controlou o impulso de beijá-lo. Ele sorriu, sentindo a mão da jovem deslizar por sua coxa. Encarou o irmão, vendo a marca arroxeada na face direita do rapaz. Veronic também a analisava com cuidado.

— Irmão, o que houve? — Allan se afastou de Líliann, sorrindo.

— Heitor quer demitir os funcionários. Eu sou contra e serei contra até o fim. Não vejo a hora de o testamento ser lido. Giovanna Gama apoia Heitor, e isso lhe dá mais força para pôr em prática a dispensa. — Estava raivoso. Veronic o acalmava, massageando sua mão. O garçom chegou, trazendo o cardápio.

— Acalme-se, não vale a pena brigar. — Allan tentava controlar os nervos.

— Quebramos o painel do andar da diretoria. — Líliann arregalou os olhos. Em sua mente, viu o painel de vidro de mais ou menos dois metros com o nome da empresa e de seus fundadores. — Acho que quebrei uma costela. — André respirou fundo, tocando o abdômen.

— Vamos ao hospital. — Allan encarou Veronic.

— Não! Vamos jantar, não deve ser nada.

Allan suspirou, pegando o cardápio e entregando-o para Líliann. André fazia o mesmo. O cavalheirismo era o charme da família. As mulheres escolheram salmão grelhado. Allan pediu o mesmo e um vinho tinto. André preferiu pedir arroz com polvo. Líliann achou a escolha exótica. Enquanto esperavam os pratos, Allan dedilhava a mão de Líliann sobre sua coxa, e ela sorria. De tempos em tempos, André suspirava. Estava com dor.

A música ambiente levou alguns casais que esperavam seus pratos a levantarem-se e dançarem no salão central. Tudo no Steffanno fora projetado para o comodismo dos clientes. Allan notou que Líliann não tirava os olhos dos casais que dançavam. Então, sorriu e se levantou. Estendeu a mão em forma de reverência e limpou a garganta, chamando a atenção da jovem. Líliann se virou, assustada. Sem ação, encarou Allan e balançou a cabeça em negativa.

— Não! — ela desviou o olhar e sorriu para Veronic. A ruiva semicerrou os olhos. — Não! — Voltou a encarar Allan.

— Você não vai deixar um Alcântara Machado com a mão estendida. — André forçou um sorriso. Allan ainda se mantinha de pé, os olhos fixos na jovem. Líliann suspirou. — Allan! — André o encarou. — Seja mais cavalheiro.

Allan sorriu. Endireitando a postura, estendeu a mão novamente, dizendo:

— Senhorita Souza, me concede a honra desta dança? — sorriu devido ao gracejo. Líliann segurou a mão do patrão. Estava vermelha de vergonha. Suspirou ao sentir a mão de Allan em sua cintura. Ele a conduziu até o centro do salão. A música leve e envolvente embalava o momento. Allan a girou, pegando-a, novamente, pela cintura. Aproximou seus corpos, deixando-a tensa. Ele massageou sua mão e sussurrou em seu ouvido.

— Calma, só estamos dançando.

***

Mansão Alcântara Machado – 21h45

Heitor se encarava no espelho. Estava com as roupas de Allan, os cabelos impecavelmente alinhados. Olhou na bancada da pia, procurava por algo para concluir o *look*. Ao encontrar o gel, pegou uma pequena quantidade e a passou nos cabelos. Bagunçando-os com o pente, ele sorria para si mesmo. Ao sair do banheiro, Ivanna o esperava no quarto. Ficou pálida ao ver que Heitor estava vestido de modo idêntico ao do irmão.

— Jones já estacionou o carro. — estava trêmula, sem fala. — Vai ao Steffanno? — ela lhe entregava o convite. Era dourado e preto e tinha o nome dele escrito em vermelho fosco.

— Sim. Afinal, Bernard precisa ser parabenizado. — sorriu. — Não me espere.

Ao escutar o som da porta se fechando, Ivanna tomou coragem e saiu do quarto. Desceu as escadas e caminhou apressada até o bar. O móvel de mogno brilhante acomodava as mais variadas bebidas, que, em sua maioria, eram escolhas de Heitor. Sobre a bancada longa de mármore, o telefone sem fio estava na base, carregando. Ela, rapidamente, discou um número. Os toques sequenciados a deixavam nervosa. *Caixa postal*. Uma mão retirou, violentamente, o aparelho de suas mãos. A empregada se virou, assustada. Jones a encarava com altivez.

— Usando o telefone da casa grande? — riu, debochado. O segurança era jovem, aparentava ser mais jovem do que os gêmeos. — Vai cuidar de suas panelas.

— Você acha que Heitor vai te recompensar por essa proteção? Entenda, rapaz: trabalho na mansão desde antes do nascimento dos gêmeos, conheci a mãe deles. — ele desdenhava das palavras da empregada. — Heitor não recompensa ninguém.

Jones se sentou no sofá, demonstrando sua arrogância. Ivanna o ignorou. Deixando-o sozinho, saiu da sala e caminhou, ainda trêmula, na direção da cozinha. Pensava no que Heitor iria fazer, agora que estava idêntico ao irmão.

***

Restaurante Steffanno — 22h

Allan deslizou a mão pelas costas de Líliann, fazendo-a tremer. Ele sorriu, aproximando-se do seu ouvido, cantarolando a música que tocava ao fundo. Girou-a de forma delicada, pegando-a em seguida. Para ela, Allan Alcântara Machado era um conquistador barato, mas, a cada dia, encantava-se com o seu jeito cavalheiresco. A música foi terminando, e Líliann não queria esse fim. Sentia-se bem ao lado de Allan, segura. Isso era estranho, pois a relação deles era somente de patrão e funcionária, e nada mais.

Com o término da música, Allan se virou. Conduzindo-a para a mesa, estacou, olhando para André, que estava emburrado, ignorando a terceira pessoa que estava sentada à mesa. Líliann segurou a mão de Allan e o conduziu até a mesa. Heitor os analisava a cada passo, a cada gesto. O irmão gêmeo logo reconheceu as roupas, notou a mudança no penteado e, ao sentar-se, sentiu o cheiro da colônia – sua colônia. Heitor sorriu, levantando-se de maneira educada. Líliann assentiu, sentando-se assim que Allan puxou a cadeira. Veronic encarou Heitor e, indiferente, sorriu para Líliann, dizendo:

— Vamos ao toalete? — a ruiva se levantou, e Líliann fez o mesmo. — Com licença. — falou, serena. Os cavalheiros fizeram o mesmo, puxando as cadeiras, a fim de lhes dar espaço. Heitor acompanhou os irmãos, observando as jovens afastarem-se.

— Poderiam ter me esperado? — Heitor fuzilou os irmãos. — Pensei que não misturássemos assuntos da empresa com nossas vidas pessoais.

— Como se tivéssemos uma vida juntos, Heitor. — André o encarou. — Me admira poder andar.

— André, curta a sua vida com Veronic, ela pode ser curta. — Allan bateu a mão levemente sobre a mesa, gesto que aprendera com seu pai. André e Heitor o encararam.

— Chega de brigas. Amanhã, conversaremos somente os três. — fungou. — Agora, vamos jantar. — Allan tentava manter a calma perante as mulheres, que se aproximavam. Sua vontade era de botar Heitor para fora. *Está usando minhas roupas, meu perfume. O que ele quer?*

22h40

Heitor não pedira comida, somente vodca. André permaneceu calado o jantar inteiro. Veronic se sentia incomodada com a presença do gêmeo arrogante. Allan se levantou, pedindo licença a todos. Caminhou até o toalete, passando por Bernard.

— Tudo calmo? — falou, encarando o sobrinho.

— Ele está bêbado. — Allan sussurrou. — Vai aprontar.

— Meus seguranças o colocam pra fora, caso seja necessário. — Steffanno olhou para o salão, repórteres fotografavam todos os detalhes da inauguração. — Vai ser capa de revista.

— Esse é meu medo.

***

22h40

A entrada do Steffanno estava lotada. Nicholas Gomes esperava sua vez de entrar. Havia seguido Heitor até o restaurante. Deveria saber o passo a passo de Heitor e entender um pouco mais da relação entre os gêmeos e o meio-irmão. Ao entrar no restaurante, Nick se encaminhou para o bar. Segundos depois, localizou Heitor, sentado em uma mesa com seu meio-irmão, a noiva e a secretária da empresa. Pediu um martíni, crente de que os observaria a noite toda. Minutos se passaram, e Nicholas pôde notar uma tensão na mesa. Levantou-se, a fim de trocar de lugar e aproximar-se mais dos irmãos. Esbarrou em um homem que saia do banheiro. Ao encará-lo, veio a dúvida.

— Desculpe — falou o homem ao caminhar até a mesa em que Heitor se sentara. *Será que este é o Heitor?*

Merda, Nicholas, e agora?

Do outro lado do salão, Bernard Steffanno observava tudo e, em especial, a mesa de seus sobrinhos. Avistou Allan esbarrar em um homem que estava no bar. Percebeu que o homem não tirava os olhos da mesa dos jovens Alcântara Machado. Bernard cumprimentou um repórter que o parabenizava sobre o restaurante, caminhou até o homem e se apresentou.

— Olá, sou Bernard Steffanno, gostando do restaurante? — Nicholas suspirou, virando-se para cumprimentar o dono do restaurante.

— Nicholas Gomes, Polícia Militar. — Bernard se espantou. — Um belo restaurante, está de parabéns.

— Obrigado, aproveite o peixe, está divino. — Bernard se afastou de Nicholas, passando por um garçom magro e alto de cabelos negros. Pegou-o pelo braço e disse:

— Mesa oito. Avise o rapaz de camisa preta que tem um policial observando. — Bernard iria sinalizar ao garçom qual dos rapazes era o certo, mas fora impedido por Lis, que o chamava, aflita, à recepção do restaurante. Bernard se apressou em ver o que se seguia no salão.

23h

Allan se sentou à mesa, sorrindo para Líliann. Heitor bebia o quarto copo de vodca. André se levantou e foi ao banheiro. Veronic e Líliann conversavam, enquanto Allan e Heitor se encaravam.

Um garçom alto e magro se aproximou, sussurrando algo no ouvido de Heitor. Allan observou a tensão do irmão, que limpou as mãos no guardanapo, levantando-se para, em seguida, ir ao banheiro. Allan, temendo por André, o seguiu, deixando as duas moças sozinhas na mesa. Bernard surgiu no salão e, ao notar a mesa quase vazia, seguiu até o local mais provável.

Allan entrou no banheiro aparentemente vazio. Dois reservados estavam ocupados: um, por Heitor; outro, por André. Fitou seu reflexo no espelho. Um dos reservados se abriu, e André o encarou.

— Noite difícil. — falou, sabendo que Heitor estava no banheiro. — Vou pedir a conta.

— O. K. — Allan falou sem dar-lhe atenção.

Ele encarava os sapatos brilhantes que eram vistos por debaixo da porta. André deixou o banheiro no exato momento em Heitor saía do reservado. Allan o encarava pelo espelho, era o seu reflexo. Estavam idênticos. Camisa preta com alguns botões abertos demonstrando a pele morena, calça social, sapatos engraxados, cabelos arrepiados e aroma amadeirado de colônia.

— Você o protege, mas o usa como empregado, o despreza igual a mim... — caminhou até a pia, lavando as mãos. Andou até o outro lado, puxando algumas toalhas descartáveis e secando as mãos. Fez tudo isso sem tirar os olhos do reflexo do irmão.

— Não desprezo nosso irmão...

— Seu irmão. — Heitor retrucou, apontando o dedo para o espelho — Ele vai afundar a empresa, não sabe lidar.

— E você, sabe? —Allan, ainda o encarando pelo espelho, não queria virar-se e confrontá-lo, pois sabia do resultado.

REFLEXO DISTORCIDO

— As medidas que tomei nos últimos dois anos salvaram a empresa até hoje. — Heitor cruzou os braços, recostando-se na porta do reservado. — Somos irmãos, Allan. Estamos ligados. Você pensa igual a mim.

— Não, não penso igual a você. — fungou, fechando os olhos. — Não penso nem igual ao nosso pai. Nunca te perdoei. Por isso, me afastei.

— Medo? — riu, debochado. — Allan, você é pior do que eu. — Gargalhou. — Já contou para Líliann que você adora pegar as secretárias de nosso pai desde seus dezesseis anos?

— Líliann é diferente... — Allan suspirou.

— Ahhh, está apaixonado? — Heitor sorriu. — Vamos dividi--la também?

— Chega! — Allan gritou. — Eu passei a minha vida inteira agindo como se o mundo à minha volta fosse de papel, para que eu não quebrasse nada toda vez que eu tentasse te matar. — de olhos fechados, Allan gritava. — Pela nossa mãe, pelo nosso pai, por...

— Por você, esta é a verdade — Heitor o interrompeu, aproximando-se do irmão. Falou em seu ouvido. —, Allan, entenda, você se poupa. — riu. — Pare de fazer isso, pare de fugir.

— A única coisa que quero é que você pare de ser um canalha, que, haja o que houver, pare de ser um canalha.

— Allan, eu, canalha? — riu, falando pausadamente, próximo ao seu ouvido. — Que homem sou eu, perto do homem que não fez nada ao ser corneado.

Allan se virou com rapidez, com a intenção de golpear o irmão. Estendeu o punho, acertando o ar. Estava sozinho no banheiro, a porta se fechava lentamente. Allan se ajoelhou, arfando. A raiva o consumia. Permaneceu abaixado no chão do banheiro, por alguns minutos. Um par de sapatos marrons surgiu no chão. Allan se levantou, encarando Bernard, que estava parado à sua frente.

— Heitor foi embora. Havia um policial observando a mesa de vocês. — Bernard fechou os olhos. — O policial saiu em seguida. Ele está seguindo Heitor agora.

— Que o prenda...

— Allan, por favor, veja a situação. — Bernard tentava manter um diálogo com o sobrinho. — Cuidado com o Heitor.

CAPÍTULO 6

LEMBRANÇAS

Nick entrou no seu apartamento, ligou o computador, conectou o celular ao cabo USB e estralou as costas. Estava cansado. Seguiu, por mais de sete horas, o suspeito número um de toda a investigação; pelo menos, para ele, Heitor era o suspeito número um. As imagens que fez da noite e do início da madrugada demonstravam um Heitor devasso. Os bares e lugares em que entrou. As mulheres que colocou dentro de seu carro, para, depois de uns quarenta minutos, despedir-se com uma nota de cem, dando espaço para que outra entrasse em seguida. Nicholas se atentou a uma foto em especial. Heitor e um rapaz jovem bem vestido conversavam próximos ao Viaduto do Chá. Nick fotografou o exato momento em que Heitor entregava ao rapaz um envelope pardo, aparentemente cheio de documentos. *Ou seria dinheiro?* Despediram-se com um aperto de mãos, e Heitor voltou para dentro do carro.

O que você esconde, Heitor Alcântara Machado? Questionou-se mentalmente, enquanto passava, uma a uma, as fotos. Parou, intrigado com outra foto. Esta demonstrava a entrada da mansão. O carro de Heitor havia acabado de ser estacionado por um dos seguranças.

Bingo! Nicholas gritou ao aumentar o *zoom* na imagem e constatar que, embora um pouco fora de foco, o homem que manobrava o Camaro preto de Heitor era o mesmo que, às exatas 3h40 da manhã, recebia um envelope suspeito próximo ao Viaduto do Chá.

— Nem todos os funcionários foram interrogados, Nicholas... — Suzana analisava as fotografias tiradas pelo investigador. Nicholas bebia seu café comprado na Starbucks próxima à delegacia — E o que impede a promotoria de não aceitar que este é Heitor Alcântara Machado, mas, sim, seu gêmeo?

— Eu o acompanhei a noite toda, da mansão ao Steffanno, e, depois disso, pela São Paulo noturna... — depositou o copo na mesa da delegada.

— Mas você também disse que o perdeu de vista no restaurante, que ele estava muito próximo do irmão. — Suzana testava o jovem investigador, embora aparentasse não acreditar no fato de Heitor ter uma vida noturna.

— Parece que você o protege. — falou, olhando nos olhos negros da delegada. — Tudo bem — fungou. — O jornal anunciou uma entrevista com os filhos de Walter. Irei me atentar...

Suzana ficou calada. Nicholas saiu da sala, deixando-a sozinha. As fotografias sobre a mesa lhe davam novas ideias. Ela gritou:

— Nicholas! — o rapaz surgiu à frente da sala. — Os seguranças, chame todos.

— Obrigado — ele sorriu. Entrou na sala novamente, pegando seu copo de café. — Eu sei que estou certo, tem coisa aí. — apontou para as fotos.

— Tudo bem, eu espero que esteja certo. — ela se levantou, pegou as fotografias, deu a volta na mesa e lhe entregou. — Serão a sua cabeça e meu distintivo, se estiver errado.

***

Allan acordou cedo. Sentindo uma dor de cabeça horrível, virou-se para o lado, observando Líliann, que dormia calmamente. Respirou fundo e se levantou, saindo do quarto e fechando a porta atrás de si, sem fazer barulho. Estava somente de cuecas. Caminhou até a cozinha, como se fosse dono da residência. Abriu um armário atrás de copos e encontrou panelas. Abriu outro e encontrou plásticos. Sorriu, vendo a forma como eram guardados: sem ordem alguma. Ao abrir uma terceira porta do armário de parede enferrujado, Allan encontrou copos de molhos e ervilhas.

— Perdido? — Líliann falou atrás dele. Allan se virou para encará-la. Líliann desviou o olhar ao vê-lo somente de cuecas. — Dormiu bem? — tentou manter um diálogo.

— Não muito.

Allan se sentou no banco de plástico que estava próximo à mesa da cozinha. Com as mãos, tapava suas partes que demonstravam excitação matinal. Ele encarou o ambiente. Havia um fogão velho e uma geladeira com a porta solta. Uma simplicidade de que ele sentia falta.

REFLEXO DISTORCIDO

— Vou lhe servir. — Líliann estava usando um roupão bege manchado. Descalça, ela andava pela cozinha sem se incomodar com o frio do piso avermelhado. Allan a seguia com o olhar.

Fora decidido por André que Allan não retornaria para casa. Enfrentar Heitor não seria uma boa decisão a se tomar. Allan iria para um hotel, mas Líliann se preocupava com a saúde do patrão. Allan estava nervoso e tremendo. A glicemia deveria ter caído, haja vista que o médico lhe informara sobre sua diabetes ser emocional. A secretária, então, sugeriu que o patrão dormisse em sua casa. Allan, relutantemente, aceitou.

— Você está um trapo. — Líliann lhe entregou o copo com água gelada. — O que vai fazer?

— Matar Heitor era uma boa, mas eu não combino com penitenciárias. — riu, irônico. — Mas não quero falar sobre Heitor, não agora. — Allan a puxou pelo pulso, trazendo-a para mais próximo de si.

— Allan, melhor... — calou-se logo que Allan a beijou. O calor da pele morena de Allan a esquentou. Sua mão deslizou pelo abdômen definido do patrão, descendo até a cintura dele. Ele a sentou em seu colo, e ela o abraçou, sentindo algo crescer entre eles. — Não, isso está errado.

— Dormimos juntos. — Allan a encarou. Ela se levantou, vermelha.

— Só dormimos. — ela se soltou da pegada dele, movimentando as mãos em sinal de defesa. — Por mais bonito que seja, o charme Alcântara Machado não funciona comigo. — ele riu, levantando-se. Estava verdadeiramente excitado.

— Eu não iria deixar você dormir no sofá. — Allan falou, tentando puxá-la novamente.

— Eu digo o mesmo, mas entenda: dormimos na mesma cama, longe um do outro. Você é meu patrão, e eu o respeito. E...

— Está demitida. — Allan a interrompeu. Ela o olhou sem entender. — Posso estar me envolvendo rápido demais, mas você é a única, em anos, que eu deixo ver além da armadura. — ele ficou calado por um segundo. — Heitor vai querer te usar para me atingir, e a melhor forma de que isso não aconteça é te deixar próxima de mim.

— Allan, você está misturando as coisas. — Líliann o encarou. Ele se aproximou dela.

— Sinto algo, eu não sei dizer...

— Vamos com calma. Não estou demitida. Sou sua secretária, e você tem uma coletiva de imprensa hoje, no jardim da mansão. — Allan se deu por vencido, erguendo as mãos. — Agora, por favor. — Líliann pegou um pano de prato e jogou nas mãos do rapaz. — Cubra-se.

— Deus. — Allan olhou para as suas partes. Estava muito, mas muito excitado. Ele se cobriu- com o pano. — Me desculpe. — ficou pensativo — No jardim? — ele mudou de assunto, franzindo a testa. Olhou para alto, tentava conter a excitação. — Meu pai foi morto no jardim.

— Eu sei, mas sua noiva foi baleada na sala. Existe algum lugar da mansão em que não tenha ocorrido um crime? —Allan ficou em silêncio. — Viu só? Me admiro com a piscina ser livre de crimes. — Riu.

— Heitor matou um gato afogado na piscina quando tinha dezoito anos... — ele riu.

— Céus, é uma casa dos horrores. — Líliann saiu da cozinha com Allan atrás de si. Voltando para o quarto, Allan a interrompeu antes de fechar a porta.

REFLEXO DISTORCIDO

— Desculpe pelo beijo...

— Eu aceitaria suas desculpas se você fosse gordo ou careca, mas não, você é lindo, e, agora, eu não consigo te olhar sem ficar vermelha. — disse ela, apontando para as partes de Allan, fechando a porta e deixando-o no corredor. Ele sorriu, indo para a sala. Sentou-se no sofá, esperando que ela se arrumasse. Não poderia se arrumar, já que suas roupas estavam no quarto.

***

Allan dirigiu, calado. Liliann dedilhava as teclas digitais de um tablet. Estava organizando a agenda do patrão. Em sua mente, as horas da noite passada rondavam cada pensamento. Allan, deitado, inicialmente com camisa; coberto, ele revirava na cama. Líliann notou seu desconforto em dormir vestido. A jovem sorriu, dizendo-lhe que poderia ficar à vontade. *Nossa!* Ela pensou ao vê-lo se levantar e tirar as calças e a camisa. Líliann ficou olhando cada movimento do rapaz. A pele morena e o abdômen definido, com seis gominhos que ressaltavam os músculos.

Ele sorriu para ela, deitando-se em seguida. A jovem se virou de costas, brigando consigo inutilmente. Sua cordialidade não deixou que seu patrão dormisse no sofá, mas, agora, ele estava lá, seminu, ao seu lado. E ela não sabia o que fazer.

— Vamos repassar a minha agenda? — Allan quebrou o silêncio. Ao ouvir a voz do patrão, a jovem despertou de suas lembranças, deixando o tablet cair em seu colo — Tudo bem? — Allan a notou, tensa.

— Sim, claro, só o fato de meu patrão me beijar, e eu não conseguir olhar na cara dele. — Allan verificou a rua, girou o volante e estacionou no acostamento. — Temos uma coletiva em meia hora.

— Eu sei, mas eu não seria um Alcântara Machado se não me atrasasse. — ele sorriu. — Me desculpe, eu agi por impulso.

— E que impulso. — Líliann sussurrou. Allan gargalhou. — Estamos atrasados.

— Tudo bem, mas eu não vou deixar este assunto por aqui. — Allan deslizou a mão sobre a perna da jovem, fazendo-a tremer.

***

— Dr. Heitor não dormiu em casa, e os repórteres estão esperando. — Ivanna falava com Allan, acompanhando-o na direção do jardim da mansão. — Senhor, eu precisava lhe falar sobre Jones. — Allan notou a tensão na voz da mulher. Parou próximo ao hall espelhado que dava saída para o jardim e a encarou.

— O que houve? — ele a segurou pelos pulsos, fazendo com que ela se sentasse no sofá branco ao lado da porta.

— Ontem, tentei ligar para você. Heitor estava... igual a você, como antes. — ela fungou. — Jones me impediu. Tirou o telefone de minhas mãos.

Allan se transformou. Nunca, nenhum funcionário desrespeitara Ivanna. Para ele, a empregada era como uma segunda mãe. Ele caminhou até o intercomunicador da mansão e digitou o código do chefe da segurança.

— Bento, venha até o hall...

— Por favor, não quero prejudicar ninguém. — Ivanna estava assustada. Segundos depois, Bento surgia no hall. Estava apreen-

REFLEXO DISTORCIDO

sivo devido ao tom de voz do patrão. Atrás dele, estavam André e Líliann, que assistiriam à entrevista.

— Aconteceu algo, Allan?

Bento não usava formalidades; não mais. Tantos anos servindo a família, somente com ele não usava formalidades. O homem negro na casa dos cinquenta anos usava terno azul marinho. A cabeça careca reluzia com a luz que entrava pelo hall. Em sua mão direita, um rádio de comunicação.

— Quero que coloque o Jones no devido lugar dele. — Bento fungou. — Quem o contratou?

— Heitor...

— Então, peça ao meu irmão, assim que ele chegar, que venha falar comigo. O funcionário dele está se sentindo alguém dentro desta casa. — o tom de voz de Allan fez com que André se lembrasse de Walter. Allan usava as mesmas palavras que Walter utilizou para colocá-lo em seu lugar, antes de assumi-lo como filho.

— Hruhn. — André limpou a garganta. — Estão nos esperando. — Allan se virou, interrogando.

— Você foi ao médico? — Parou, antes de sair para o jardim. Encarou o irmão.

— Fui. — sorriu. — Fique calmo, não quebrei nada.

***

Quinze anos atrás – Casa de praia da família Alcântara Machado

— André, não fique aqui na sala. Dr. Walter nos trouxe, mas não devemos abusar. — Tânia Belcorth falava com o filho. — Ivanna, vamos arrumar isso, dona Marta não gosta da sala desarrumada.

— Mãe, posso dar uma volta na praia? — André falou, mas, antes que sua mãe respondesse, Walter entrou na sala com toda a sua imponência, fuzilando o garoto.

— Tânia, ensine seu filho para que ele não se sinta alguém aqui dentro. — o jovem André cerrou os punhos. A mãe se aproximou dele. — Onde estão Allan e Heitor?

Ivanna observava o rapaz. Não era de hoje que notara a semelhança dele com os gêmeos e o pai. Os cabelos brancos proeminentes, o charme da família. O porte másculo e a pele morena. André não era moreno como os gêmeos, mas isso não era motivo para negar as desconfianças.

— Heitor está na piscina, e Allan foi caminhar. — Walter ainda encarava André. — Filho, vai para o quarto. À noite, nós saímos.

André deixou a sala, enquanto Walter o analisava. O patrão se viu perdido em pensamentos, sendo despertado por Marta. A mulher usava um vestido longo de cor bege, sandálias de dedo e óculos escuros. Retirou-os, demonstrando os olhos verdes. A pele morena e os cabelos lisos até a cintura a deixavam cada vez mais jovem. Walter aparentava ser muito mais velho do que ela, devido aos cabelos brancos.

— O que foi, meu amor? — Marta sorria.

— Esse garoto, filho da Tânia...

— Ah, seu erro... — Marta ironizou. Caminhou até o pequeno bar e se serviu de um pouco de whisky. — Ainda não demiti Tâ-

REFLEXO DISTORCIDO

nia, porque é uma excelente empregada. Desde que me contou, estou furiosa com você, Walter.

— O que eu deveria ter feito, posto ela pra fora, grávida? — Marta se sentou no sofá, dando um gole na bebida. Ivanna e Tânia já haviam saído. A sala estava organizada.

— Não, minha raiva de você, Walter Alcântara Machado, é por não ter sido homem para expulsá-la com uma boa pensão nem para assumir o André como seu filho.

— Marta? — ele girou. — Sou um homem influente, não posso assumir o filho da empregada.

Na cozinha, Tânia chorava. André entrou, a fim de pegar um copo d'água, e ouviu a discussão. Passou pela mãe e entrou na sala. O patrão dizia:

— Ele já tem tudo: estudo, mesada, vai cursar qualquer curso que quiser. Não precisa do meu sobre... — Walter se levantou ao encarar André, que tinha os olhos vermelhos, devido à vontade de chorar, embora se controlasse. O rapaz caminhou até a sala. — André, estamos conversando.

— Falando sobre mim...

— Você não entende. — Walter se aproximou do rapaz. André lhe acertou um soco na cara. Marta controlou um grito com as mãos na boca. — Seu...

— Eu e minha mãe vamos embora desta casa. Fique com seu dinheiro e sobrenome, não precisamos disso.

***

Mansão dos Alcântara Machado – Dias atuais

— Senhor Allan, muito obrigado por nos receber. — Vinícius Magalhães se aproximou de Allan, estendendo a mão a fim de cumprimentá-lo. O rapaz era jovem e mais alto que Allan. Usava roupas sociais claras e tinha os cabelos negros alinhados com gel. Allan apertou a mão do rapaz, sorrindo.

— Era o mínimo, já que lhe foram negadas algumas fotos. — ao ouvir isso, Líliann se aproximou com um embrulho de tamanho mediano. Era dourado e decorado com fita. Allan o pegou, analisando-o antes de entregar ao rapaz. — Bom, pode ver que minha secretária tem bom gosto para embrulhos. Espero que goste.

O rapaz sorriu, pegou-o encabulado e o abriu logo. De início, achava que era uma câmera simples, mas, ao ver a caixa do produto, ficou sem ar. Líliann sorriu atrás de Allan. André, longe do grupo, também sorria, mas voltou sua atenção para Bento, que repreendia o segurança novato. André fechou os olhos, com as palavras de Allan rondando sua cabeça, e mais lembranças daquele dia voltaram a assombrá-lo.

Quinze anos atrás – Casa de praia da família Alcântara Machado

— Você viu meu celular? — Allan caminhava pelo deck da piscina. Heitor nadava, nu.

—Ele resolveu dar um mergulho. — Heitor apontou para o fundo da piscina, onde o aparelho celular de Allan jazia desligado. — *Sorry*, irmãozinho, mas você o deixou no *deck*, e, quando Simone saiu da piscina, ela pisou nele, desequilibrando-se.

— Simone estava aqui? — Allan se abaixou, jogando uma toalha sobre o irmão. — Papai vai te matar quando souber que você transou com a filha do jardineiro.

— Cara, daqui para a frente, irei transar com as filhas de muitos homens. — Heitor saiu da piscina, enrolando-se na toalha molhada. Caminhou pelo deck pegando uma toalha seca. — Tenho quinze anos, faço dezesseis daqui duas semanas. Está na hora de as filhas dos outros me conhecerem melhor.

— Meninos. — Bento apareceu no jardim. — Dr. Walter está chamando. Heitor, vista-se.

Na sala, Walter e Marta Alcântara Machado estavam sentados no sofá de quatro lugares, enquanto Tânia e André se mantinham de pé do outro lado da sala. Heitor entrou vestindo a camisa, e Walter o fulminou. Marta se levantou e se aproximou do filho, sussurrando.

— Edy veio falar com seu pai. Se Simone engravidar, você vai arcar com tudo.

Heitor fungou, sentando-se no sofá. Marta fez com que Tânia se sentasse. André permaneceu de pé. Allan entrou calmamente, enquanto conversava com Bento sobre a iluminação do jardim. Havia muitos lugares escuros.

— Bom vê-lo interessado pela segurança. — Allan desviou o olhar para o pai e sorriu. — Heitor poderia ser mais interessado.

— Pai, tenho quinze anos. O que quer, que eu dirija a empresa? — falou, espreguiçando-se. — O que quer? Preciso de um banho...

— Passou a tarde na piscina e quer um banho? — Walter falou, elevando a voz. — A próxima conta de consumo irá ser descontada de sua mesada.

— Vamos ao que interessa, Walter? — Marta acompanhou Allan, fazendo-o sentar-se ao seu lado. O filho sentia a sua tensão.

— Bom, meninos, e, em especial, Heitor...

— Espera! — Heitor se levantou. — Tânia, André, podem nos dar licença...

— Não! — Marta interrompeu o filho antes que uma grosseria – *marca registrada dos homens da família* – fosse dita. — Eles irão participar da reunião.

Allan encarou André e sorriu.

— Tudo isso só por que transei na piscina? — Heitor olhou para a mãe, envergonhado. Walter suspirou.

— Não! Fique quieto, Heitor! Seja adulto uma vez na vida. — Walter gritou. — Você tem total relação com o assunto, pois o que fez é errado.

— Explique-me — Heitor se sentou novamente.

— Como você, eu cometi um deslize, me envolvendo com uma funcionária de nossa família. — Tânia fechou os olhos, tamanha era a exposição. — Eu não tenho somente vocês dois como filhos. — Heitor encarou André, que fulminava Walter com o olhar. Heitor se levantou.

— Espera aí!

Allan fungou, levantando-se e impedindo o gêmeo de falar. Walter continuou.

— Sim, Heitor. Na época, eu e sua mãe havíamos nos separado. Nunca fomos um casal cem por cento feliz. — Heitor estava furioso. Allan o segurava, dizendo para deixar o *velho* falar. — Quando vocês nasceram, André nasceu meses depois.

— Isso é ridículo! — Heitor gritou, empurrando Allan com violência. Marta, levantando-se, pôs-se entre os gêmeos. — Mãe, você vai aceitar?

REFLEXO DISTORCIDO

— Eu sempre soube, meu filho. Já estava na hora de seu pai tomar uma decisão. — Marta encarou o marido. — Deixe-o terminar. — a mãe mostrou o sofá para que os gêmeos sentassem.

— Hoje, eu e André nos desentendemos. — Walter passou a mão no rosto. Allan notou a vermelhidão na parte esquerda, próxima à boca. — E ele disse que vai sair de casa junto com a mãe.

— André! — desta vez, Allan interrompia o pai. — Sempre te considerei meu irmão. — Heitor fungou. — Você não gosta da gente?

— Gostar? — André saiu de trás do sofá, massageando o ombro da mãe. Tânia estava séria. — Ser tratado como ninguém, ser olhado com desprezo? — Allan fechou os olhos.

— Meninos... — Marta falou, quebrando o silêncio que se formou. — Vamos deixar o pai de vocês conversar com o André. Depois, vocês podem conversar.

***

Mansão dos Alcântara Machado – Dias atuais

A câmera profissional da marca Nikon reluzia com o sol que iluminava o jardim. O dia escolhido para a entrevista não poderia ser melhor. O repórter sorria enquanto analisava o presente – aliás, um pedido de desculpas. O rapaz, conhecendo o modelo, lembrava-se de tê-lo visto na loja. Era o mais caro, beirava os seis mil reais. Controlando a felicidade, ele encarou Allan, devolvendo-lhe o presente.

— Não posso aceitar. — suspirou. — É muito mais do que a que seu irmão quebrou.

86

— Se não aceitar, vou considerar isso uma ofensa. — Allan falou de forma calma. — É o mínimo, aceite. Tire fotos melhores, pode ser o caminho para a sua promoção...

— Muito obrigado. — ele segurou a câmera com as duas mãos. — Bem, vamos iniciar?

— Sim, claro. — Allan se virou, encarando Líliann. — Podemos?

— O quê? — a jovem não entendia.

— Quero que fique comigo enquanto respondo às perguntas. — ele estendeu a mão, curvando-se levemente.

— Você adora isso, não? — ela sorriu. — Tudo bem...

Antes de iniciar a entrevista, Vinícius apresentou a eles uma mulher, que estava sentada em uma das cadeiras próximas à piscina. Estava com um tablet nas mãos e, distraída, lia notícias na internet. O repórter teve de chamá-la duas vezes, fazendo-a sorrir, envergonhada. A mulher se levantou sem jeito. Tinha cabelos curtos repicados no tom loiro pastel. Usava batom roxo e roupas descontraídas para a ocasião: uma saia roxa com flores negras bordadas, sandálias de tiras até os tornozelos e uma blusinha branca de cola "V". Ela desligou o tablet enquanto caminhava. Mirella estendeu a mão, a fim de cumprimentar Allan, e se desculpou logo.

— Uma piscina desta... Não podemos deixar de apreciar. — Vinícius estava envergonhado. — Desculpe-me a ousadia.

— Sem problemas, já faz um bom tempo desde que esta piscina não é utilizada, desde o gato. — Allan falou, sabendo que ninguém entenderia, a não ser Líliann, que riu baixinho. — Podemos começar?

REFLEXO DISTORCIDO

— Ahh, claro, eu sou a mediadora da entrevista. Para que entenda, estamos organizando uma entrevista on-line e impressa para o site da TV Globo. Então, é algo mais descontraído. — ela sorriu ao notar que Líliann anotava tudo na agenda. — Se o senhor permitir, gostaríamos de, no mínimo, quatro fotos do senhor em ambientes da casa e/ou com familiares; e de uma somente do senhor.

— As fotos nos ambientes, nosso colega Vinícius pode estrear a sua nova câmera. — Allan sorriu. — Familiares...

— Sua relação com seu irmão é uma das perguntas da entrevista. Creio que não teremos uma foto de vocês dois juntos. — ela se calou com a péssima piada. — Mas podemos mudar para uma foto com seu meio-irmão e com sua namorada...

— Secretária. — Líliann, que estava de cabeça baixa, levantou o olhar e respondeu rapidamente. — Sou funcionária da AM Technologies, namoros são proibidos na empresa. — séria, ela encarou Allan. — Vou informar sua agenda para os seguranças. Você ainda terá uma coletiva na empresa.

Allan assentiu, voltando seu olhar para uma Mirella desmontada. A mulher respirou fundo e prosseguiu com as explicações sobre a entrevista, deixando Allan mais descontraído e disposto a responder sem medo. A tática usada pelos jornalistas nunca falha. No hall de vidro, André observava o segurança que todos chamavam de Jones. Era alto e forte. Tinha os cabelos espetados e bem aparados. O olhar de rapina, sempre atento. O rapaz falava com Bento. Estava sério.

— O que todos fazem aqui? — a voz de Heitor inundou o hall. André olhou para fora, vendo que a entrevista já se iniciara. Jones se aproximou de Heitor, falando algo em seu ouvido. Cerrando os punhos, Heitor seguiu para o jardim, mas André o impediu, parando-o na porta.

— Não pode atrapalhar...

— Virou segurança? — Heitor deu um passo para trás. — Saia da frente.

Ao ver que André não iria sair, Heitor passou a mão no rosto e, rapidamente, formou um soco na direção do rosto do meio-irmão. André se esquivou. Espalmando o punho de Heitor, girou nos calcanhares e pegou o braço estendido do irmão, travando-o em suas costas. Heitor não gritou, mas a dor que sentiu o deixou sem forças.

— Não sou segurança, mas aprendi a me defender. — Heitor estava imobilizado. Bento bateu palmas ao ver o patrão preso. O ódio tomou conta de Heitor, que, ao tentar se defender, teve seu braço forçado por André. A dor o fez arfar. — Quanto mais se mexer, mais vai doer.

— Imbecil.

— Das outras vezes em que me acertou, eu estava desprevenido. — falou, sentindo-se vitorioso. — Eu vou te soltar, e você vai para o seu quarto ou escritório. Deixe Allan falar com os repórteres. Tudo bem? — puxou um pouco o braço, fazendo-o gemer de dor.

— Tudo bem, tudo bem... eu vou, mas isso vai ter volta. — André diminuiu a força que usava, girando Heitor e o empurrando pelas costas. Ele cambaleou. Firmando-se próximo a Jones, alinhou o terno e passou a mão nos cabelos. Estava suado. Movimentou o braço direito, doía muito. — Vai ter volta, Belcorth.

Quinze anos atrás – Casa de praia da família Alcântara Machado

— Sei que desculpas não irão ajudar, mas é o início para nos acertarmos. — Walter quebrou o silêncio.

— Quero um apartamento no nome da minha mãe e quero cursar Direito. — André o encarou.

— Direito? Até nisso somos parecidos, mas você é jovem, comece com Administração. — Walter falou, aproximando-se do filho. — Pode escolher o apartamento, não importa o preço.

— O apartamento é o mínimo de desculpas para a minha mãe. — André o encarou. Passou por ele, indo em direção à cozinha. — E o curso é para que eu seja melhor que você.

Na cozinha, Marta Alcântara Machado estava sentada no banco próximo à bancada de mármore. Ao ver que André retornava, ela se levantou, sentiu-se zonza. O filho da empregada a amparou. André gritou por ajuda. Allan entrou na cozinha pela porta dos fundos. Heitor e Walter vieram pela sala.

— O que fez com a minha mãe, bastardo? — Heitor gritou ao retirá-la dos braços do meio-irmão.

— Ela desmaiou quando se levantou do banco. — André encarou Allan, que não sabia o que fazer. — Vou falar para pegar seu carro. — encarou Walter, que verificava a pulsação da esposa.

— Sim, vou levá-la para o hospital. — Allan, você vem comigo.

— Também vou...

— Não, fique aqui e peça desculpas ao seu irmão.

Walter saiu da cozinha, acompanhando André. Bento retirou o carro da garagem e ajudou a colocar a mulher de seu patrão no banco de trás. Allan se sentou no banco de trás, amparando a cabeça da mãe. Cantando pneu, Walter e outros dois carros saíram da casa de praia em direção ao hospital mais próximo. Heitor ficou sentado no sofá da sala, enquanto André retornou para a edícula dos empregados. Sobre a mesinha de centro, alguns papéis sobre a reforma da mansão na qual passariam a viver. Heitor os pegou e começou a ler. Mesmo que não entendesse, queria passar o tempo, não pensar no pior.

Indústria de gás

Alguns pontos da planta da casa foram destacados em azul, para que o engenheiro soubesse onde a instalação de gás seria feita. Leu todos os documentos, até cair no sono, pensando na mansão, pensando em gás.

Mansão dos Alcântara Machado – dias atuais

André e Bento estavam parados no hall de vidro da mansão. Allan conversava com os repórteres, respondendo às perguntas, distraído. A campainha da mansão tocou, e Ivanna foi atender. Ao abrir a porta, Roy, o segundo na direção dos seguranças, entrou. Era alto e branco. Tinha cabelos crespos e barba por fazer. Ivanna o deixou entrar. O homem passou pela sala em silêncio, vendo Heitor e Jones conversando discretamente. Roy se aproximou do hall e avistou André e Bento.

— Senhor Belcorth, um oficial de justiça está solicitando falar com um dos três filhos do Dr. Walter. — Roy parou, esperando que André falasse algo.

REFLEXO DISTORCIDO

— Mande-o entrar e o traga aqui. — André falou rapidamente. — Quando vier, chame Heitor.

— Tudo bem...

O segurança retornou pelo mesmo caminho em que veio. Minutos depois, ele retornava, acompanhado de um homem gordo e careca. O homem olhava a mansão com admiração. Ao passar pela sala, Roy parou, fazendo-o esperar.

— Dr. Heitor, este é Francisco Chagas, oficial de justiça. — Roy suspirou. — André quer que o senhor nos acompanhe.

— O que aquele bastardo está aprontando? — Heitor passou pelo homem sem cumprimentá-lo e seguiu até o hall de vidro.

— Sr. André, este é Francisco Chagas. — o homem gordo o cumprimentou.

— Sinto pela sua perda, pela perda de ambos. — ele encarou Heitor, que o ignorava. — Fui instruído para intimar os seguranças da mansão e da empresa. — ele abriu a maleta que trazia, retirando uma infinidade de intimações. — Não são nominais. Caso falte, é só xerocar para aqueles que não receberam. — ele entregou os papéis para Heitor, que os direcionou para André. Antes que pudesse pegá-los, foi impedido por Bento.

— Eu cuido disto, os seguranças são minha responsabilidade. — o segurança leu o documento e sorriu. — Serão entregues.

— Peço que comece a enviá-los o quanto antes. — Francisco Chagas tossiu. — Agora, tenho uma intimação para André Belcorth e Heitor Alcântara Machado.

— Estamos aqui. — Heitor, impaciente, pegou o papel das mãos do homem, sacando a caneta e assinando rapidamente.

— Compareça amanhã, às onze, na sala da delegada Suzana Moiter. — Ele encarou André. — O senhor está marcado para as duas da tarde.

92

— Obrigado. — disse André. Heitor saiu do Hall sem se despedir ou agradecer. O gorducho suspirou e já ia saindo, mas se lembrou de que se esquecera de uma última intimação.

— Ah, já estava me esquecendo, tenho mais uma intimação para o senhor... — Ele pegou o papel e leu o nome. — Allan, senhor Allan Alcântara Machado. Ele se encontra?

— Sim. — respondeu André. Encarou Bento, para que ele ficasse em seu lugar, impedindo que Heitor passasse para o jardim e interrompesse a entrevista. O segurança logo entendeu e estacou na porta. André chamou o oficial de justiça. — Me acompanhe, senhor Francisco.

***

Allan estava sorridente ao responder às perguntas do jornalista, enquanto a jovem Mirela estreava a câmera nova de Vinícius com as fotos que tirava.

— A relação do senhor com seu irmão é sempre extrema? — Vinícius encarou Allan, que ficou pensativo. — Me desculpe pela pergunta...

— Não! É que Heitor é...

Allan se virou ao perceber que dois homens se aproximavam. André caminhava ereto e sério. Encarou Allan e falou pausadamente:

— Allan, este é Francisco Chagas, oficial de justiça. — Allan se levantou rapidamente. Liliann pediu para que Vinícius desligasse o gravador. — Trouxe uma intimação da delegacia.

— Senhor Allan, preciso que assine aqui. — rápido, o homem entregou a Allan uma caneta prateada. Allan a pegou e assinou na linha pontilhada. — Amanhã, às 10h, a delegada estará lhe esperando.

— Obrigado, estarei lá. — Allan leu a intimação e suspirou, entregando-a para Líliann, que a guardou dentro de sua agenda. — Vinícius, precisa de mais alguma coisa?

O jornalista ficou pensativo, decidindo pôr fim na entrevista, sem a última pergunta sobre a relação dos irmãos Alcântara Machado. Mirela começou a guardar a câmera e o gravador.

— Obrigado pela entrevista, senhor Allan. Espero que descubram quem matou seu pai. — Vinícius estendeu a mão, cumprimentando-o. — Bela casa...

— Meu irmão André poderá acompanhá-los pela mansão, caso queiram tirar mais fotos. — Allan meneou a cabeça, sinalizando para o irmão, que concordou. — Tenho que ir agora.

Hospital Bandeirantes, Liberdade – Anos atrás

— Como está, Heitor? — Walter ergueu os olhos para encarar Allan, que o fitava de volta. O rapaz tinha um curativo na testa. O corte fora profundo, o que o levou a receber doze pontos. — Pai!

— Dormindo, a explosão quase o matou...

— Tânia está sendo operada. André está desacordado, mas os médicos disseram que ele vai ficar bem. O corpo da mã...

— Filho. — Walter olhou para ele. — Preciso que me ajude, você tem que ser forte e me ajudar a descobrir o que aconteceu.

— A empresa de gás já foi notificada, irão fazer uma perícia...

— Vou processá-los, fechar a empresa. — Walter se levantou, passando a mão nos cabelos pretos. — Vou... — começou a chorar.

— Isso não vai trazer minha mãe de volta, isso não vai fazer meus irmãos melhorarem! —Allan gritou. — Pai! — Allan notou que ele estava aéreo.

— Vou ver Heitor....

***

André acordou com uma dor de cabeça muito forte, não se lembrava do que aconteceu. Haviam acabado de se mudar para a mansão nos jardins. Sua mãe estava feliz com a relação dele com o pai e com os irmãos. Embora Heitor não o aceitasse, André tentava conviver. Sua vida mudou no primeiro ano: os cursos, as roupas, dinheiro todo mês. Para ele, era o mínimo. O apartamento escolhido para sua mãe foi comprado no mesmo dia. Tânia o mobilhou, e eles passaram a morar fora da mansão. Marta Alcântara Machado estava feliz pela mansão e, com Tânia e Ivanna, colocou os móveis nos seus devidos lugares. Tinha música e um cheiro estranho, até que tudo explodiu.

— Hey, tudo bem? — Allan encarou o irmão.

— O que aconteceu? Minha mãe? — André tentou se levantar, mas a cabeça girou.

— Dré, aconteceu uma explosão de gás na mansão. — Allan engoliu em seco. — Sua mãe está sendo operada. — André fungou. — Minha mãe não resistiu.

— Cara! Seu pai e o Heitor? — André respirava rapidamente, devido à dor na cabeça. — Eles estão bem?

— Sim. Heitor está dormindo. Meu pai não se machucou, estava no jardim. — Allan se levantou, sentindo dor nas costas. — Heitor se machucou bastante. Ele estava na cozinha. Nossas mães estavam na sala de jantar.

— Me avisa quando minha mãe sair da operação. Minha cabeça está doendo, preciso descansar. — Allan assentiu. — Vai ficar tudo bem.

***

Mansão dos Alcântara Machado – Dias atuais

Allan entrou na mansão. Passando pelo hall de vidro, encarou Jones e disse:

— Então, me diga o que você estava pensando ao tratar Ivanna da forma que tratou. — Allan estava sério. — Meu irmão te contratou...

— Então, sabe que sou eu que deve repreendê-lo. — Heitor surgiu atrás de Allan. — Acho que não devemos perder tempo com briguinhas dos funcionários, e, sim, com nossos problemas.

— Pois bem. — Allan suspirou. — Jones, procure André, peça para que ele vá até o escritório.

O rapaz saiu de cabeça baixa, deixando os gêmeos sozinhos. Heitor caminhou pelo hall, olhando o vidro do teto. Allan também observou os detalhes do local.

— Faz tempo que não ficamos aqui. — Heitor suspirou. — Eu evito esta parte da casa

— Foi aqui que encontraram a mamãe e a Tânia· — Allan se sentou em um dos bancos de ferro. —Eu ainda acordo no meio da noite com a explosão na minha cabeça.

— Eu não me lembro, é tudo escuro. — Heitor soltou a gravata enquanto saia do hall. — Estou no escritório.

***

Hospital Bandeirantes, Liberdade – Anos atrás

Allan ficou responsável por avisar a André que sua mãe não resistiu à operação. Para ele, foi a pior das notícias a ser dada. O meio-irmão se desesperou, e Allan não soube o que fazer. Abraçado com ele, com a intenção de acalmá-lo, também começou a chorar. Heitor entrou no quarto e se sentou em uma poltrona. Os três ficaram calados, olhando um para o outro.

— Papai foi para casa pegar umas roupas para você. — foi a primeira vez que Heitor falou calmamente com André. — Sinto muito.

— Obrigado. — André respirou fundo. — Vocês também estão na mesma situação.

— A empresa de gás já falou com o papai. — Heitor passava a mão nas costelas. — disseram que foi uma falha em uma curva, mas vão analisar melhor.

A porta se abriu, e Walter entrou, encarou os filhos e disse:

— Já liberaram os corpos. — André fechou os olhos. Allan se sentou em uma cadeira ao lado da cama, voltando a chorar. — Preciso de um de vocês para me ajudar com os enterros.

— Eu vou. — Heitor se levantou. Ele massageou o braço direito. Estava enfaixado onde se queimou.

— Pai. — Allan limpava as lágrimas. — André é nosso irmão, portanto é da família. — Ele encarou Heitor. — Tânia tem que ser sepultada em nosso mausoléu.

— Você aceita isso, André? — Walter encarou o filho.

— Sim.

CAPÍTULO 7

ACIONISTAS

Dias atuais

— Você disse algo, ontem, que me deixou pensativo — Allan entrou no escritório juntamente com André. O meio-irmão fechou a porta e se sentou no sofá, longe da mesa. Heitor o encarou. — As medidas que tomou, papai sabia delas?

— Claro que não, acha que o grande Walter Alcântara Machado deixaria os funcionários sem pagamento? — Heitor encarava o gêmeo. Allan se sentou na cadeira à frente da mesa. Heitor se endireitou. — Então...

— Transfira o dinheiro, já resolvemos os pagamentos. A empresa...

— A empresa está passando por uma situação delicada. — Heitor o interrompeu. — Estamos trocando a diretoria, seremos guiados por um homem sem experiência nenhuma. — André fungou ao encarar o irmão. — Não me olhe assim, Belcorth, é a verdade. Como acha que será?

— Durante três anos, eu trabalhei ao lado de nosso pai. — André se levantou. Allan ficou calado, observando os dois.

REFLEXO DISTORCIDO

— Sei o que farei. O dinheiro que você bloqueou, agora, está fazendo falta.

— Porque o samaritano aqui — Heitor apontou para Allan. — deu ordem para abrir uma conta que é só para emergências.

— Era uma emergência! — Allan falou de forma séria. — Bom, agora que já entendemos os seus motivos...

— Em parte. — André o interrompeu. — Giovanna Gama. — ele encarou o irmão. — Ela falou de desvio.

— Não desviei nada. — Heitor suspirou. — O dinheiro está bloqueado, somente eu posso liberá-lo.

André ficou pensativo, caminhou de um lado para o outro. Heitor e Allan ficaram calados, observando-o. Segundos depois, André falou:

— Ainda não sou o majoritário, não oficialmente. — ele encarou os irmãos. — Quando for tudo regulamentado, irei fazer uma auditoria geral...

— Tem certeza? — Allan o encarou. — Está desconfiando de alguém?

— Heitor, é claro. — André sorriu. — Ele é o diretor financeiro...

— Justo. — Heitor fungou, recostando-se na poltrona.

— Mas quero saber o que há de errado com a empresa, do financeiro ao jurídico. Tudo. — ficou em silencio. — E, agora, será que podemos resolver nossos problemas?

— Quer uma DR, aqui e agora? — Heitor se levantou, soltando a gravata.

— Vocês dois precisam se acertar, somos irmãos...

— Meios-irmãos. — Heitor o interrompeu. — O fato de André ter nosso sangue não faz dele nosso irmão.

— Você pensa no que fala ou é automático? — André o fulminou. — Não preciso da sua aceitação, Heitor. Walter me aceitou como filho.

— Não no registro. — *touché*, Heitor acertou um ponto fraco. André se virou assim que a porta se abriu.

— Rapazes, Dr. Theo está na sala...

— Mande-o entrar, Ivanna. — Allan sorriu para a mulher. — O que será que ele quer?

— Eu liguei para ele ontem à noite. — André falou, recebendo o olhar de espanto dos dois. — Papai me falou de uma cláusula no testamento, de acordo com a qual, caso seja necessário, o prazo proposto de dois meses para a leitura do testamento pode ser diminuído ou até cancelado.

— Pediu uma abertura de emergência? — Heitor se espreguiçou. — Pela primeira vez, me surpreendo com você, Belcorth. Sua medida de uma auditoria só poderia ser feita com a leitura do testamento.

— Não me formei em Direito por acaso. Não podemos esperar por mais tempo. — André se virou assim que a porta se abriu novamente, e um homem magro de cabelos grisalhos entrava no escritório. Tinha nas mãos um envelope pardo.

— Senhores. — falou ele. — Sinto pela perda de vocês.

— Sente-se, Dr. Theo. — André lhe mostrou a mesa. Heitor se levantou, dando-lhe o lugar. Os três ficaram parados à frente do homem, que abria o envelope.

— Acho melhor vocês se sentarem. — ele colocou um par de óculos. — Existe uma quarta beneficiária neste testamento.

Os gêmeos se encararam. André saiu do escritório, retornando minutos depois com Líliann. A jovem ficou sem entender.

REFLEXO DISTORCIDO

Heitor a fulminou. Logo, Dr. Theo começava a ler os nomes dos beneficiários.

— Pois bem, inicio, aqui, a leitura da divisão de bens e últimos pedidos de Walter Alcântara Machado, diagnosticado com câncer no fígado. Morto no dia 18/07/2016, vítima de um tiro. De acordo com o falecido, este documento deverá ser lido somente dois meses depois de sua morte, mas, caso seja necessária sua abertura emergencial, estando as partes beneficiárias de comum acordo e tendo sido previamente avisadas, a leitura poderá ser feita. — ele encarou todos. — Estão de acordo?

— Sim! — disseram, juntos, Allan e André. Heitor apenas meneou a cabeça em aceitação. Líliann sorriu levemente. Allan a encarou e sorriu.

Líliann se sentou no sofá, ao lado de André. Allan e Heitor ficaram sentados nas duas cadeiras à frente da mesa. O advogado virou uma página, dando seguimento à leitura:

— Somente se os beneficiários estiverem presentes, este documento poderá ser lido, sendo eles... — o homem encarou os quatro. — Líliann Santos. — a jovem sorriu — Allan Alcântara Machado e Heitor Alcântara Machado, meus filhos com Marta Alcântara Machado...

Os gêmeos ficaram calados, encarando o advogado.

— E, por último, André Belcorth, meu filho com Tânia Belcorth.

André engoliu em seco, lembrando-se das palavras de Heitor: não no registro. O advogado virou outra página e estendeu um documento, dizendo:

— Senhor Belcorth, por favor. — André suspirou, levantando-se, e pegou o papel. Leu-o rapidamente.

— O que é isto? — Allan perguntou.

— Seu pai me pediu para fazer isso ano passado e acrescentar ao testamento. Dr. Walter reconheceu André como filho e o registrou. Esta é a nova certidão de André com averbação de nome. — André ficou calado, olhando o documento. — Agora, só resta a ele querer modificar os documentos. Perante a lei, ele é um Alcântara Machado.

— Está bom para você, Heitor? — André lhe estendeu o papel. Heitor não o pegou.

André passou o documento para as mãos de Allan. Na mudança de nome, o sobrenome Belcorth fora retirado, acrescentando, agora, Alcântara Machado. Heitor encarou o advogado, sinalizando para que ele desse continuidade. André voltou a se sentar ao lado de Líliann. O advogado prosseguiu.

— Agora, vamos ao testamento. — ele sorriu. Ajeitou os óculos e falou. — O pai de vocês foi muito minucioso nas cláusulas. — suspirou — *É de meu desejo que tudo o que tenho seja dividido entre os meus três filhos*. O dinheiro deverá ser dividido em três partes iguais. Meu carro será vendido, e o dinheiro de sua venda deverá ser doado para a paróquia São Luiz Gonzaga, na Avenida Paulista.

— Mamãe frequentava a paróquia. — Heitor falou baixinho.

— Quero que Ivanna, Bento e Roy, por nos servirem há tantos anos, recebam um valor substancial em meu nome, por anos de serviço. — Heitor engoliu em seco. No que se tratava de dinheiro, ele sempre se irritava. O advogado pegou três cheques assinados e nominais. Entregou-os para Heitor.

— Quinhentos mil para cada um?! — Heitor fungou. — De onde vem este dinheiro?

— Dr. Walter quer que este dinheiro seja retirado de sua conta pessoal. O que sobrar será dividido entre os três filhos. — Dr. Theo voltou a ler. *Se sobrar dinheiro*, Heitor pensou alto, lendo os cheques e os entregando a Allan, que permanecia calado.

— Agora, vamos à parte da empresa. — Heitor se endireitou na cadeira. — Dr. Walter deixou esta parte muito explicada e quer que seja seguida à risca. — O advogado virou a página, lendo, primeiramente, em silêncio. — Pois bem, destituo os acionistas. O valor de quebra deverá ser pago com uso da conta de emergência.

Heitor encarou os irmãos, ciente de que deveria desbloquear o valor. Allan se atentou à nova formação dos acionistas.

— As ações da empresa deverão ficar em maioria de 51% para o meu filho André. Este, a que sempre neguei tudo, agora terá tudo. — Heitor fungou.

Líliann, ainda sem saber o que estava fazendo ali, permanecia quieta, olhando Allan de canto. O contorno de seu maxilar rígido e os olhos atentos. Ela sorriu sem motivo. André a empurrou levemente, dizendo-lhe em um sussurro:

— Vou ter que empurrar vocês? — Líliann o encarou, sorrindo. Não respondeu. A voz do advogado lhe chamou a atenção. Heitor estava nervoso com o que acabara de ouvir. André se levantou, espantado, colocando-se entre ele e Liliann. Allan a encarava, sorrindo.

— Eu não aceito que uma empregadinha receba parte da minha empresa. — Heitor se virou e a encarou.

— Chega, Heitor, está decidido! — André o fulminava. — Mais respeito com ela.

— Também está saindo com ela? — ironizou. Líliann não entendia. Allan notou que ela estava perdida no assunto e falou.

— Desculpe meu irmão...

— Eu... —Líliann encarava Heitor. — Melhor eu ir embora. Seja lá o que o Dr. Walter tenha deixado para mim, eu resolvo isto depois. — a jovem olhou para o advogado com lágrimas nos olhos. — Procurarei pelo senhor amanhã, na AM Tech. — Ela segurou a vontade de chorar, virou-se e saiu do escritório. Heitor sorriu, sentindo-se vitorioso.

— Imbecil. — Allan saiu atrás dela.

— Ótimo. — Heitor bufou. — Ainda falta muito?

— Não. — dr. Theo se levantou da cadeira. Pegou três envelopes pequenos, entregou um para Heitor e outro para André. — Seu pai escreveu isto na noite anterior à sua morte. Pediu-me que eu lhes entregasse e que lessem quando estivessem sozinhos. — Heitor olhou seu envelope. A letra de seu pai deslizava de ponta a ponta, gravando seu nome. — Senhor André, por favor, entregue isto ao seu irmão. Ele está ocupado agora. — Sorriu, saindo do escritório.

— Papai sempre gostou de um drama. — Heitor guardava seu envelope no bolso do terno. — Quando o casal voltar, diga que fui para a empresa. Preciso de um pouco de caos empresarial.

André ficou sozinho no escritório e fechou a porta, sentando-se no sofá. Abriu seu envelope, retirando o papel dobrado em quatro partes. Desdobrando-o, ele notou que não havia muita coisa escrita. Ele respirou fundo e começou a ler.

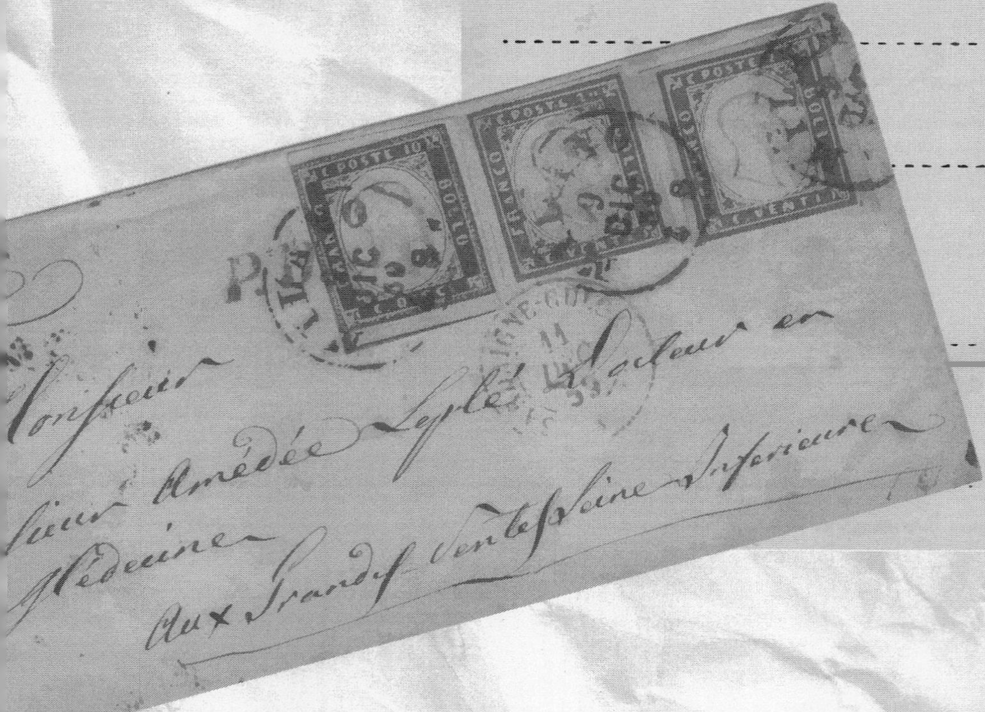

Amédée Leplé Docteur en
Aux Grandes Ventes Seine Inférieure

André Alcântara Machado

Por favor não me condene, fui o que fui pois sempre pensei em status e fama. A família Alcântara Machado é o que é graças aos seus funcionários, começamos de baixo e eu fui um idiota ao renegá-lo. Meu conselho para você é...
Viva sua vida sem se preocupar com Heitor, tome suas decisões em prol da empresa e acima de tudo, seja você mesmo. Heitor tem sérios problemas, problemas que tentei acobertar durantes anos. Você terá que aprender a lidar com estes problemas, agora que não serão mais acobertados.

Cuide de Allan e não deixe que Heitor o machuque novamente, e acima de tudo, seja você mesmo.

Com carinho
Walter Alcântara Machado

REFLEXO DISTORCIDO

Allan entrou no escritório assim que André terminava de dobrar sua carta. Estendeu o envelope com o nome do irmão e disse:

— Papai nos deixou conselhos. — ele limpou as lágrimas dos olhos. — Leia quando estiver sozinho.

— Obrigado. — ele encarou o quadro acima da mesa do escritório. Uma pintura encomendada de Veneza retratava Walter sentado em sua poltrona. — Durante anos, eu o admirei, e, quando eu digo isto a ele, ele se vai. — suspirou. — Líliann foi embora, não quis me ouvir.

— Heitor não perde uma só chance de humilhar quem tem menos do que ele. — André se levantou. — Mas papai também cutucou a onça.

— Líliann agora é uma acionista e tem mais ações que Heitor. — Allan sorriu. — Nosso pai realmente gosta de ensinar Heitor, mesmo depois de morto. — suspirou. — Seja lá o que nosso pai escreveu a ele, Heitor me pareceu estranho lá fora.

— Você o viu lendo? — André o encarou.

— Sim, ele quis me dizer algo, mas deixou pra lá...

— O enigma Heitor, ninguém revela. — riu, saindo do escritório e deixando o irmão sozinho.

CAPÍTULO 8

QUEM MATOU WALTER?

Nick fez uma perfeita teia de aranha na parede de sua sala na delegacia, e todos os pontos levavam à única pergunta no centro. *Quem matou Walter?* Suzana já o havia instruído a pensar com a cabeça, não com os olhos. Nem tudo era o que se via, mas, sim, o que se deduzia. Para a delegada Moiter, não existe verdade absoluta, mas, sim, aquilo que tomamos por verdade. O detetive pregou, em sua teia, a entrevista dada por Allan. Analisava os fios e pontos sem nenhuma intromissão. Olhou para fora, vendo Allan Alcântara Machado entrar na delegacia. Ele estava acompanhado de André, o meio-irmão que o representava como advogado.

Nicholas caminhou até a sala da delegada, bateu na porta e disse:

— Ele veio. — ficou encarando-a.

— Se *ele* quer dizer Allan, mande entrar. — a mulher estava pensativa. Nicholas saiu, chamando Allan e André para a sala da delegada. Os dois entraram, calados. Nicholas se sentou na ca-

REFLEXO DISTORCIDO

deira do escrivão, estalou os dedos e encarou a delegada. — O Tino veio hoje.

— Eu sei, mas preciso documentar isto. — Allan achou estranho, mas, sem questionar, sentou-se na cadeira à frente da mesa da delegada.

— Seja bem-vindo, senhor Allan.

***

Líliann estava em sua mesa, no escritório que, antes, era de Walter Alcântara Machado. Ela estava pensativa, lembrava-se dos dias em que o patrão a fazia parar de fazer suas tarefas. Ele a chamava para sentar-se junto a ele na mesa. Olhava-a por alguns minutos e falava:

— Você poderia ser minha filha. — e sorria. — Como está seu dia hoje?

— Igual ao de ontem, dr. Walter. — ela sorriu para ele. — Você foi ao médico?

— Sim, aquele moleque que mal saiu das fraldas me disse que estou morrendo. — Líliann suspirou. — Mas não se assuste. Ainda ficarei neste mundo por muito tempo, até que aquele moleque de jaleco esteja certo.

— Falando mal do médico novamente? — Heitor entrou no escritório. — Fique calmo, iremos hoje para Nova York e buscaremos outro diagnóstico.

***

— Lembro quando ele te contou que estava morrendo. — Heitor entrava no escritório. — Vocês passavam boa parte do tempo juntos.

— Eu era secretária dele. — Líliann sustentou o olhar de Heitor. — Posso lhe ajudar em algo, dr. Heitor?

— Como você consegue ser tão falsa? — Heitor se sentou na cadeira que era de seu pai e a encarou. — Não veio com meu irmão?

— Ele tem compromisso na delegacia. — a jovem arrumou alguns papéis sobre a mesa, ignorando-o. — Trabalho aqui há sete anos. Seu pai gostava de mim.

— Eu poderia dizer que você estava dormindo com ele, mas acredito que o velho não estava se aguentando. — Líliann se levantou. Heitor fez o mesmo e se aproximou dela. — Já entendi seu golpe.

— Não estou dando golpe algum, Heitor...

— Dr. Heitor! Aprenda qual o seu devido lugar aqui. — Heitor sorriu. — Você era próxima de meu pai, agora está transando com meu irmão...

Líliann o interrompeu com um tabefe no rosto. Heitor passou a mão na face direita, que estava avermelhada. O herdeiro da família Alcântara Machado deu um passo atrás, apertando um botão no intercomunicador.

— Senhor Andreas, prepare a dispensa de Líliann Souza, ela não faz parte mais do quadro de funcionários da empresa. — Líliann suspirou. Heitor se aproximou dela e sussurrou em seu ouvido.

— Arrume suas coisas, o segurança vai levá-la até a saída.

***

Delegacia de polícia — 10h40

Allan se sentia desconfortável dentro de uma delegacia. André o acompanhava não somente como advogado. Estava presente, pois deveria depor novamente. Ele já havia respondido a inúmeras perguntas no dia seguinte ao enterro de seu pai, mas fora chamado novamente. Desde o ocorrido, Allan não havia dito palavra alguma para a delegada, e isto não podia mais esperar. Allan encarou a mulher, que lia alguma coisa na tela do computador.

André estava impaciente. Respirou fundo, recebendo o olhar frio de Suzana Moiter. O escrivão digitava lentamente. Allan acreditava que essa não era a função do rapaz.

— Pois bem, senhor André, eu prefiro que aguarde do lado de fora. — Allan o encarou. — É somente uma coleta de depoimento, Allan não está sendo julgado para ter um advogado.

— Tudo bem. — André se levantou e saiu.

— Agora, podemos começar. — Suzana o encarou. Os cabelos cacheados desciam até a sua cintura. — Como é a sua relação com Heitor?

— Conturbada, eu me afastei do convívio familiar há sete anos. Eu e Heitor havíamos brigado. — Suzana pegou uma pasta marrom, entregando-a para Allan. — O que é isto?

— O motivo de seu afastamento. — Allan gelou. Abriu a pasta e leu. *Caso 453637 /878 -2009 Morte de Anitta Duarte.* — O senhor se afastou devido à morte de sua noiva.

— Não estou entendendo. — Allan a encarou. — O que isso tem a ver com a morte de meu pai?

— Neste caso, houve suborno, ocultação de provas e outros pormenores. Sua noiva foi baleada nos Jardins, e não houve chamado de polícia. Aqui diz que ela foi resgatada pelos seguranças da mansão Alcântara Machado, mas não tenho nenhum depoimento. O médico que a atendeu diz que ela chegou morta, mas não tenho a bala e, muito menos, a arma.

— Aonde quer chegar, senhorita Suzana? — Allan se endireitou na cadeira, desconfortável.

— Seu pai acobertou, aqui... — ela estendeu um papel. Allan o pegou e leu. — Este é o depoimento de um dos seus seguranças, Roy Martinzes. Ele diz que, há sete anos, Heitor Alcântara Machado, seu irmão, atirou em você, mas sua noiva foi quem recebeu a bala.

Allan ficou calado. O caso nunca deveria ser descoberto, por que Roy haveria de contá-lo? Suzana encarou o escrivão e esperou. Allan suspirou e falou:

— Meu pai nunca deixaria um de nós ser preso. — suspirou. — Heitor se passou por mim, somos idênticos. Levou Anitta para a cama. Eu vi. Nós brigamos, nos esmurramos. Ele tinha uma arma.

— Existe um motivo maior para o senhor ter retornado que não seja a doença de seu pai? — Suzana Moiter se levantou, bagunçou os cachos e parou atrás de Allan, esperando a resposta.

— Eu me afastei para não matar Heitor e, consequentemente, meu pai de desgosto. — Allan suspirou. — Viajei para a Suíça, Suécia, Turquia. Tentei esquecer a mansão e tudo o que aconteceu. Não tinha motivos para voltar.

— Nem mesmo a vontade de se vingar de seu irmão?....

— Nunca! Heitor é louco, eu o suporto, mas não fui criado à base da vingança. — Allan se virou, encarando-a. — Aonde quer chegar?

— Seu pai descobre que tem só seis meses de vida. — ela andava de um lado para o outro. O som das teclas do escrivão preenchiam o silêncio. — No outro dia após sua chegada, inexplicavelmente, Walter Alcântara Machado é morto.

— Está dizendo que eu matei meu pai? — Allan se virou para encará-la.

— Não, mas você é um suspeito e quero deixar isso claro. — ela parou de andar. — Saiba que suas atitudes estão sendo observadas.

— Isso eu tenho plena ciência...

— Pois bem. — ela voltou a se sentar. — Me conte sobre o dia de sua chegada e o dia da morte de seu pai...

— Cheguei à tarde, André havia ido me buscar a pedido de meu pai. Cheguei em casa e logo encontrei Heitor. Estendemos uma bandeira branca em nome de nosso pai. Conversei com meu pai, juntamente com André. Logo, soubemos que ele havia feito de André majoritário da empresa, e isso deixaria Heitor furioso.

— A AMTech está perdendo a força que tinha, não está? — Suzana voltou a sua mesa

— Eu não entendo de negócios, mas acredito que conseguiremos resolver. — Allan suspirou. — Heitor tomou medidas sérias, que já foram resolvidas.

— Entendo. — Suzana encarou o escrivão, que parou de digitar. — Agora, algo que está fora desse caso, mas dentro deste. — a delegada pegou a pasta marrom do caso da morte de Anitta Duarte e falou:

— Estou reabrindo este caso, e seu irmão será indiciado. — Allan arregalou os olhos. — Irei pedir auditoria ao delegado que assinou este caso e irei pedir uma vistoria na mansão.

— Procurando o que, necessariamente? — Allan a encarou, confuso.

— Ainda é cedo e, como filho da vítima, devo lhe contar. — suspirou. — Tenho fortes indícios de que a arma que matou Anitta seja a mesma que matou seu pai...

— Isso é impossível, Heitor era dono da arma e...

— E estava armado no dia do assassinato de seu pai. — Suzana o encarou. — Eu não tenho a arma, muito menos a bala que matou Anitta Duarte, mas a autopsia me mostra indícios de um revólver calibre .12 com munição licenciada.

— Se isso tudo for verdade, então meu irmão matou meu pai? — Allan estava perplexo. —Heitor pode ser tudo, mas matar o próprio pai ou, neste caso, mandar matar é demais para ele. — silêncio. — E ele estava comigo na manhã da morte de meu pai. Tomamos café juntos.

— Esse é o rumo da investigação, senhor Allan. Posso estar errada.

***

AMTech —13h30

— Estou saindo, senhorita Alexis. — Heitor falava com a secretária, que ficava no corredor. — Não retorno.

— Sim, senhor. — a jovem de cabelos negros e curtos na altura do pescoço o interrompeu. —Um dos seus seguranças está lhe aguardando. — Heitor parou no corredor e se virou, deparando-se com Jones.

REFLEXO DISTORCIDO

— Fui chamado para depor hoje. — Heitor estendeu a mão, fazendo-o se calar.

— Venha, entre. — Heitor abriu a porta do escritório. Encarou Alexis e disse: — Já fui embora.

— Sim, senhor.

— O que tem na cabeça, vindo aqui? — Heitor o encarou. — Dane-se que vai depor, diga a verdade.

— Se eu disser a verdade, o senhor vai preso. — Jones sustentou o olhar de Heitor. — O que faço com a arma?

— Faça o que mandei

***

Delegacia de polícia — 13h

— Senhor André, será rápido. — Suzana o encarou. — O que aconteceu no dia da morte de seu pai?

— Já tivemos esta conversa, delegada. — André a encarou. — Mas tudo bem. — suspirou. — Depois da enfermeira cuidar dele pela manhã, retirei meu pai de seu quarto. Ele gostava muito de ver as rosas do jardim. Empurrei sua cadeira de rodas pelo labirinto e, depois, o levei para próximo da piscina, onde as rosas ficam. Ele notou a falta dos seguranças e...

— Quem coordena a segurança da mansão?

— Eu mesmo, aí passo para Roy e Bento. Eles organizam os outros seguranças. — André a encarou, confuso. — Por quê?

— Senhor André, como é a sua relação com Heitor? — André suspirou.

— Nada boa, fui criado como filho da empregada. Somente com quinze anos, Walter contou aos gêmeos que eu era seu filho. Mas não mudou nada. Passei a ter direitos na casa, mas Heitor não deixava barato, sempre me humilhando e me tratando como um empregado.

— Vocês brigam muito? — o escrivão estava atento.

— Hoje em dia, não. Aprendi a ignorá-lo. — fungou. — Ganhamos espaço com o tempo, passei a morar na mansão, dentro dela. Heitor começou a viajar e me "esqueceu".

— Tudo bem. A relação com seu pai era boa? — Suzana o encarou, cruzando as pernas.

— Durante quinze anos, ele foi o patrão da minha mãe. Depois, passei a dirigir para ele. Em seguida, me formei em Direito. Eu tinha vinte e cinco quando ele me chamou de filho na frente de sócios. — riu — A primeira gafe do homem de ferro.

— Homem de ferro? — a delegada sorriu.

— Sim. — André se endireitou na cadeira e passou a mão nos cabelos espetados. — Os acionistas e sócios o chamavam assim.

— Você teria motivos para querer ver Walter Alcântara Machado morto? — André a encarou, surpreso com a pergunta.

— Vendo todo meu histórico, a forma como fui tratado, quem olha de fora pensa que eu odiei Walter a minha vida toda. — André suspirou. — Não fui criado à base de vingança, minha mãe dizia que um dia ele me veria como filho.

— E ele o enxergou, alguma vez, como filho? — questionou a delegada, olhando no relógio.

REFLEXO DISTORCIDO

— Sim, um ano antes de morrer, meu pai pediu ao advogado da empresa que reconhecesse a minha paternidade. — silêncio — Pode perguntar a ele, caso ele seja chamado para depor. Sou um Alcântara Machado no papel agora.

***

Allan e André saíram da delegacia, calados. Não contaram um para o outro o que foi conversado. Heitor entrava no prédio e parou ao ver os irmãos. Allan se aproximou dele e falou baixo.

— Ela reabriu o caso da morte de Anitta. — Heitor fungou e nada disse. Entrou na delegacia, indo direto até a sala da delegada.

***

Três semanas depois

Líliann abriu a porta de casa, deparando-se com um homem moreno usando roupas sociais claras. Allan entrou sem ao menos ser convidado. Sentou-se no sofá e a encarou. Líliann suspirou, fechando a porta. Ficou de pé, parada ao lado da porta. Fechou os olhos, desejando ser um pesadelo aquilo que estava acontecendo. Allan se levantou e foi até ela. Parou de frente para a moça e segurou as suas mãos. Líliann sentiu um arrepio subindo pelo seu braço. Abriu os olhos, vendo os olhos verdes de Allan.

— Eu dei um murro na cara de Heitor quando soube. — ele falou. A vontade de beijá-la era grande, mas jurou que iria se comportar.

120

— Como soube? — Líliann se soltou dele, cruzando os braços.

— Você não apareceu na reunião de acionistas, e pedi para te ligarem. Andreas, do RH, me informou que você foi demitida. — Allan sorriu. — Tem seu emprego de volta.

— Não quero. — Líliann caminhou para o sofá, afastando-se dele. — E quero que compre minhas ações. Não quero ver Heitor novamente.

— O que ele lhe disse? — Líliann se negou a dizer. — Ele te machucou? — fungou. — Me diz, Líliann. Se ele pôs as mãos em você, eu juro...

Líliann cruzou o espaço entre eles e o calou com um beijo. Allan a abraçou com força, sua mão passando em seu corpo, sentindo-a. A jovem se afastou.

— Me desculpe, me desculpe. — Líliann estava nervosa. — Estou confusa.

— O que Heitor te fez? — Allan a puxou, gentilmente, pelo pulso. — Me conta, vai? — o olhar terno e o meio sorriso fizeram Líliann se derreter. Ela se sentou no sofá, e Allan a acompanhou.

— Heitor insinuou que eu e seu pai tivéssemos um caso e que eu e você estamos transando. Ele me disse coisas horríveis, me chamou de falsa e falou que eu estou tramando um golpe.

Allan se levantou, perplexo. A raiva transparecia no olhar.

— O pior é que eu não posso brigar com Heitor. — Allan se sentou novamente. A jovem segurou sua mão. — A delegada descobriu sobre a morte de Anitta e que meu pai acobertou tudo. Ela reabriu o caso, Heitor está sendo indiciado.

— Não vai ser preso? — a jovem olhou dentro de seus olhos.

REFLEXO DISTORCIDO

— Não, Dr. Theo conseguiu um *habeas corpus*, e ele vai responder em liberdade. — fungou. — Posso dormir aqui? Não estou a fim de encarar Heitor nestes últimos dias.

***

Delegacia de Polícia — Três semanas depois do depoimento de André e Allan

— Quero um mandado de busca para a mansão Alcântara Machado. — Suzana Moiter entrava em sua sala, encarando Jones e relendo os depoimentos. — Vou averiguar o que foi dito pelo segurança Jones.

— Eu já disse, este não é Allan... — Nicholas estava tenso.

— Já disse para esquecer. Um segurança confirmou, o segurança da foto! — Suzana gritou. — Escute, Nick: Allan Alcântara Machado pediu ao segurança que desse fim a uma arma e lhe deu dinheiro. O segurança afirma que a arma ainda está na mansão.

— Por que acreditar no segurança? — Nick não conseguia acreditar. Havia seguido Heitor naquela noite. Ele não podia errar.

— Por que ele não era funcionário da mansão no dia do assassinato, ele não é suspeito. Óbvio, ocultação de arma de fogo. Isso eu vejo depois. — fungou. — Você disse que eles entraram no banheiro. Pense, Nicholas, por um minuto que seja: você pode ter seguido Allan, não Heitor.

— Não consigo engolir...

— Pegue a semana de folga e pare de seguir Heitor. — A mulher se aproximou dele. Os cabelos afro balançando a cada passo, juntamente com seu distintivo.

122

— Tudo bem. — falou ele, cabisbaixo.

— Fique calmo, estou anotando seu desenvolvimento. A vaga é sua, pode deixar. — Suzana sorriu, e ele saiu da sala.

***

Allan e Líliann transaram naquela noite. Ela queria, e ele não pôde resistir. Embora o desejo fosse mútuo, os dois tentavam o afastamento. Líliann acordou com Allan deitado abaixo de si. Os músculos do abdômen do rapaz subiam e desciam a cada respiração. Ela passou a mão na barriga dele, fazendo-o acordar sorrindo. Ele a beijou, virando-se sobre ela. A jovem arfou, sentindo-o dentro de si.

— Agora, podemos dizer que meu irmão está certo. — ele a penetrou levemente.

— Ele também estava correto sobre as outras secretárias? — Líliann mordeu a orelha direita dele. — Ou não?

— Não vamos falar disso. — Allan suspirou

Líliann se lembrava da noite passada a cada beijo e toque do rapaz. Vê-lo sem camisa era uma coisa, mas vê-lo totalmente sem roupas era algo incrivelmente diferente. Ele fez o que teve vontade na primeira vez em que dormiram juntos. Retirou a camisa e sorriu. Desafivelou a calça e a desceu com cuecas e tudo. Líliann ficou vermelha. Allan estava levemente excitado, aproximou-se dela, despindo sua camisola. Ele a beijou no pescoço e a deitou na cama, beijando seus seios e sua barriga. Sugou-a entre as pernas e na lateral das coxas. Líliann gemia. Allan a penetrou suavemente, olhando-a em seus olhos. Gozou rapidamente, para continuar penetrando e gozar novamente, e de novo, e de novo.

Líliann chegou ao ápice duas vezes naquela noite, enquanto Allan não cansava. Dormiram abraçados, sentindo o calor de seus corpos. E, na manhã seguinte, não foi diferente. O beijo de Allan despertou suas lembranças. Ela sentia dor nas pernas. Allan a sugava, deixando-a trêmula, para, depois, concluir o ato. Os músculos ressaltados e o suor faziam a pele do rapaz tornar-se linda sob a luz do sol, que entrava pela janela.

A campainha tocou, e Allan tentava ignorá-la. Líliann o fez parar, saindo de debaixo dele. Vestiu o roupão e desceu as escadas. Arrumou os cabelos rapidamente e abriu a porta. Do outro lado, dois policiais e a delegada Suzana a encaravam.

— Líliann Souza? — a delegada Moiter falou calmamente.

— Sim, em que posso ajudar? — Líliann perguntou, sem entender.

— Temos a informação de que Allan Alcântara Machado está aqui. Aquele carro é dele? — a delegada apontou para a Lamborghini estacionada na calçada.

— Sim. — ao dizer isto Allan surgiu atrás dela, sem camisa, somente de calças sociais e descalço. Líliann o encarou e disse. — Estão te procurando.

— Em que posso ajudar? — Allan passou Líliann para trás. A delegada Suzana pegou um par de algemas e falou:

— Allan Alcântara Machado, o senhor está preso pela morte de Walter Alcântara Machado. — Allan ficou estático.

— Não, ele não é assassino. — Líliann tentou interceder.

124

— Li, liga pro André. — Allan falou. Ao ser levado para a viatura, descalço, ele sentia as pedras da calçada. Os vizinhos olhavam a cena. Alguns fotografavam, enquanto Líliann fechava a porta. A jovem correu e pegou o telefone. Tinha de ser rápida.

CAPÍTULO 9

BALÍSTICA

André recebeu o telefonema de Líliann e se apressou em contatar o advogado da família. Dr. Theo, rapidamente, correu para a delegacia e impediu Allan de falar qualquer coisa. Nick estava emburrado por Suzana tê-lo prendido e não quis ouvir o interrogatório. Allan suspirou aliviado com a presença do advogado. A delegada se sentou em sua cadeira e o encarou. Pegou sobre a mesa algumas fotografias e lhe entregou.

— Doutor Theodor, veja as provas que temos. — Suzana se atentou ao olhar de Allan. — Seu cliente com um envelope suspeito em uma rua deserta.

— E isto prova o que? — Theodor sorriu, devolvendo-lhe as fotos — Meu cliente não matou o seu pai.

— Tenho aqui o depoimento de um dos seguranças da mansão. — Suzana lhe entregou um papel. O advogado começou a ler. — Jones Fernandes disse que Allan lhe pagou cinco mil reais para que ele desse fim em uma arma, objeto que, segundo ele, ainda estava no closet do seu cliente. E estava.

REFLEXO DISTORCIDO

— Jones é segurança de Heitor. Não sou eu nestas fotos! — Allan gritou. — É o Heitor.

— Abaixe o tom, senhor Allan. — Suzana Moiter trincou os dentes. — Pois bem, prove-me que este... — Ela pegou uma das fotografias. — é seu irmão gêmeo.

Allan pegou a fotografia e ficou olhando. A imagem era nítida, dada a provável qualidade da câmera. Ele ficou pensativo. Suzana Moiter estava nervosa, respirou fundo, retirando a fotografia das mãos de Allan e falou:

— Seu advogado poderá entrar com pedido de *habeas corpus*, mas eu duvido que seja aceito. — suspirou. — Levem ele para a cela. — falou para um policial que estava parado próximo da porta.

— O carro! — Allan gritou. A delegada ficou sem entender. — O carro na foto, este não é meu carro.

— Como? — A delegada pegou a fotografia novamente e gritou: — Nick! Nicholas, venha aqui!

Allan se levantou, ofegante. Dr. Theo tentava acalmá-lo. Cinco minutos depois, um homem magro de cabelos negros entrou na sala. Usava camisa social azul com as mangas dobradas na altura do cotovelo. As calças jeans rasgadas nos joelhos. Tinha a arma presa na cintura. O distintivo balançava no pescoço. Nicholas encarou Allan e sorriu.

— O que foi? — perguntou ele. Suzana lhe entregou a fotografia.

— Qual carro você seguiu? — a mulher parecia impaciente. — O modelo?!

— Um Chevrolet Camaro de cor preta. — Nick a encarou. — Placa DVR 3235.

— Theo, por favor. — Allan fechou os olhos. O mundo girou. A placa do carro de seu irmão veio em sua mente. Heitor havia armado para ele.

— Senhora delegada, esta é a placa do irmão de meu cliente. Ele é dono de um Camaro preto. Allan dirige, desde seus vinte anos, uma Lamborghini preta.

— O carro que viu estacionado à frente da casa da minha secretária. — Allan falou, ainda de cabeça baixa. — Consegui provar minha inocência? — Allan se levantou, encarando-a, irônico.

— Preciso da documentação de seu carro. —Allan encarou o advogado. — E peço que espere até que seja provado.

— Eu espero. — Allan estava aéreo. — Pode me contar que história é esta de arma em meu closet?

— O segurança disse que era o senhor. — Suzana se sentou novamente. — Disse a localização exata da arma.

— Entrou na minha casa? — Allan deu um passo à frente. — Tinha um mandato?

— Claro que sim. — Suzana se sentiu ofendida. — Hoje de manhã, entramos na mansão com o aceite de seu irmão André e com um mandato de buscas e um de prisão para o senhor. — ela suspirou. — O juiz quase me mata quando pedi isso às pressas, e, agora, tudo caiu por terra.

— Jones é segurança de meu irmão, foi contratado por ele na semana após a morte de meu pai...

— Contratado por ele? — Allan mirou o advogado, que completou.

— Walter e os filhos têm firma aberta. Eles contratam os próprios funcionários e os pagam com o que recebem da AMTech.

REFLEXO DISTORCIDO

— Theo a encarou. — Jones foi a última contratação de Heitor, antes de eu fechar as contas devido ao testamento. Há três semanas, eles podem reger suas contas normalmente.

— Pode me dizer o que descobriu sobre a morte de meu pai? — Allan falou, recebendo os olhares de Suzana e Nick.

O silêncio ficou incomodo, até que Nicholas o quebrou, limpando a garganta.

— Enquanto eu interrogava os seus seguranças, eu me deparei com dois pontos em comum. — Suzana suspirou. — A morte de sua noiva, algo que já estou averiguando e estou indiciando seu irmão...

— Isso eu já sei. — Allan fungou.

— E a morte de sua mãe. — Allan se espantou. — Sim, eu sei, pode parecer estranho, mas seus dois seguranças, Roy e Bento, disseram que você e Heitor eram próximos, até a morte de Marta Alcântara Machado. Esse choque fez com que vocês se distanciassem. Logo, houve o incidente com sua noiva.

— Sim, Heitor ficou distante, irritadiço, violento. Mas, não querendo corrigi-la, minha mãe morreu em uma explosão de gás na mansão. A mãe de André morreu nesse mesmo dia. — Allan falou. — Foi um acidente, uma falha em uma curva. O que tem a ver com a morte de meu pai?

— Esse evento e a morte de sua noiva foram acobertados por seu pai. — Suzana pegou uma pasta azul e abriu. Retirou duas folhas e as entregou para Theo. —O delegado que acobertou a morte de Anitta Duarte é o mesmo que ajudou Walter a acobertar o real motivo da explosão.

— Foi criminoso? — Theodor falou, ao lhe devolver os papéis.

130

— O delegado manteve gravado um depoimento em áudio em que Walter dizia o que aconteceu. — Suzana pegou um pequeno gravador e apertou o botão play.

— Eu vi Heitor ligando o gás da cozinha. Havíamos acabado de nos mudar. — a voz de Walter inundou a sala. Allan fechou os olhos. — Meu filho chamou a empregada e acendeu um fósforo. Tentei correr. Eu estava do lado de fora, verificando o jardim. Quando entrei na mansão, tudo explodiu. Fui lançado longe. Pensei ter perdido todos.

— Não acredito. — Allan sussurrou. — Meu pai acobertou, salvou Heitor de ser preso.

— E parece que é uma prática constante de seu pai. — Suzana encarou Allan. — Por algum motivo, Walter não queria que Heitor fosse preso, em circunstância alguma.

Allan permaneceu calado, enquanto Theodore ajeitava as coisas para a sua soltura. Conseguiu fazer com que André trouxesse os documentos do carro de Allan, uma camiseta e um par de sapatos, já que fora levado descalço. Theodore não contou a André o que haviam descoberto. Allan se levantou, pensando em Líliann. Encarou a delegada e falou:

— O que vai ser agora? — todos na sala ficaram calados.

— Já solicitei um mandado de prisão para seu irmão e para Jones Fernandes. — ela encarou o advogado. — Estou pedindo a prisão de Heitor pela morte de Anitta Duarte, e não pela morte de seu pai.

— Por que não? — André questionou.

— Pedi uma perícia nas balas da arma encontrada. Solicitei que comparassem com a bala retirada do corpo de seu pai. Somente assim poderei indiciá-lo. No momento, quero Heitor preso até o anoitecer...

REFLEXO DISTORCIDO

— Heitor deixou avisado na empresa que iria viajar para o Rio de Janeiro e conhecer a filial da AMTech que lhe foi dada. — André interrompeu a delegada. —Jones foi com ele.

— Irei falar com a polícia do Rio.

— André, vamos para o Rio de Janeiro hoje mesmo. — Allan fechou os olhos. — Quero falar com meu irmão.

— Eu não recomendo. — Suzana Moiter o encarou. — Heitor armou para que você fosse preso. Temos provas de outros crimes. Ele é quem procuramos.

— Calma aí... — André interrompeu a delegada novamente. — Outros crimes?

— Senhor André, preciso que se acalme. — A delegada suspirou. — Não posso ficar aqui, perdendo tempo. Nicholas, conte a ele o que descobrimos. Senhor Allan... — Suzana se virou, encarando-o — Não posso impedi-lo de ir ao Rio de Janeiro e confrontar seu irmão, mas peço que vá comigo.

— Perfeito.

CAPÍTULO 10

DESCOBERTAS

André entrou na mansão, calado. Sentou-se no sofá e por lá ficou até anoitecer. Líliann chegou no início da noite. Já havia sido informada por Allan dos acontecimentos na delegacia. A jovem subiu até o quarto de Allan, bateu levemente na porta e entrou. O rapaz estava deitado, encarando o teto. Ela se sentou na cama e o olhou. Allan suspirou, pesaroso. As descobertas o deixaram sem chão. Heitor é um assassino desde muito jovem, e a gravação deixada por Walter provou que o irmão não tinha medo de se ferir.

Os dias no hospital, depois da explosão, deixaram Allan bem próximo da morte. Heitor havia se machucado, e André ficara desacordado por doze horas. Os irmãos haviam sobrevivido, mas o alvo não era eles. A empregada, mãe de André, aquela que desestabilizara sua família. Líliann se deitou ao lado de Allan, aninhando-se em seus braços.

— Como ele pode ser tão...

— Não vamos pensar nisso. — Líliann fez com que ele se calasse. — André está deitado no sofá.

— Eu pedi para que ligassem para Veronic, mas ele não quis, disse que queria ficar sozinho. — Allan beijou a testa de Líliann. — Vamos para o Rio de Janeiro amanhã cedo. A delegada viajará conosco, para conversar com a polícia local. Vão organizar um cerco.

— Você acha que ele estará na empresa? Pode ser uma pista falsa. — Líliann suspirou. — Ele já pode ter saído do país.

— Heitor não vai fugir, ele está na empresa. Para ele, nada aconteceu.

***

André se levantou do sofá e caminhou até o escritório de seu pai. Sentou-se na cadeira e fechou os olhos. Afrouxou a gravata, retirando-a. Abriu os primeiros botões da camisa e encarou o quadro na parede esquerda. Era a pintura da casa da praia. *Meu maior tesouro*. Walter se orgulhava da construção. Levantou-se, sentindo o cansaço tomar conta. Retirou o quadro da parede, desvendando o cofre oculto. Girou as combinações, abrindo-o.

Diferentemente da última vez em que abriu este cofre, há dez anos, André encontrou algo fora do comum. Havia dinheiro em moeda nacional, dólares, algumas notas de euro e uma pequena barra de ouro, que Walter dizia ser de estimação. Ao lado da barra de ouro, havia um envelope pardo. André o pegou, sentindo seu peso. Era leve. O rapaz retornou à mesa, sentando-se na poltrona. Passou a mão no rosto, suspirando. Tentava esquecer tudo o que ouvira naquele dia.

André abriu o envelope, despejando seu conteúdo sobre a mesa. Desdobrou as folhas e leu *Centro psicológico de Nova York*. O rapaz não se atentou muito aos papéis. Logo, um pequeno laudo médico o fez pular da cadeira. Seu coração se acelerou, e os pontos começaram a se ligar em sua mente. Juntou os papéis e saiu do escritório. Subiu as escadas, entrando no quarto de Allan.

***

Liliann subiu em cima de Allan, deixando suas pernas nas laterais do corpo do rapaz. Começou a desabotoar a camisa preta que ele usava. Allan sorriu. A jovem retirou a camisa. Ficou de pé e retirou a calça, ficando somente de lingerie. Allan arfou, puxando-a para um beijo ardente. Girou sobre ela e desafivelou o cinto, retirando a calça e ficando somente de cuecas. Líliann gemia a cada beijo recebido. Allan retirou a cueca, beijando a barriga da jovem.

Líliann arfou ao sentir a língua do rapaz, que a penetrava lentamente. Allan voltou a beijá-la e a penetrou com seu membro ereto. O casal se enroscava, quando André entrou em um rompante. Allan pulou, ficando de pé, e o encarou, André fechou os olhos.

— Desculpa. — falou, ainda de olhos fechados

— André, o que foi? — Allan permaneceu de pé, excitado. Líliann se cobriu com o edredom.

— Achei algo importante. — abriu os olhos. Encarando o irmão, desviou o olhar da jovem nua na cama e focou seu irmão. Já o havia visto sem roupa, e isso não o incomodava. — É importante, vem aqui embaixo.

REFLEXO DISTORCIDO

— André? — Allan meneou a cabeça na direção de Líliann, que estava vermelha de vergonha. — Sério?

— Sério! Vem logo. — O irmão saiu do quarto, fechando a porta.

***

André estava sentado no sofá, com um copo de bebida nas mãos. Notou o irmão descendo as escadas e sorriu. Allan vestia uma calça de moletom bem folgada, chinelos e dispensava o uso de camisa.

— Fala! — Allan se sentou ao lado do irmão. — Espero que seja importante para me interromper.

— Desculpa, não sabia que estavam se acertando...

— Nossa primeira noite foi seguida da minha prisão. — Allan suspirou. — Mas eu supero sua intromissão. Só espero que não se repita. — riu, debochado.

— Fique sossegado, é um lado seu que eu não desejo ver novamente. — André riu. — Vamos parar de falar besteira e nos ater a isto. — Entregou-lhe o laudo médico.

— O que é isto? — Allan pegou o papel e leu, encarando o irmão. — Heitor está doente?

— Papai disse, na carta que ele me deixou, que Heitor tinha um mal que ele estava acobertando e que, agora, não poderia mais acobertar. — André suspirou. — Agora que descobrimos tudo o que nosso pai acobertou, eu fiquei pensativo.

— Onde achou isto? — Allan olhou o envelope sobre a mesinha. — Tem mais?

— No cofre do escritório. — André não conseguia entender como seus instintos o levaram até aquilo. Fechou os olhos, enquanto Allan analisava os papéis. — São laudos e exames feitos por Heitor há sete anos, logo depois de sua viagem. — André começou a demonstrar os papéis. — Papai o levou para fora do país. Ele fez muitos exames, chegando a um diagnóstico.

— Esquizofrenia paranoide F.20.0. — Allan lia os documentos com atenção. — Mas, veja, aqui diz que o tratamento feito em 2012 havia surtido resultado considerável.

— Foi quando ele voltou para casa, assumiu a empresa e começou a cuidar do papai. — André se lembrava. — Ele até me tratava bem. — sorriu, encarando o irmão.

— Mas algo o fez ter uma recaída. — Allan ficou pensativo. O telefone tocou, e Ivanna atendeu.

— Allan. — a mulher passou a mão no avental. — É da AMTech, Alexis, do RH.

Allan olhou para André sem entender. Levantou-se, pegando o aparelho telefônico das mãos da governanta. Respirou fundo e falou:

— Allan falando. — silêncio. O rapaz ficou pálido. Passou a mão no rosto. — Ignore esse pedido. É um ordem. — silêncio. — Não importa o quanto ele grite, não faça.

Allan desligou o aparelho e o lançou na lareira, que ardia. O telefone derreteu rapidamente. André se levantou, aproximando-se do irmão.

— O que foi? — parou ao seu lado.

— Heitor está no Rio. — Allan olhou para o topo da escada. Líliann descia calmamente. — Ligue para Suzana Moiter, estou indo para a AMTech do Rio. Heitor está lá e quer demitir os funcionários.

CAPÍTULO 11

REFLEXOS

Líliann mantinha a mão na coxa de Allan, enquanto ele dirigia sua Lamborghini até a empresa. No carro de trás, Bento dirigia, atento ao curso que o carro de seu patrão seguia. Logo atrás, André dirigia sua Mercedes, os dedos brancos devido à força com que segurava o volante. A comitiva seguia, rapidamente, pelas curvas da estrada. O sol nascia quando o carro de Allan estacionou à frente do prédio da empresa. Jogou suas chaves para o manobrista, que esperava logo à frente.

— Ele está no escritório. — Alexis surgiu na escadaria de entrada. — Está muito nervoso. Ele me demitiu.

— Não está demitida. Pensei que trabalhava em São Paulo. — Allan olhou para a rua, vendo as viaturas surgirem. Suzana Moiter desceu da viatura, arrumando os cabelos que caíam em seus olhos. Os cachos negros brilhavam.

— Tive que vir para resolver alguns contratos. O RH daqui é novo. — sorriu, passando a mão nos braços.

— Vá para casa. Tem mais algum funcionário aqui? — Allan olhava o relógio. Já passava das seis da manhã.

REFLEXO DISTORCIDO

— Não, somente os seguranças. — Alexis era jovem e baixa. Tinha olhos azuis e cabelos curtos repicados. Usava roupas sociais na cor preta. Seu blazer exibia o nome da empresa.

Allan ficou parado, esperando pela delegada. A mulher negra subiu os degraus da escadaria ao lado de Nick. O investigador tinha sua arma nas mãos. Suzana olhou ao redor e apontou para a saída do estacionamento.

— Quero homens aqui. Bloqueie esta saída. — encarou Allan. — Existe outra saída?

— O heliponto. — Allan falou, cansado. — Vou entrar e falar com ele.

— Senhor Allan...

— Não tente, Suzana. Ele é meu irmão e está doente.

— Doente?

André surgiu atrás dela com o envelope.

— Tudo o que precisa saber. — entregou o envelope nas mãos de Nick. O investigador o abriu, retirando os papéis e pegando um dos laudos. — Heitor é esquizofrênico e não está fazendo o tratamento. Descobrimos isso hoje.

— Por que sempre existe algo que me impede de prender os Alcântara Machado? — Suzana Moiter colocou as mãos no quadril. Suspirou e olhou para Nick, falando. — Chame uma ambulância. Senhor Allan, meus homens irão acompanhá-lo.

***

Heitor estava de pé, no meio do escritório. Olhava para os lados, perdido, os olhos abertos estatelados. O verde refletia a luz artificial. Olhou para fora do escritório. Seu reflexo o encarava, mas usava roupas diferentes. Heitor sorriu ao ver que era seu irmão. Caminhou até a mesa e se sentou. Allan entrou no escritório calmamente. Deixou a porta aberta. No fim do corredor, oito policiais se posicionaram. Um deles caminhou até o meio do caminho entre os elevadores e a porta do escritório, ficando no campo de visão de Heitor.

— Podia vir sozinho. — Heitor sorriu. Allan olhou sobre os ombros, notando o policial. — Finalmente, as cartas estão na mesa. — riu.

— Heitor, temos que conversar...

— Conversa nunca foi o nosso forte, irmão. — levantou-se. Allan deu um passo trás, notando a arma na mão no irmão gêmeo. — Você deve estar se perguntando o porquê.

— Podemos começar assim. — Allan suava frio.

— A culpa é dele. O mundo seria bem melhor se Tânia Belcorth e sua prole morressem. — Heitor caminhou até o irmão, ficando cara a cara com ele.

O policial que estava no meio do corredor ficou pasmo, tamanha era a semelhança entre eles. Heitor ergueu a mão, e ele pôde ver a arma. Pelo comunicador, avisou aos outros. Três deles se aproximaram.

— Mande-os ficarem longe. — Heitor girou o corpo e segurou Allan pelo pescoço, prensando a arma em sua nuca.

Allan encarou o corredor, suando frio. Olhou os policiais e falou:

— Está tudo bem... Fiquem longe.

Os policiais se afastaram, e Allan se virou para encarar o irmão novamente. Heitor abaixou a arma e apontou para uma poltrona no canto do escritório. Allan notou um terno dentro da proteção plástica. Encarou o irmão e percebeu que ele estava impecavelmente bem vestido. Os cabelos estavam iguais aos seus, espetados com gel. Heitor apontou a arma na direção do irmão e falou:

— Está muito malvestido, meu irmão. — Sorriu. — Vista-se! — gritou.

143

REFLEXO DISTORCIDO

Allan estremeceu e acatou a ordem. Caminhou até a poltrona, saindo do campo de visão dos policiais. Abriu o zíper da proteção plástica e visualizou a roupa. Era um Armani legítimo, idêntico ao que Heitor usava. Allan retirou a camiseta que usava e a jogou no chão. Encarou o irmão e falou:

— Onde está Jones? — Heitor bateu a arma na própria cabeça, pensativo. — Foi ele quem matou o papai?

— Jones estará ausente, por enquanto. — sorriu. — Sabe, ele até que cobrou barato.

— Para matar nosso pai? — Allan gritou. Do lado de fora, o mesmo timbre, a mesma voz ecoava. — Como pôde?

— Fui obrigado, sabe... — Heitor batia a arma na cabeça. — Fui convencido de que ele merecia morrer.

— Ele era seu pai!

Allan abotoava a camisa. Vestiu a calça, sentindo as lágrimas caírem. Heitor caminhou até a mesa, abaixando-se para pegar uma caixa preta e retangular. Allan ficou impressionado com o quanto ele havia planejado.

— Use, é seu número. — riu. — é nosso número — gargalhou. O olhar perdido de Heitor se transmutou em uma face inexpressiva.

— Heitor, você não está bem...

— Duro como pedra, resistente feito aço, mas o barulho me desfaz. — Heitor ficou sério. — Quem eu sou? — Allan ficou atento às mudanças de humor do irmão. — Responda! — gritou

— O silêncio. — Allan pegou a caixa das mãos do irmão e abriu. Dentro, um par de sapatos pretos.

— Eu tentei, primeiro, acabar com os dois. Tudo bem que me rendeu alguns dias no hospital, e somente a vagabunda da mãe dele morreu. — Heitor caminhou de um lado para o outro. — Depois, na minha vida, surgiu alguém que tinha algo a mais, algo mais quente.

144

— Eu.

Allan colocava a gravata, dando um nó perfeito. Olhou seu reflexo no vidro do escritório. Os policiais estavam lá, esperando a hora certa. Heitor surgiu ao lado do irmão, e eles se espantaram. Estavam iguais.

— Mas, aí, sua noiva resolveu te salvar. — falou, voltando para o centro do escritório. Allan se virou, ficando de costas para o corredor. Caminhou, andando em círculos. Heitor acompanhou. Eram tigres se enfrentando. Cada um em um canto, andando, desafiando-se. — Papai quis cuidar de mim, os médicos no estrangeiro, também.

— E eles estavam certos ao querer cuidar de você. — Allan falou, parando de andar. Heitor bateu a arma novamente na cabeça. Respirou fundo e falou:

— Papai deu tudo para aquele bastardo. — Heitor sorriu. — Tive que ser rápido. A bebida sempre me ajudou a pensar. — Allan se lembrou da manhã em que seu pai foi morto. Ivanna lhe dizia que Heitor havia chegado bêbado. — Foi uma noite intensa. Até briguei em um bar.

— Conheceu Jones naquela noite. — Allan começava a entender. — Pagou para que ele matasse André, deu as coordenadas, sabia que nosso irmão andava com o papai todas as manhãs.

— Seu irmão! E, sim. — Heitor sorria. — Ele tinha que morrer. Fui instruído de que minha vida iria melhorar. — Allan começava a acreditar no diagnóstico dos médicos. — Mas erros acontecem.

— Acertaram o papai em vez de André. — Heitor estendeu a arma e desceu o cão. Apontou na direção do irmão. — Heitor, a empresa é sua. É toda sua, se quiser. Não precisa fazer isso. — Allan deu um passo atrás.

— Anda, vamos dar uma volta. — riu. — Recebi novas ordens.

CAPÍTULO 12
SILÊNCIO

Heitor saiu do escritório. Os policiais baixaram as armas. Allan saiu em seguida. Ou seria o contrário? Estavam confusos. Nick se mantinha atrás de todos. Encarou os gêmeos e falou:

— Está tudo bem, Heitor? — O lado arrogante do gêmeo saltou.

— Dr. Heitor, e, sim, está. — falou, altivo. — Eu e meu irmão vamos dar uma volta.

— Senhor Allan, não posso permitir. — Nicholas encarou Heitor. Em suas mãos, havia um par de algemas. — Dr. Heitor, o senhor está...

Heitor foi rápido o bastante para deflagrar oito tiros. Nick foi pego de surpresa. A dor lancinante em sua perna o fez cair. Os outros policiais não tiveram a mesma chance. Allan ficou estático atrás de Heitor. O gêmeo arrogante encarou o irmão, sinalizando para que ele seguisse em frente.

— Heitor! — Nick gritou. Pegou o rádio comunicador e falou para todos. — Entrem no prédio. Policial ferido. Heitor está armado e mantém Allan refém.

REFLEXO DISTORCIDO

***

Suzana Moiter subiu as escadas do prédio às pressas, junto com um grupo de policiais fortemente armados. Nick estava de pé. A perna sangrava. Ele conseguiu fazer um torniquete. Ao encarar a delegada, ele soube que Heitor havia conseguido fugir. Suzana organizou as buscas pelo prédio, mas não conseguiram ser rápidos. O herdeiro dos Alcântara Machado havia conseguido furar o bloqueio na saída da garagem, destroçando três viaturas da polícia e fugindo pelas ruas do Rio. Nicholas foi levado ao hospital, em silêncio. Para ele, era o seu fim. Não conseguiria a promoção e, muito menos, prender Heitor.

André e Líliann se assustaram ao ver um carro preto sair às pressas do estacionamento da empresa. O rapaz entrou em seu carro acompanhado da secretária e começou a seguir o carro que fugia. Sabia que era Heitor. O sol já estava a pino quando eles ganharam a estrada em direção à serra. Heitor estava tentando sair da cidade. Nenhuma rua bloqueada, inúmeros carros destroçados com as batidas. O celular de André tocou. Líliann o pegou rapidamente e atendeu, colocando no viva-voz.

— Allan? — falou, nervosa.

— Não! Tente novamente. — a voz de Heitor ecoou pelo carro. — Podem desistir, tenho gasolina para muito tempo.

André girou o volante, fazendo uma curva fechada e perdendo o carro de Heitor de vista. Líliann chorava.

— Solta ele! — gritou.

— Tudo acaba hoje. — E desligou.

***

Allan estava zonzo devido à coronhada que acabara de levar. Ao ouvir a voz de Líliann, o gêmeo se desesperou, tentou gritar, mas Heitor o golpeou com força. O sol brilhava, iluminando a manhã. Allan notou que já estavam longe da cidade. Ele reconhecia o caminho. Estavam voltando para São Paulo. Enquanto Heitor se distraía, seu gêmeo se ajeitou no banco. Havia sido jogado com força pelo irmão, e a fuga o forçou a ficar em uma posição desconfortável. Heitor o encarou, batendo a arma em sua testa levemente. Allan fechou os olhos, esperando pelo tiro.

— Acalme-se, maninho. Não é assim que irá morrer. — Heitor tirava os olhos da pista a todo momento. Allan olhou pelo retrovisor e notou o carro de André se aproximando. Logo, pôde ver algumas viaturas atrás.

Allan respirou fundo, empurrando a mão de Heitor para cima. O tiro veio abrindo um buraco no teto do carro. Heitor gritou, surpreso, desferindo um soco na cara de Allan. O carro ziguezagueou na pista. Allan sentiu o ranger de seus dentes, assim que o carro se arrastou no acostamento. Heitor pegou o volante, tentando retornar para a pista. Allan acertou um soco no irmão, conseguindo segurar o volante. O carro foi para a pista contrária

Atrás, André desviava dos carros batidos na estrada. O carro que Heitor dirigia saía da pista e retornava para a via correta. Líliann estava nervosa ao acompanhar a cena, até que o carro bateu sua lateral em uma van que vinha em sentido contrário. André gritou ao ver o carro girar e capotar. Um corpo saiu pela janela, rolando pelo acostamento. Líliann gritou ao ver o veículo sair da pista e

REFLEXO DISTORCIDO

rolar morro abaixo. André freou bruscamente. Saiu na rua e parou as viaturas. O clarão e o estrondo ecoaram pela serra.

Líliann se ajoelhou, nervosa. André correu até o corpo caído no asfalto. Estava machucado e com a roupa rasgada. Mediu os batimentos. Estava vivo. Os policiais foram se aproximando, quando o homem acordou, gritando:

— Heitor! — Allan tentou se levantar, mas as pernas doíam, devido ao impacto com o asfalto. — Heitor! Não!

— Allan, calma. — André o abraçou. O som dos bombeiros inundou os ouvidos de Allan. Líliann, ao vê-lo vivo, correu e o abraçou.

André deixou o irmão aos cuidados de Líliann e caminhou até a encosta. Nessa parte da estrada, o mar já era visível. Olhou para baixo, vendo o rastro deixado pelo carro e a carcaça próxima da água. Em chamas, o carro afundava. Os bombeiros corriam para recuperá-la, mas as ondas impediam o trabalho. O carro afundou rapidamente, desaparecendo. André se virou, vendo Allan a Líliann se beijando. Os paramédicos se aproximavam para ajudá-lo. Colocaram-no na maca e o levaram para dentro da ambulância. Uma viatura veio lentamente, aproximando-se de André. O vidro desceu, e Suzana Moiter o encarou. A mulher usava óculos escuros. Estava cansada.

— Senhor André. — ela falou. — Já me informaram do ocorrido. Sinto pela sua perda.

— Ao menos, Heitor teve o que queria. — André enfiou a mão no paletó e retirou o par de óculos escuros. — A morte de um Alcântara Machado.

150

***

Dois dias depois

André entrou no quarto do hospital e encarou o irmão. Allan estava dormindo. Ao seu lado, sentada em uma poltrona, estava Líliann, que lia um livro. Reconhecendo a capa, ele logo soube que fora uma indicação de Veronic. A jovem fechou o livro ao vê-lo parado. Ficaram quietos, observando Allan com atenção.

— Ele parece bem. — André se aproximou. — Para uma pessoa que quebrou três costelas e teve uma perna quebrada. — riu baixinho.

— Finalmente, a tortura acabou. — Líliann fechou os olhos, vendo o carro capotar. A imagem do corpo de Allan sendo lançado para fora do carro a fez pensar que ele estava morto. — Espero que tudo se acerte.

— Eu também. — André a olhou. — Vocês merecem ficar juntos e em paz.

— Fico feliz por estar torcendo por nós...

— Eu também. — Allan sussurrou, abrindo os olhos. — Como eu estou?

— Nada que uma plástica não resolva. — André riu. — Três costelas e uma perna quebradas.

— E a capacidade de voar. — Allan riu de si mesmo. Suspirou, sentindo uma leve pontada na cabeça. Fechou os olhos. — E Heitor?

REFLEXO DISTORCIDO

Líliann ficou em silêncio. André respirou fundo e falou:

— O carro pegou fogo e rolou a encosta. — fechou os olhos. — Você foi lançado para fora, mas ele, não.

— Encontraram o corpo? — Allan fechou os olhos.

— Não, o carro ainda está submerso, e a corrente o leva cada vez mais para longe. — Líliann falou, pegando em sua mão. Allan a segurou com força. — Suzana Moiter já pediu aos mergulhadores que agilizem. Querem retirar o carro ainda nesta madrugada.

— Há quantos dias estou aqui? — Allan bocejou devido ao efeito dos anestésicos.

— Dois dias e meio. — André o encarou. — Allan, do pouco que conseguiram ver no carro submerso... — suspirou. — Heitor não está lá dentro.

— Ele pode estar vivo? — Allan olhou de André para Líliann. — Por favor, me digam algo...

— A delegada está agindo como se ele estivesse vivo, mas os mergulhadores acreditam que o corpo possa ter saído do carro devido à pressão e ter sido levado pela corrente. — Líliann passou a mão em seu rosto. — Se, dentro de dez dias, não encontrarem nada, irão considerá-lo morto.

— André. — Allan suspirou. — Mande rezar uma missa na paróquia da Paulista, minha mãe era devota. E, caso não o encontrem...

— Tudo bem, eu cuido de tudo. — Allan sorriu levemente. A notícia de que seu irmão pode estar morto ainda o assusta, mesmo com ele querendo matá-lo.

No final da semana, Allan teve alta, mas, antes de sair, recebeu a visita de Nicholas e Suzana Moiter. O investigador entrou

FERNANDO LUIZ

sorridente, ao vê-lo de pé, caminhando com ajuda de muletas. Líliann estava ao seu lado, auxiliando-o. A delegada entrou, fechando a porta atrás de si. Encarou Allan e falou.

— Senhor Allan, é muito bom vê-lo se recuperando. — a mulher sorriu. — Temos alguns assuntos a discutir.

— Eu imaginei. — Allan se sentou, entregando as muletas para Líliann, que as repousou na lateral da cama. — Vieram me dizer que as buscas pelo corpo de Heitor acabaram?

— Ainda não, mas já retiramos o carro. — suspirou. — Encontramos isto. — ela olhou para Nick, que estendeu um papel amassado. — Tivemos que recuperar. É uma carta de seu pai para Heitor.

Allan ficou olhando o papel e suspirou, dizendo:

— Meu pai deixou uma para cada um de nós. — suspirou, repousando o papel sobre a cama. — Mais alguma coisa?

— Sim, tivemos uma denúncia de que Jones Fernandes foi visto comprando passagens para a Alemanha. Estamos atrás dele. E eu preciso que vá até a delegacia, preciso que me conte tudo o que ocorreu naquela noite, para anexar ao caso.

— Quero ele preso. Heitor afirmou que foi ele quem atirou em meu pai. — Allan engoliu em seco. — E, sobre o depoimento, marque um dia, eu irei sem problemas.

— Os inquéritos sobre a morte de seu pai e sobre nas mortes cometidas por Heitor não serão fechados até que a Marinha conclua as buscas e o declare morto. — ela estendeu a mão, a fim de cumprimentar Allan. — Por ora, a única notícia que tenho referente à morte de seu pai é que a balística foi feita na arma que encontramos em sua casa. Deu positivo. Foi a arma usada para matar seu pai.

153

REFLEXO DISTORCIDO

— Heitor assumiu para mim que o alvo era André. — Allan fechou os olhos. — Se ele estiver vivo, meu irmão corre perigo.

— Não poderei fazer nada se a Marinha o declarar morto. — Suzana Moiter suspirou. — Seus seguranças serão sua única proteção. Para a polícia, Heitor Alcântara Machado é um fugitivo, e, até que seja encontrado, não nos veremos mais. — a mulher encarou Nick, que cumprimentou Allan e deu um leve aceno para Líliann. Os dois saíram.

À noite, Allan entrava na mansão ao lado de Líliann. Na sala, Veronic exibia um visual sério. Usava roupas pretas e discretas, os cabelos vermelhos estavam presos em um rabo de cavalo. Não usava maquiagem. Ela se aproximou de Allan, abraçando-o. Líliann caminhou até a cozinha, pedindo a Ivanna que servisse o jantar. André chegou logo em seguida, e os quatro jantaram, juntos, no hall de vidro.

Allan pediu que uma mesa fosse posta lá. André estranhou o pedido, mas logo entendeu. O hall de vidro era a antiga cozinha da mansão, lugar em que Heitor havia cometido seu crime mais grave. Allan se sentou à mesa, mas não antes de puxar a cadeira para Líliann sentar-se ao seu lado. André fez o mesmo, piscando um olho na direção do irmão. Os irmãos serviram vinho para as mulheres e aguardaram até que os funcionários servissem a comida.

— É estranho, estar aqui e tentar recomeçar. — André bebeu um gole de vinho.

— Por isso mesmo que eu escolhi este lugar. — Allan se levantou com dificuldade. A perna engessada o impedia. — Quero que este lugar tome a sua função. Aquilo que meu pai queria. Que nosso pai queria. — encarou o irmão. — Líliann, por favor.

154

Líliann estava distraída, quando Allan lhe estendeu a mão. Novamente, a jovem ficou vermelha e calada. Veronic meneou a cabeça, forçando-a a segurar a mão de Allan. A jovem respirou fundo e o fez. Allan enfiou a mão dentro do bolso da calça e a retirou, trazendo uma pequena caixinha preta. Veronic sorriu.

— Líliann, aceita se casar comigo? — André bebeu mais um gole de vinho. Líliann ficou pensativa.

— Você tem que parar de me deixar envergonhada. — sorriu. — Sim, eu aceito.

André bateu palmas, e Veronic o acompanhou. A noite seguiu seu curso ao som de risadas e lembranças. Allan segurava a mão de Líliann, enquanto conversavam no deck da piscina. Veronic havia se despedido, deixando os dois sozinhos, haja vista que André a acompanhava. O irmão olhou para trás, rapidamente, para ver o casal abraçado, observando o reflexo da lua na piscina, em total silêncio.

SINAIS

CAPÍTULO 13

SINAIS

André estava deitado em sua cama, em seu apartamento na zona sul. Veronic saiu do banheiro, nua, e caminhou até ele. Subiu na cama, beijando-o. Há tempos que o casal não tinha uma noite como esta. De manhã, o CEO da AMTech surpreendeu a noiva. Veronic ficou sem fala ao ver o par de alianças sobre a mesinha de centro na sala. André se ajoelhou ao pedi-la em casamento.

— Não sou perfeito, mas, hoje, vejo que posso ser seu marido. — André sorriu. — Casa comigo?

— Sim. — Veronic usava a camisa social dele, o que lhe parecia um pijama. O homem a pegou no colo, beijando-a. — Mas com uma condição.

— O que quiser. — ele a colocou no sofá.

— Não iremos morar na mansão. — ela o encarou. — E eu quero um filho.

— Por mim... — ele sorriu. — Já podemos começar a planejar nosso herdeiro. — André a beijou, retirando a camisa.

REFLEXO DISTORCIDO

Durante os meses que se seguiram, Allan fez algumas mudanças na sua rotina. Passou a frequentar as reuniões do conselho e iniciou um curso de Administração. Estava disposto a reger a empresa ao lado do irmão. A cerimônia de enterro simbólico em nome de Heitor foi acompanhada somente pelos irmãos e suas respectivas noivas. Allan recebeu uma caixa contendo um vinho em nome do investigador Nicholas. Era o agradecimento do homem pela sua colaboração no caso. Allan se espantou com o carimbo no final do bilhete: ele havia assumido a delegacia no lugar de Suzana Moiter, que ganhou uma promoção, passando a trabalhar na Polícia Civil.

Líliann descobriu estar grávida, e a notícia foi motivo de festa na mansão dos Alcântara Machado. André e Veronic se casaram em uma cerimônia simples, logo após o casamento de Allan e Líliann.

— A vida de diretor deve ser um tédio. — Líliann entrava no escritório. A barriga já bem visível. — Vamos acabar com este tédio.

— Como? — Allan se levantou e a beijou. Puxou a cadeira, fazendo-a se sentar.

— Recebi, hoje, uma estimativa dos lucros da empresa. Estamos mal. — Líliann lhe entregou um documento assinado por André. — ele me disse que havia lhe proposto um corte. — a mulher fez uma careta.

— Sim, trinta por cento. — Allan suspirou. — Trezentos funcionários. É o que farei.

— Não tem outro jeito? — levantou-se, encarando o marido. — Podemos diminuir as compras, trabalhar no mínimo.

— Não dá. Já fiz uma lista dos funcionários que menos rendem na empresa. Já enviei para o RH. — Allan a encarou.

158

— Allan?...

— Não adianta, o dinheiro está sendo perdido com estes funcionários....

— Perdido? — Líliann o segurou pelo braço. — Parece o Heitor falando.

Allan virou a mão na cara de Líliann e gritou.

— Não diga este nome! — virou de costas para esposa. — Tenho uma reunião agora. Pode ir para casa. Não sei se chego para o jantar.

Líliann passou a mão no rosto e saiu do escritório. Entrou no elevador chorando. Ao cruzar a portaria da empresa, os funcionários a olhavam sem entender o motivo das lágrimas. A jovem pegou o carro e dirigiu até o apartamento de André, subiu até o trigésimo andar e tocou a companhia. Veronic abriu a porta. Já no terceiro mês de gravidez, ao ver o rosto da cunhada marcado, fê-la entrar imediatamente. André surgiu na sala enrolado em uma toalha branca, com o corpo molhado. Havia acabado de sair do banho. Os cabelos negros molhados salpicados de fios brancos brilhavam. Líliann chorava.

— O que houve? — o cunhado segurou sua mão ao sentar-se à sua frente.

— O Allan. — ela passou a mão no rosto. — Ele está muito estranho.

***

18 anos depois

Carlos estava parado à frente do espelho e olhava seu reflexo em silêncio. Allan entrou no quarto do rapaz, vendo-o se admirar.

REFLEXO DISTORCIDO

Sorriu e se sentou na cama do filho. O rapaz notou a presença do pai e se enrolou na toalha.

— Bater na porta antes de entrar ainda faz parte das boas maneiras. — o rapaz pegou uma bermuda e a vestiu, jogando a toalha sobre a cama. — O que foi?

— Meu filho passa a noite fora, e eu não posso conversar com ele? — Allan o encarou. — Aliás, a academia está lhe fazendo bem.

— Obrigado. — Carlos passou a mão nos cabelos loiros e suspirou. — Conversar sobre o quê? Nunca fomos próximos.

— Você me pinta como o pior pai do mundo. — Allan se levantou, ficando cara a cara com o filho. — O que sua mãe já lhe disse sobre mim?

— Nada. — o rapaz passou por ele. Allan o segurou pelo braço.

— O seu segurança disse que você passou a noite em uma boate.

— Passei, sou maior de idade e gasto meu dinheiro da forma que quiser. — Carlos se desvencilhou da pegada do pai. — Gastei pouco, só cinco garotas.

— Carlos, eu gostaria que você fizesse uma faculdade...

— O senhor fez? O grande Allan Alcântara Machado fez uma faculdade? — entrou no closet e pegou uma camisa social e uma calça. Retirou a bermuda, entrando novamente no closet e voltando de cuecas box brancas. — O que quer saber? Anda, pergunta logo! — o rapaz o encarou. Os olhos verdes brilhando.

— Qual o nome dela? — Allan enfiou a mão no bolso, retirando uma fotografia. Carlos e uma garota abraçados. — É sua namorada?

— Mandou me investigar? — o rapaz fungou. Ficou em silêncio por um instante, erguendo as mãos em ato de rendição. — Sim, pedi ao Fred que mentisse para você. Ela não segue o seu padrão.

— Então, ela é pobre. — Allan se sentou novamente na cama. — O que aconteceu com a Lívia?

— Se você está falando daquele projeto de Barbie, mandei catar coquinho quando ela me disse que sexo só depois do casamento. — Allan riu. Carlos ficou calado enquanto vestia as calças. —Mamãe gostou dela, me disse para apresentar para você.

— Tudo bem, marque um jantar e traga a sua mãe. — Allan se levantou, saindo do quarto. Parou na porta e falou. — Vou bloquear seu cartão por uma semana devido à tatuagem que fez.

— Pai? — Carlos saiu atrás dele. — Uma semana?

— Torça para que eu goste de sua namorada e o desbloqueie. — riu. — Não minta para mim, Carlos. — Allan passou a mão nos cabelos brancos. — Sabe o que penso sobre tatuagens.

— Ok, tio Heitor...

— Me chamou de que?

— Allan, deixe o rapaz. — Allan estendeu a mão para acertar o rosto do rapaz quando a voz de André o interrompeu. Estava no pé da escada. Vestia um terno preto. Tinha os cabelos brancos penteados para trás. — Ele me perguntou sobre a tatuagem, e eu disse que não tinha problema algum.

— Meu filho. — Allan desceu as escadas. Carlos sorriu para o tio, que piscou o olho direito para ele e voltou para o quarto.

— Meu sobrinho e afilhado. — André abraçou o irmão. — Quanto tempo?

— Você andou contando sobre o Heitor para ele, não? — Allan deu um soco de leve no ombro do irmão.

— Só as melhores histórias. — André sorriu. — Como está a empresa?

REFLEXO DISTORCIDO

— Estamos bem. — Allan caminhou até o escritório. — Como foi em Londres?

— A filial da AMTech está indo de vento em popa, estaremos alinhados dentro de seis meses. — André se sentou no sofá. Olhou as fotografias sobre a mesa. — Você e Líliann tentaram se reconciliar?

— Sabe que tentei, mas Líliann está diferente...

— Falou o homem que ia bater no filho adulto há alguns segundos. — André o encarou. — Escute, desde a morte de Heitor, você está diferente.

— Deve ser porque sou irmão dele. — Allan suspirou.

***

— Pai, estou saindo. — Carlos entrou no escritório. As mangas dobradas na altura do cotovelo demonstravam a tatuagem no braço. Allan se atentou à escrita.

— Tatuar o nome do seu irmão não vai trazê-lo de volta. — Allan falou. André fechou os olhos, esperando rompante do rapaz. Carlos encarou o tio com raiva no olhar.

— Eu não tenho problemas de lembrar do meu gêmeo, ao contrário do senhor. — Encarou o tio. — Sobre a ida ao Rio...

— Ahh, sim. — André encarou Allan, sorrindo. — Quero que vá comigo, faz tempo que não abuso de seu talento como secretário.

— Vou passar o final de semana com a minha mãe. — olhou para o pai. — Podemos ir na segunda?

— Perfeito. — André bateu a mão no ombro do sobrinho. — Está vendo, Allan? Ele está tentando.

— Veremos, mas ele ainda está com o cartão bloqueado. — Allan suspirou.

— Tudo bem. — André sorriu. — Ele usa o meu.

***

Líliann entrava no quarto de seus filhos. A lembrança a fez chorar. Sentou-se na cama que era de Caio e pegou um jornal velho que sempre ficava lá. *Morre Caio Alcântara Machado – acidente de carro fere a família Alcântara Machado e deixa um dos herdeiros em coma.*

— Mãe? — Carlos entrou no quarto. — Mãe, para de se martirizar.

— Sinto tanta falta dele. — Líliann abraçou o filho. — Dormiu no seu pai? — limpou as lágrimas.

— Sim, passei a noite com a Hellena. — sorriu.

— Pela sua cara, você discutiu com ele novamente. — Líliann passou a mão no rosto do filho. — Carlos, pare de enfrentar seu pai.

— Ele nunca foi um pai amável. O padrinho dizia que era por causa da morte do irmão dele, mas... — suspirou. — Depois do que aconteceu com Caio, ele mudou.

— O que aconteceu com seu irmão foi culpa dele, você sabe. — Líliann se levantou. — Seu pai estava bêbado.

— Ele bebia antes, quero dizer, quando começaram a namorar? — Carlos encarou a mãe.

— Não, nenhuma gota. — *Quem bebia era o Heitor.* Pensou em dizer seus pensamentos ao seu filho, mas os guardou para si. Mas ela estava quase certa de que o homem que amou morreu naquele acidente.

CAPÍTULO 14

PESCADOR

Trindade – Rio de janeiro

Jogou a rede no mar e esperou. Descascou uma laranja e esperou o mar lhe dar o seu sustento. O pescador olhou para o horizonte, o sol começava a nascer. Desceu para a cabine e chutou, levemente, o garoto que dormia. Voltou para a proa, olhando a rede. O rapaz surgiu atrás dele sem camisa. Era negro e jovem, tinha somente dezoito anos e já pescava com seu pai. Vinícius puxou a rede como por extinto. Estava cheia de peixes. O pai sorriu e o ajudou.

— Você deve falar com os peixes, rapaz. — o pescador coçou a barba. — Como consegue acertar sempre?

— Puxei meu pai. — Vinícius olhou a rede. — Veio pouco desta vez.

— É, vamos pescar só semana que vem, temos que esperar.

Quando o sol já iluminava todo o horizonte, o pescador girou o timão, retornando para a praia. Prendeu o barco e despejou o peixe. Vinícius guardou em um isopor o necessário para ele e sua família. O restante começou a ser vendido aos outros moradores

REFLEXO DISTORCIDO

da vila. O pescador olhou, orgulhoso, para Vinícius, vendo-o negociar o peixe. Já estava se tornando um homem. Retornou para casa, uma pequena cabana no fim da praia. Entrou, entregando o isopor a uma mulher, que o recebeu com um abraço.

— Pensei que iriam demorar mais. — falou ela, ao abrir o isopor, colocando-o sobre a mesa de madeira. — Hoje, faço aquele peixe que adora.

— Obrigado. — o pescador olhou para o mar. Esse peixe é a razão de eu nunca ir ao médico.

— Foi o que te salvou. — a mulher olhou por cima dos ombros do pescador, procurava pelo filho. — Oxente. — a mulher colou a mão na cintura. — Cadê Vinícius, que não veio?

— Está vendendo o peixe, e parece que a filha do Luiz vai esperá-lo. — o pescador se sentou à mesa. A mulher fez uma careta. — Ele já é um homem. Deixe-o viver, Maria.

— Pois olhe, Pedro, desde o dia que você apareceu nesta praia, eu te trato como membro da família, mas não me impeça de cuidar do meu filho. — a mulher lhe apontou a colher de pau. — Esta vida não é sua. — A mulher pegou um pote de feijão e retirou de dentro um envelope branco com um nome escrito com letra repuxada.

— Ainda estou aqui porque fiz uma promessa ao seu falecido marido. Ele, sim, me considerava da família. — a mulher bufou, virando-se de costas. — Ele me fez prometer que eu criaria o Vinícius e o ensinaria a ser homem.

— Pois bem... — a mulher parou de falar ao ouvir o som de tiros. Olhou aflita para Pedro. — Mathias...

— Vou pegar o Vinícius, feche a casa. — Pedro foi até o quarto e pegou um revólver. — Fecha! — falou, saindo e suspirando fundo.

Pedro correu pela areia, vendo as motos próximas dos barcos. Vinícius estava parado com uma arma apontada para a sua cabeça. Os homens que lá estavam pegavam dinheiro dos pescadores. Vinícius entregou a parte que lhes cabia, mas os ladrões queriam mais. Pedro destravou o revolver, ergueu a mão e atirou pra cima, chamando atenção de todos.

— Ele já pagou o que devia! — falou em um tom alto e claro. O vento vindo do mar fazia seus cabelos brancos balançarem. Ele respirou fundo, olhando na direção de Mathias. — Deixa meu filho em paz.

— Ora, ora, se não é o desmemoriado... — O homem que falava era Mathias, o líder do bando. Um gordo, careca e barbudo de pele morena. Usava bermudas jeans e uma regata. Tinha uma tatuagem de âncora no braço esquerdo. — Você cria o filho do Francisco e acha que manda aqui, pescador? — Aproximou-se dele.

— Solta o garoto. — Pedro mantinha os olhos em Mathias. — Solta o garoto, que eu vou embora da vila. Não é o que quer? O barco de Francisco, não é isso? — apontou na direção do barco ancorado.

O homem abaixou a arma, deixando Vinícius sair. Pedro o abraçou e o arrastou para casa. Maria abriu a porta ao ouvir as três batidas de sinalização. Abraçou o garoto, agradecendo ao pescador. Pedro entrou na cabana e encarou Maria. Ficaram em silêncio. O pescador pegou o pote de feijão, abriu-o e retirou a carta. Abriu o envelope, desdobrando o papel, e começou a ler.

Pedro terminou de ler e encarou o garoto. Vinícius pegou a carta e leu.

— Seu nome não é Pedro? — Ele estava confuso. A letra bem desenhada no papel chamou a atenção do jovem. — Te conheço desde pequeno. Por que mentiu?

REFLEXO DISTORCIDO

— Porque minha vida não é esta, e eu deixei muita coisa acontecer, inclusive na vida de vocês. — Pedro se sentou na cadeira de madeira. Pôs as mãos na mesa e suspirou. — Amanhã, vocês vêm comigo.

— Oxente, que eu não saio daqui. Esta casa foi de Francisco, e eu vou morrer aqui. — Maria falou, nervosa. Arrumou o vestido florido, colocando as mãos na cintura — Você pode ir...

— Eu vou junto. — Vinícius falou, encarando a mãe — Ele me criou. Ainda não sou o homem que Francisco queria que eu fosse. Vou embora, mas volto pra te buscar.

— Maria, venha comigo. — Pedro coçou a barba. — Mathias vai acabar te matando. — silêncio.

— Já enfrentei Mathias antes. — a mulher entrou no quarto, voltando, segundos depois, com um terço nas mãos. Entregou-o para Vinícius. — Deus te abençoe, meu filho.

De madrugada, Pedro e Vinícius saíram, usando a noite como aliada. Maria fez comida e arrumou as malas. Para o pescador, foi difícil ver o rapaz se despedir da mãe. Subiram o morro que dava acesso à avenida. Viram as motos do bando de Mathias descendo a rampa em direção à vila. Pedro se abaixou em meio ao mato alto e puxou o rapaz para junto de si. As motos seguiram até a última cabana da vila. Vinícius sentiu um aperto no peito ao ver Mathias entrar em sua casa. O grito de Maria o fez se levantar. O pescador o derrubou no chão.

— Minha mãe! — Vinícius se debatia. — Me solta. — lágrimas saiam de seus olhos.

— Fica quieto. Eles não querem que vamos embora, querem nos matar. — espiou por entre o mato. — Sua mãe escolheu. Aceite sua escolha você também.

Pedro soltou o rapaz, que se abaixou ao seu lado. O som do tiro ecoou pela praia. Mathias saiu, acendendo um cigarro e jogando-o no telhado da casa. Vinícius fechou os olhos, esmurrando o chão de terra. A casa pegou fogo em instantes. Os motoqueiros riam ao ver as chamas consumirem a casa de madeira. Subiram em suas motos e retornaram para a avenida. Pedro puxou Vinícius na direção contrária. Deveriam pegar um ônibus para o centro.

CAPÍTULO 15

BERÇO DE OURO

Diário de São Paulo

Alcântara Machado Technologies lançará, dentro de duas semanas, um sistema operacional que promete desbancar o Windows®. O AT100® estará disponível para celulares e computadores.

André Alcântara Machado (47) esteve em Londres para a inauguração da mais nova filial da AMTech. O novo processador foi fruto de pesquisas intensas da AMTech de São Paulo, localizada na Avenida Paulista.

Carlos leu a reportagem, orgulhoso do tio. Dobrou o jornal, guardando-o em sua mochila. Encarou a mãe e falou:

— Tio André quer que eu viaje com ele para o Rio. — ficou pensativo, arrumou a gola da camisa. — Falei com o papai sobre a Hellena.

— E o que ele falou? — Líliann tinha nas mãos um livro pequeno. Sentou-se no sofá e encarou o filho, que permaneceu calado. — Pela sua cara... — ela se endireitou, arrumando os cabelos atrás da orelha.

REFLEXO DISTORCIDO

— Ele é preconceituoso. — bufou. Passou a mão nos cabelos loiros. — Mandou que me investigassem. Colocou um detetive para saber com quem estou andando.

— Allan está muito estranho. — Líliann abriu o livro, e o filho leu o nome na capa. *Esquizofrenia?! x Mente Partida?!* — A cada dia este livro me dá mais certeza... — ela fechou os olhos. Nunca havia comentado suas suspeitas com seu filho.

— Leitura pesada, hein? — Carlos a encarou. — Você sabia que o falecido irmão do meu pai era esquizofrênico?

— André fala muito de Heitor para você. — Líliann suspirou. — Sim, fiquei sabendo depois da morte dele. — endireitou-se no sofá.

— Não é ele que me conta, eu que pergunto. — Carlos ficou calado. Levantou-se, pegando a mochila. — Ele era gêmeo de meu pai, e eu sou gêmeo também. Pode ser hereditário.

— Esqueça isso, só estou lendo este livro porque não encontrei nada interessante. — levantou-se, beijando o filho no rosto. — Quero que me faça um favor...

— O que quiser. — sorriu para a mãe, abraçando-a.

— Aceite o cargo na empresa. — Carlos fungou, fechando a cara. — Me escute primeiro. —ela o afastou, olhando dentro de seus olhos verdes. — Augusto, seu primo, está se formando em Nova York e vai assumir um cargo na empresa. O que pensa sobre isso?

— Ele é mais qualificado. — Carlos sorriu. — O Alcântara Machado perfeito.

— Quando seu avô morreu, Heitor tinha acabado seu mestrado, e Allan viajava o mundo. Seu avô fez de André o majoritário da empresa e responsável por tudo. Após a morte de Heitor, André e seu pai tiveram que guiar a empresa sozinhos. Seu pai teve que se qualificar.

— Mãe, eu concluí o colégio neste ano, não penso em fazer uma faculdade agora. — Carlos se virou, ficando de costas para a mãe. — Augusto pode trabalhar na empresa, papai sempre gostou dele.

— Você e Caio sempre tiveram uma implicância com relação ao seu primo. — Líliann fungou. — André gosta tanto de você, por que não gosta do seu primo? Bom, isso não é o que quero discutir. Quero que pense bem em uma única coisa...

— O quê? — Carlos se virou para olhar a mãe.

— O que acha da ideia de seu primo gerir a empresa, quando seu pai e seu tio não puderem mais, e você ganhar os lucros? — Líliann ficou olhando para o filho. — Vai viver na sombra do seu primo perfeito?

— Também não precisa apelar. — sorriu. — Não quero nada agora, mas isso não quer dizer que nunca me sentarei na cadeira da empresa.

***

Praia de Copacabana- manhã seguinte.

Vinícius andou pela orla e parou à frente de uma banca de jornal. Massageou as mãos, sentindo-as doer por ter socado a terra na noite anterior. Queria esquecer o que aconteceu. Ficou lendo algumas notícias, até que uma reportagem chamou sua atenção. A foto de dois homens lado a lado o deixou confuso.

REFLEXO DISTORCIDO

Comprou o jornal com as poucas moedas que havia guardado antes de sair de casa e correu pela orla, chegando até um banco de pedra. Pedro estava sentado com as duas mochilas ao seu lado. Estava pensativo. Em suas mãos, o envelope branco. Ele o segurava, lembrando-se do que havia lido.

— Ei! — Vinícius o despertou. — Olha isso. — Entregou o jornal. Pedro abriu na página da manchete de capa e empalideceu.

Allan Alcântara Machado e seu irmão André têm liderado a empresa, trazendo novos valores e guiando-a na direção do futuro. O novo sistema operacional é o mais novo lançamento da AMTech. A empresa foi criada pelo falecido bilionário Walter Alcântara Machado, morto, em 2016, por seu filho Heitor Alcântara Machado. Falecido no mesmo ano, Heitor era gêmeo de Allan e foi vitimado por um acidente de carro. A AMTech passou por grandes problemas depois dos eventos seguintes à morte de Walter: muitas demissões e grandes fusões. Hoje, a AMTech é a dona de grande parte do polo tecnológico mundial, tornando-se uma potência. Perde apenas para os avanços tecnológicos da Microsoft®, que, ainda, lidera o comércio do meio.

— Estão falando de você. —Vinícius se sentou no banco. — O nome na carta, Allan Alcântara Machado. É você.

— Tenho muita coisa para te contar. — Pedro dobrou o jornal. — Eu jurava que este homem... — ele apontou para a foto e encarou a imagem do homem ao lado de André. — Pensei que ele estava morto e que minha vida havia acabado. Seu pai me resgatou no mar e me levou para a vila.

— Você está conosco há dezoito anos, largou sua vida. — Vinícius estava espantado. — Você é rico. — riu.

— Não, nunca vivi pelo dinheiro da minha família. — suspirou. — Eu achei que me afastar seria melhor para as pessoas à minha volta, mas eu estava errado. Este homem é meu irmão gêmeo, Heitor. — Allan suspirou, lembrando-se do acidente, das coisas que ouviu. — Ele está se passando por mim. Tomou minha vida.

— Se você aparecer, ele pode não gostar, né? — Vinícius olhou para o mar.

— Vamos encontrar um local para ficar. — segurou o ombro do garoto. — Você passou por muita coisa nesta noite. Depois, conversamos sobre o que iremos fazer.

***

Mansão dos Alcântara Machado – Três dias depois

Allan estava sentado no sofá da sala. A porta se abriu, e Líliann entrou. Ele a cumprimentou com um beijo no rosto. A mulher o encarou de forma serena, já não queria mais discutir com o ex-esposo.

— Carlos viajou, hoje, com André. — Líliann falou, sentando-se no sofá. Depositou sua bolsa sobre o braço esquerdo do móvel. — Vim para conversarmos sobre a namorada dele.

— Ah, amor adolescente, logo passa. — Allan caminhou até o bar, que ficava no canto da sala. Abriu uma garrafa de whisky e encheu um copo. Olhou para Líliann, oferecendo. Ela negou com a mão. — Ele largou uma garota linda por causa de sexo.

— Não foi por causa de sexo, foi por sua causa. — Líliann sorriu. Ele se virou para ela e deu de ombros, fechando a garrafa. — Enquanto você achar que vai encontrar a garota ideal para o seu filho, mais ele irá se aproximar da Hellena.

REFLEXO DISTORCIDO

— Então, esse é o nome dela. — Allan se sentou ao lado da ex-mulher. —Até que é um nome bonito.

— Por favor, conheça a garota e aceite o relacionamento deles. Sua opinião é muito importante para ele. — Líliann tocou a mão de Allan.

— Se fosse, ele estaria noivo de Lívia.

— Noivo? Allan, pelo amor de Deus, ele é só um garoto. — A mulher suspirou. — Ele é seu filho, não seu clone.

— Tudo bem, irei conhecer a menina, desde que você organize o jantar. — levantou-se, depositando o copo vazio sobre a mesinha. — Aqui. — ela ficou em silêncio

— Esta casa não vê uma festa desde... — Ficou calada. *Desde a morte de Caio.* — Ele gostava de festas.

— E eu gostava de ver você organizando-as. — Allan a encarou. — Sinto sua falta. — Tocou seu rosto. Líliann se afastou.

— Um coquetel na piscina, não vamos deixar outro gato cair nela. — Líliann desconversou.

— Se aparecer um gato nesta casa, o destino dele será igual ao do outro. — Allan ficou falado.

— Que engraçado. — Líliann pegou a bolsa sobre o sofá. — Você havia me contado que Heitor havia matado um gato na piscina. — ela se levantou, indo na direção da porta. — Quando nosso filho retornar do Rio de Janeiro, começarei os preparativos.

Allan ficou parado, vendo-a sair. Encarou seu reflexo no espelho do bar. Pegou o copo sobre a mesinha e o encheu novamente. Bebeu rapidamente, encarando, fixamente, o espelho. Sorriu com a imagem do gato lutando para não se afogar. Fechou a garrafa e caminhou até o escritório.

Líliann saiu da mansão e parou na escadaria da entrada, totalmente pálida. Bento, o segurança-chefe, aproximou-se dela, ao notar que ela não passava bem.

— Senhora Líliann, o que houve? — o segurança a amparou.

— Onde está o segurança do meu filho, Bento? — Líliann encarou o velho.

— Fred pegou folga nesta semana. O jovem Carlos está com o tio no Rio, e os seguranças do Dr. André irão cuidar dele. — Bento se preocupava com a ex-mulher de seu patrão. — Vou chamar o senhor Allan, a senhora não está bem.

— Você o chama de senhor agora? — Líliann olhou, fixamente, nos olhos do segurança. — Ele não é o Allan. — choramingou

— Senhora? — Bento suspirou. — Quer que eu a leve a algum lugar?

— Chame o Fred. Diga a ele que Carlos corre perigo. — ela desceu as escadas. Seu carro estava estacionado no hall de entrada de carros. — Vamos para o Rio, você vem comigo.

— Mas e ele? — Bento apontou para a mansão.

— Deixe-o.

NERVOS

CAPÍTULO 16

NERVOSINHO

Segunda-feira, 12h

Carlos estava na varanda do hotel, olhando o mar. André o encarou, lembrando-se de quando ele e os irmãos eram jovens. Ficar pensativo, olhando o nada, era uma das características dos Alcântara Machado nessa idade. Tempo de escolhas e decisões. O tio se aproximou do rapaz, debruçando-se na grade. Carlos sorriu.

— Não vai me dizer nada sobre ser um rapaz comprometido? — Carlos sorriu largamente. — Fiquei sabendo que você passou a noite fora, é verdade?

— Privacidade, nesta família, é algo inexistente. — Carlos encarou o tio. — Conversou com Fred?

— Eu contratei um segurança jovem para te acompanhar em todos os lugares. — André olhou o mar. — Mas, quando ele me diz que você o impediu de entrar em uma casa na zona leste, em um bairro questionável, bom, eu imaginei duas coisas: drogas ou garotas?

— Garota. — Carlos o corrigiu. — Foi a minha primeira.

REFLEXO DISTORCIDO

— Uhhhh! — André deu um soco de leve no ombro do sobrinho. — Eu nem imagino como é ter este tipo de conversa com Augusto. Faz um ano que não o vejo.

— Com certeza, longe dos olhos do pai e sem seguranças, Augusto já deve ter dado muitos netos. — André sorriu.

— Não, ele é responsável. E ele tem dois seguranças lá — André ficou pensativo. — Ele me ligou ontem, acho que ele perdeu a virgindade nesta semana.

— Como pode saber? — Carlos se virou de costas, apoiando-se na grade. Podia conversar quando o assunto era Augusto.

— Ele nunca me liga. — André pareceu triste. — E o assunto foi sexo.

— Ele te pediu conselhos? — Carlos riu, debochado.

— Não, estávamos conversando, e ele contou que está saindo com uma garota. — riu. — Ouvi a voz dela ao fundo.

— Humm, então meu priminho perfeito já é um homem. — Carlos fechou os olhos. Nunca havia ironizado o primo na frente do tio. André o encarou. — É complicado.

— Descomplique. — André entrou no apartamento e se sentou no sofá. Carlos entrou em seguida, caminhando até o frigobar. Pegou duas cervejas e jogou uma para o tio. — Seu pai me mata se souber que está bebendo.

— Quando eu chegar no nível dele, ele pode se preocupar. — o rapaz abriu a pequena garrafa com facilidade e se sentou no sofá ao lado do tio. Fungou para, depois de alguns minutos, falar:

— Pode parecer besteira, mas ele deve ter seus motivos. Augusto veio para o Brasil, no ano passado, passar o natal conosco, lembra-se?

— Sim. — André se lembrou do natal. O segundo sem Caio e sem Líliann, que havia pedido o divórcio para o irmão.

— Peguei Augusto com a filha da Jane. — Carlos engoliu um grande gole de cerveja. — Transando na adega.

— O quê? — André o encarou. — Meu filho não faria algo assim. — Ele se lembrava dos conselhos que dera ao seu filho durante sua vida inteira.

— Na época, eu havia conversado com ele, pelo PC, sobre a filha da Jane, e lhe disse que eu e ela já estávamos nos olhando. — André sorriu. — Tá, eu sei, tinha só dezessete anos, e ela era linda.

— Seu pai demitiu Jane no ano novo... — André ficou pensativo.

— Porque ele também viu. — Carlos suspirou, fechando os olhos. — Meu pai me pediu para pegar um *Trivent*... — balançou as mãos sem lembrar o nome do vinho.

— *Trivento reserve Malbec.* — André se lembrou, falando com um sotaque argentino. — Você se demorou, e ele foi atrás, retornando com você e Augusto, dizendo que vocês estavam conversando sobre garotas.

— Isso. — Carlos concordou, estalando os dedos. — Meu pai o fez se vestir. A Sandra voltou para a edícula, e nós, para a mesa.

— Lembro-me de entrar no escritório depois do jantar e seu pai estar conversando com Augusto. Disse que eram conselhos de tio.

— Ele acobertou o Augusto. Se fosse eu, levaria uma surra. — Carlos fechou a cara. — Daquele dia em diante, Augusto e eu nos afastamos. Ele transou com alguém que eu já estava a fim, foi na frente. Saiu vitorioso.

REFLEXO DISTORCIDO

— Quando ele voltar, eu irei ter uma bela conversa com ele. — Carlos terminou de beber a cerveja. André olhou para fora, vendo o que estavam perdendo. — Minha reunião na AMTech é na quarta, vamos dar uma volta?

— Sim. — Carlos se levantou, pegando a garrafa de cerveja, agora vazia, das mãos de André. — Vou me trocar.

— Ok.

***

Vinícius estava deitado na cama dura do quarto de hotel que conseguiram alugar. Já estavam lá há três dias, e ele ainda pensava na mãe e nos moradores da vila. Allan saiu do banheiro, pegando a toalha sobre a cama. O rapaz ficou observando-o se secar. Para Vinícius, o pescador era como um pai. Vê-lo sem roupas era comum. Moravam em uma casa pequena, e ele sabia que o "pai postiço" tinha sua vida noturna. O rapaz já o tinha visto com muitas mulheres da vila, algumas até de sua idade. O pescador, apesar do silencio que trazia consigo, sabia muito bem conquistar uma mulher. Allan o olhou vestindo a camisa e perguntou:

— Como está? — Vinícius permaneceu calado. — Filho? — Allan vestia a calça e a camiseta regata. A pele morena trazia as marcas do sol. As mãos, com cortes por causa das redes de pescas, estavam ásperas. Muito diferentes do que eram antes.

— Como é criar o filho dos outros? — o rapaz se sentou na cama, espreguiçou-se e estralou os ossos dos dedos.

— Estranho. — riu. — Quando Mathias atirou em seu pai, Francisco me fez prometer que você se tornaria um homem de bem. Foi o último desejo dele antes de morrer. — Allan suspirou, sentou-se ao lado do rapaz. — Por que a pergunta?

— Eu cresci acreditando que você era meu pai, mas, quando eu te segui naquela noite... — ele riu. — e vi você com aquelas mulheres na areia...

— Eu me mantive alheio a qualquer relacionamento durante quinze anos. — silêncio. —Até que aguentei bastante tempo sem sexo. — riu — Quando voltei pra casa e fui explicar o que viu, me senti um lixo. Eu deveria ser um exemplo para você, e você me viu daquele jeito.

— Você me ensinou a ser homem, me deu conselhos, me mostrou como conquistar uma mulher e como agir na presença de uma. —Vinícius pareceu orgulhoso. Bocejou, passando as mãos no rosto. — Quando dormi com uma garota pela primeira vez, seus conselhos foram válidos.

— Fico feliz, mas, hoje, vou lhe dar conselhos melhores. — Allan se levantou. — Você perdeu sua mãe, e eu sou sua única família. Portanto, quero que me ajude a reorganizar a minha vida. Com isso, a sua vida vai mudar.

— Mudar em que sentido? — Vinícius ficou atento.

— Me ajude a entrar em contato com a minha família, me ajude a retomar o que é meu. — suspirou. — Você é meu filho agora, e, com isso, tudo o que é meu de direito é seu também.

— Eu te ajudo. — sorriu. — Mas será que podemos comer algo? Tô com fome.

***

14h30

Carlos caminhava lado a lado com André. Estavam no calçadão, cada um com um pote de sorvete nas mãos. André usava

REFLEXO DISTORCIDO

um sapatênis branco, que destoava da camisa cinza e das bermudas preta. O jovem Alcântara Machado estava de bermudas de tactel e camiseta regata, chinelos e óculos escuros. Totalmente comum, algo que seu pai recriminaria de imediato. Contava ao tio sobre sua primeira noite com sua namorada, e André o ouvia com atenção. Perguntava-se sobre o motivo de Allan não ser tão atencioso com o filho. Carlos notou um grupo de jovens jogando vôlei e ficou prestando atenção. Sempre gostou do esporte, mas nunca participou de uma partida na praia.

O sol brilhava intensamente. André terminava de comer seu sorvete. Encarou o sobrinho e falou:

— Vai lá jogar. — Olhou para a areia. —Vai logo, antes que eu vá.

Carlos retirou a camiseta e os óculos escuros, entregando-os para o tio, e pulou na areia. Perguntou a um dos jogadores se podia participar. Deixaram-no na posição de líbero. Carlos, rapidamente, recebeu uma bola e a lançou para ar. André ficou prestando atenção. O sobrinho tinha talento.

***

14h

Allan e Vinícius se sentaram em um quiosque próximo à praia. O rapaz usava camiseta regata, shorts rasgados na barra e chinelos. Tinha os cabelos arrepiados. A pele negra reluzia com o suor. Allan lhe contava tudo sobre sua família e os eventos que sucederam a morte de seu pai. Uma bola de vôlei rolou próxima dos pés de Vinícius, e uma garota gritou:

— Ei, caiçara, joga de volta! — Vinícius pegou a bola e a lançou. — Valeu! — a jovem retornou para próximo da rede.

— Vai jogar. — Allan o encarou. — Sei que gosta de vôlei,

vai lá! É só perguntar se estão precisando de um lançador. — o rapaz olhou o grupo jogando. Estava envergonhado.

— Quando o camarão chegar, me chama. — respirou fundo, levantando-se do banco alto. Sorriu, retirando a camiseta.

Correu pela areia e viu os dois times jogando. Havia um rapaz loiro que parecia um profissional jogando. Vinícius se aproximou da menina que havia pegado a bola e perguntou:

— Precisam de mais um? — a garota parou e o olhou.

— Não! — Ele ficou sem graça. Um dos rapazes do grupo ergueu a mão, saindo. Estava cansado. — Quer dizer, sim! — riu, confusa.

— Valeu.

De um lado, sentado em um banco no calçadão, André viu outro jovem querendo jogar. No quiosque, Allan observava a desenvoltura do filho com uma garota desconhecida. O jogo corria bem. Vinícius trocava de posição a cada giro. Aproximou-se da rede.

Carlos trocou de posição, ficando à frente de um rapaz negro com a bermuda rasgada. O rapaz do outro lado da rede tinha o porte atlético de quem trabalha desde cedo. Atento ao jogo, Carlos pulou quando a bola veio do fundo do outro time. André se levantou assim que o garoto negro caiu com a mão no nariz. Allan olhou o garçom, que o avisava do acidente. Ambos correram até a rede.

— Imbecil. — Vinícius tinha a mão no nariz, que sangrava.

Carlos impedia a bola de cruzar a rede. Cortou com tanta força e de forma errada que a bola acertou o rosto do rapaz do time rival.

— Foi mal, cara! — Carlos encarou o tio. André falou:

— Vou chamar uma ambulância. — Um homem se aproximou do rapaz com o nariz quebrado. — O senhor é o pai?

REFLEXO DISTORCIDO

— Sou. — Allan ergueu a cabeça, encarando André, e congelou.

Foi rápido. Vinícius se lançou sobre Carlos, golpeando-o no rosto. Carlos se defendeu, acertando um soco na barriga de Vinícius, que perdeu o ar. Os dois rolavam na areia, aos pontapés. André estendeu a mão para dois seguranças que estavam na praia. Os homens de terno correram até a areia, retirando Vinícius de cima do jovem patrão. Allan segurou Vinícius, que tinha o rosto cheio de sangue. Carlos se levantou e encarou o homem barbudo que segurava seu agressor.

— Tá louco, é? — Carlos gritou. As pessoas rodearam os dois brigões. — Eu me desculpei. —cuspiu uma nódoa de sangue. Tinha o supercílio cortado e a boca sangrando. — Tio, chama a polícia.

— Não há necessidade. — André olhou os seguranças. — Chamem uma ambulância. O rapaz teve o nariz quebrado, e Carlos precisa de cuidados.

Os seguranças obedeceram, levando o jovem Carlos para o calçadão, onde um carro preto estava estacionado. André encarou o homem e falou:

— Seu filho precisa de cuidados. — Vinícius encarou o homem, reconhecendo-o do jornal. Tremeu de medo. — Acho que temos que conversar. — Os dois se olharam, sem dizer absolutamente nada.

***

16h30

— Sorte o meu plano de saúde atender aqui. —Carlos estava em um quarto. Recebera pontos e fizera uma radiografia. — Aquele moleque é louco.

— Fique aqui, por favor. Tenho que ver se ele está bem e comprar os remédios. — Carlos encarou o tio. — Sério, a culpa foi sua, é o mínimo.

— Ele me bateu! — Falou alto, sentido dor na boca. — É um sem educação. Nervosinho desaforado.

— Fique aqui. — André saiu andando pelo corredor. Parou à frente de outro quarto, entrou e fechou a porta.

— Oi, irmão. — Allan o encarou. Vinícius estava dormindo, graças à anestesia. — Sei que deve estar confuso, mas...

André o golpeou com um soco na cara.

— Quer que eu o mate aqui na frente de seu filho ou vamos para outro lugar? — André gritou. — Quem é você?

— Incrível que, — ele massageou o maxilar. — mesmo com a idade, barba e roupa simples, eu ainda seja inconfundível. — Allan limpou o sangue que escorria da boca. — O primeiro ato é sempre entediante, mas você faz uma cena ser a cena.

— Allan!? Como? — André o abraçou. — Você tem um filho? Você... ele... não pode ser.

— Aconteceu muita coisa. — Allan falou, chorando. — Mas foi oportuno seu filho bater no meu...

— Não é meu filho. — André o afastou e ficou pensativo. — Ai, merda!

VELHOS

CAPÍTULO 17

VELHOS CONTATOS

Terça-feira — Mansão dos Alcântara Machado

Allan entrou no escritório, ligou o computador, movimentou o mouse e o direcionou a um atalho de um programa de câmeras. A tela escureceu para, em seguida, abrir uma sequência de imagens e vídeos. Ele puxou o teclado e digitou a data 05/05/2019. Um vídeo passou a ser reproduzido na tela do computador. Eram imagens de todas as câmeras da mansão, mas ele estava atento a apenas uma. O portão da propriedade. Ele esperou o momento certo e, quando um homem ficou parado, olhando o portão da mansão, ele congelou a imagem.

— Espero que o tenha encontrado. — Allan falou ao ver um homem entrar no escritório.

— Ainda procurando. — Jones ficou parado. Estava forte e careca. Usava jaqueta de couro e tinha uma cicatriz que descia da lateral direita do rosto até a boca. — Ele se escondeu bem... — sorriu. — E você também, Dr. Heitor.

— Ele esperou quinze anos para aparecer. — Heitor se espreguiçou, vendo a imagem na tela. — E depois some.

— Ele poderia colocar nós dois na cadeia. — Jones se sentou.

— E é por isso que eu quero que o encontre.

***

Terça-feira — 13h

— Pensei em voltar, cheguei a ficar parado na frente da mansão. — Allan conversava com André. Estavam sentados no apartamento alugado por ele. — Mas Vinícius sofreu um acidente, e eu tive que voltar.

— Quase fui mordido por um tubarão. Bati a cabeça em um coral e desmaiei no mar. — Vinícius sorria, a voz fanha devido ao curativo no nariz. — Fiquei dois dias desacordado.

— Allan, você sabe os riscos. — André o encarava. — Heitor não vai deixar barato e... — o telefone de André tocou. Ele atendeu. Ficou quieto por um tempo ,ouvindo a voz do outro lado, e falou. — Ok, estou indo.

— Problemas? — Allan o encarou.

— Líliann está aqui. — suspirou. Ficou pensativo por alguns segundos, passou os cabelos brancos para trás. — Carlos contou a ela o que aconteceu.

— Preciso vê-la. — Allan se levantou. A emoção de saber que Líliann estava próxima a ele tomou seu corpo.

— Não, ainda tenho que ver um meio de contar a ela. E Carlos... — fungou. — O rapaz prestou bastante atenção em você. Se ele notou a semelhança, vai dar merda.

— Ele é meu filho, Heitor tomou o que é meu. — Allan encarou o teto. — Ele tem que pagar.

— Se você tivesse voltado, acredito que tudo seria diferente. — André encarou Vinícius. —Cuide do seu filho e, por favor, não apareça ainda.

***

Suzana Moiter entrou no auditório da Universidade de São Paulo, sentou-se em uma das cadeiras e se atentou à palestra que iria começar. Tinha decidido fechar o caso dos Alcântara Machado. Com a morte de Heitor decretada pela marinha, os familiares seguiram suas vidas. O real assassino de Walter Alcântara Machado repousava no mar, mas isso ainda a intrigava. Ela se lembrava que seu colega de trabalho, Nick, havia ficado totalmente desconfortável na presença de Allan, no hospital, há dezoito anos. Nicholas notou o blefe de Suzana e permaneceu calado o tempo todo, enquanto a delegada falava.

— Senhor Allan, é muito bom vê-lo se recuperando. — A mulher sorriu. — Temos alguns assuntos a discutir.

— Eu imaginei. — Allan se sentou, entregando as muletas para Líliann, que as repousou na lateral da cama. — Vieram me dizer que as buscas pelo corpo de Heitor acabaram?

— Ainda não, mas já retiramos o carro. — suspirou. — Encontramos isto. — Ela olhou para Nick, que estendeu um papel amassado. — Tivemos que recuperar, é uma carta de seu pai para Heitor.

Allan ficou olhando o papel e suspirou, dizendo:

— Meu pai deixou uma para cada um de nós. — suspirou, repousando o papel sobre a cama. — Mais alguma coisa?

— Sim, tivemos uma denúncia de que Jones Fernandes foi visto comprando passagens para a Alemanha. Estamos atrás dele. E eu preciso que vá até a delegacia, preciso que me conte tudo o que ocorreu naquela noite para anexar ao caso.

— Quero ele preso. Heitor afirmou que foi ele quem contratou Jones para matar André, mas acertou meu pai. — Allan engoliu em seco. — E, sobre o depoimento, marque um dia, eu irei sem problemas.

Suzana suspirou. Nicholas notou a delegada tensa.

— Os inquéritos sobre a morte de seu pai e sobre as mortes cometidas por Heitor não serão fechados até que a marinha conclua as buscas e o declare morto. — ela estendeu a mão, a fim de cumprimentar Allan. —Por hora, a única notícia que lhe tenho referente à morte de seu pai é que a balística foi feita na arma que encontramos em sua casa. Deu positivo. Foi a arma usada para matar seu pai.

— Heitor assumiu para mim que o alvo era André. — Allan fechou os olhos. — Se ele estiver vivo, meu irmão corre perigo.

— Não poderei fazer nada se a marinha o declarar morto. — Suzana Moiter suspirou. — Seus seguranças serão sua única proteção. Para a polícia, Heitor Alcântara Machado é um fugitivo e, até que seja encontrado, não nos veremos mais. — a mulher encarou Nick, que cumprimentou Allan e deu um leve aceno para Líliann. Os dois saíram.

No corredor, Nick questionou a delegada, que colocava um par de óculos escuros e o encarou, dizendo:

— A carta não estava no carro. — Nicholas estava confuso. — Foi encontrada no escritório, após a fuga de Heitor, não é? — Nick falou baixo.

— E Allan não sabia disso. — Suzana caminhou para a saída do hospital. No estacionamento, parou próxima à sua viatura e encarou o investigador. — A vaga de subdelegado é sua, se me provar que Allan Alcântara Machado está morto e que aquele homem é Heitor. — Suzana entrou no carro. Nicholas entrou logo em seguida, sentando-se no banco do carona.

— O que te faz pensar que fomos enganados? — Nicholas conhecia aquele olhar. A delegada estava pensativa demais para quem acabara de solucionar um caso.

— No dia do enterro do pai, Allan me questionou sobre seu depoimento ser em sua residência, por não se sentir bem em delegacias. — ela ficou em silêncio, lembrando-se. — Não marquei depoimento devido à queixa falsa feita por Heitor. Isso me deixou nervosa. Logo, eu o intimei por causa do andamento do caso.

— E ele foi acompanhado de um advogado; seu irmão, no caso. — Nick tentava acompanhar o raciocínio de Suzana. — Isso não prova nada.

— Não? — riu, girando a chave na ignição e dando partida. — Lembre-se, Nick. Veja nas entrelinhas. Enquanto eu interrogava Allan, em seu primeiro depoimento e no dia que o prendi, como ele estava?

— Inquieto, calado. — Nicholas a encarou. — Tenso!

— Um típico homem que não gosta de delegacias. — ela girou o volante, movendo o veículo para a direita. — Allan já foi fichado em Berlim por uso de drogas, quando tinha vinte e dois anos. Ele não gosta de delegacias.

REFLEXO DISTORCIDO

— Definitivamente, não estou te entendendo, Su. — Nick a encarou.

— Bobinho, bobinho, é por isso que eles te enganam. — Suzana suspirou. — Allan acaba de aceitar ir na delegacia. Não titubeou ou ficou tenso. —Nicholas a encarou, passando as mãos no rosto. Coçou a cabeça. — Começando a ligar os pontos, não?

— Se ele é Heitor, Allan está morto...

— Ou desaparecido. — a mulher mexeu nos cachos, que pendiam até seus ombros. — Não posso prender aquele Allan com apenas uma suposição. Ele vai depor e, de acordo com as respostas, saberemos. Mas, lembre-se, Heitor é mestre em retórica.

Suzana riu de si mesma ao lembrar-se de tudo. Allan foi depor dias depois e, como era de se esperar, falou a verdade. A delegada gravou o depoimento e o conferiu, posteriormente, com dois peritos em discurso. Aquele era Allan Alcântara Machado. Os anos estavam passando e a delegada, hoje da Polícia Civil, não conseguiu desmascarar Heitor, prender Jones e fechar o inquérito. Seus superiores já a achavam obcecada pelo caso, mas ela não desistiu.

Os laudos médicos de Heitor foram copiados e anexados ao caso, e a delegada passou a acompanhar palestras e seminários sobre esquizofrenia. Nicholas a ajudava no que podia. Até o dia em que seu telefone tocou.

— Oi, Su. — Nicholas falava, calmo. — Abre seu e-mail e veja as fotos que te mandei.

— Não posso ficar te ajudando nos seus casos, Nicholas. — Suzana abriu o laptop, entrou em seu e-mail e abriu as fotos. — Quando foram tiradas? — sentada em sua cama, a mulher ficou boquiaberta.

— Há dois dias, próximo da Mansão dos Alcântara Machado. — Nicholas fungou. — Estou atrás dele há quinze anos e, finalmente, ele saiu da toca. Ela colocara o celular em viva voz. Deixou-o sobre a cama, enquanto passava as fotos enviadas por Nick.

— Onde ele está agora? — Suzana sorriu, quase pulando da cama.

— Voltando para o Rio de Janeiro. Adivinha, ele virou pescador! — silêncio.

Durante três anos, as provas conseguidas depois do telefonema que recebeu só a deixaram mais frustrada. O pescador chamado Pedro era um homem comum, tinha família e filho. Os moradores com que Nicholas colheu a informação nada disseram de importante sobre o pescador. Não era o seu homem. Nick ficou furioso e desistiu do caso, mas Suzana, não.

A notícia da morte do jovem Caio Alcântara Machado em um acidente causado pelo pai a deixou ainda mais curiosa. Logo, veio o divórcio, e os jornalistas comentaram sobre a empresa e seus cortes anuais.

Um homem subiu no palco do auditório, dando início à palestra e despertando Suzana de seus pensamentos.

— "O ponto culminante do sistema delirante do paciente é sua crença de que tem a missão de redimir o mundo e devolver a humanidade a seu estado perdido de felicidade.

A voz do homem ecoou pelo auditório.

— Quem disse essa frase foi Freud. Eu me chamo Gustavo Braz e sou psiquiatra. Vocês estão na palestra "Esquizofrenia e delírio – as vozes que guiam o paranoide".

A pessoas ficaram quietas enquanto o homem falava. Suzana Moiter cruzou as pernas, pegou um pequeno caderno de sua bolsa e começou a anotar.

REFLEXO DISTORCIDO

— Uma das coisas mais interessantes sobre o paranoide é que ele projeta seu pensamento, colocando a culpa de seus atos nos outros. Um familiar, um amigo, o presidente. Às vezes, digo que somos todos esquizofrênicos, mas somente o paranoide consegue, *grosso modo*, ser invisível. Um esquizofrênico paranoide pode viver livremente. Pessoas com esquizofrenia paranoide são muito mais articuladas ou "normais" do que outros esquizofrênicos, como os indivíduos hebefrênico-aflitos. O diagnóstico de esquizofrenia paranoide é dado em presença de delírios ou alucinações.

Suzana se lembrava-se de Nick contando-lhe sobre Heitor rindo e batendo a arma na cabeça, como se estivesse ouvindo vozes.

— As pessoas que recebem esse diagnostico recebem, muitas vezes, um prognóstico melhor do que aqueles com outros tipos de esquizofrenia. Geralmente, são mais capazes de cuidar de si e são mais mentalmente funcionais"

Suzana ficou intrigada. Era, basicamente, impossível reconhecer um esquizofrênico, haja vista que ele consiga viver como alguém normal.

— Na história, temos John Wilkes Booth, que assassinou um presidente dos Estados Unidos, Abraham Lincoln. Aos vinte e cinco anos, ele gritou para os amigos o seguinte: "que gloriosa oportunidade para um homem imortalizar-se matando Abraham Lincoln". Booth simpatizava com a escravidão e era avesso às mudanças de Lincoln. Com isso, para ele, o mundo seria melhor sem Abrahan. Nessa época, ele acreditava que Lincoln se proclamaria imperador, como fez Napoleão.

Alguns riram, e Suzana começava a ligar os pontos. Seu telefone vibrou, e ela olhou o visor. *Nick*. A delegada atendeu, falando baixinho, ainda prestando atenção à palestra.

—Achei ele! — Suzana fechou seu caderninho e se levantou. Saiu do auditório e falou mais alto. — Onde?

— Está com André, em um apartamento, no Rio. — Nick suspirou. — Parece que ele vai voltar. O pescador, eu estava certo. É ele mesmo.

— Então, está na hora de voltarmos também.

Suzana retornou para dentro do auditório e assistiu ao restante da palestra. Logo, ela se levantou e foi até o palestrante. Gustavo Braz era alto e tinha a pele branca salpicada de sardas. Tinha cabelos brancos e um sorriso amarelo. Usava roupas sociais e tinha um livro embaixo do braço. Alguns convidados se afastaram depois de conversar com ele, e a delegada se aproximou.

— Bela palestra, sou grande fã de seu trabalho. — Suzana estendeu a mão. a fim de cumprimentá-lo. — Tenho uma questão para o senhor, se puder me ajudar, é claro.

— Sim, claro, senhorita... —Gustavo sorriu.

— Moiter, Suzana Moiter...

— Ah, conheço o seu trabalho. — Suzana se espantou. — Eu acompanhei o caso da morte de Walter Alcântara Machado e achei intrigante.

— Pois saiba que é sobre esse caso que vim conversar com o senhor. — Suzana ajeitou os cabelos atrás da orelha.

— Já faz dezoito anos, o caso não foi fechado? — o palestrante se sentou no palco. Suzana se sentou ao seu lado, deixando as pernas penderem. — O que a intriga?

197

— Acredito que Heitor não morreu. — ela falou o nome do assassino sabendo que ele reconheceria. — Tenho dúvidas de que ele assumiu o lugar do irmão.

— Heitor era esquizofrênico? — Gustavo a encarou. — Paranoico, estou certo?

— Sim, os laudos médicos estão comigo, posso lhe enviar. — ela fez menção de abrir a bolsa, mas ele negou com a cabeça.

— Não precisa, é tudo igual, os sintomas são os mesmos. — Gustavo suspirou. — Sua dúvida é?

—Como posso desmascarar Heitor, como posso fazê-lo sair do personagem que tomou para si?

— O paranoico assume uma verdade. Para ele, o que vive é real, é o certo. Se o que diz é verdade, Heitor acredita ser o irmão Allan. Caso Allan ainda esteja vivo, o que eu acho pouco provável, devido ao acidente, Heitor fará de tudo para provar que é o irmão.

— Heitor não queria matar o pai, o alvo era André. — Suzana encarou o médico. Contou-lhe sobre os problemas da família Alcântara Machado e as rixas entre os irmãos. — Ele pode ter o mesmo grau de esquizofrenia de Booth? Para ele, André morto trará a resolução de seus problemas?

— Não mais. — o palestrante abriu o livro e procurou por um trecho. — As motivações de um esquizofrênico paranoide com tendências assassinas mudam de acordo com o rumo de suas ações. Ele só precisa de uma verdade para acreditar.

Se alguém na vida do Paranoide age contra suas ações, será ele o alvo.

Suzana leu o trecho demonstrado por Augusto e perguntou:

— Quem é o autor?

— Eu. — ele sorriu. — Durante dois anos, eu consultei as piores pessoas para o governo, mas o pior deles foi Jonathan Silva, um assassino. Ele estava na prisão por coisas terríveis. Mostrou-se favorável ao tratamento. Estava bem. Um dia, ele me agrediu. Naquele momento, eu soube que ele sabia que eu sabia. E ele não deixaria que eu impedisse sua saída. Ele não fugiu. No dia oito de janeiro de 1976, Jonathan estava em um programa de reabilitação. Ele foi levado para um programa de limpeza de ruas no interior de São Paulo. Fiquei sabendo de sua fuga no mesmo momento em que recebi a ligação sobre a morte de minha mulher e de minha filha.

— Meu Deus! — Suzana se espantou.

— Eu dizia que era errado. — Gustavo Braz se levantou. — O nível de sagacidade de um paranoico beira ao da dupla personalidade. Seu homem vive em conflito com o irmão gêmeo e vai fazer de tudo para que exista só. André é a menor de suas preocupações. Jonathan fez de mim seu motivo divino. Para ele, acabar com a minha vida era a sua motivação. — Gustavo suspirou. — Ele se entregou no mesmo dia, banhado no sangue delas. Disse que havia acabado com a vida do Dr. Gustavo Braz

VERDAD

CAPÍTULO 18
VERDADES SECRETAS

Carlos estava sentado no sofá, ao lado de Líliann. Parado na porta, estavam Bento e Fred. André entrou, encarando a ex--cunhada e o sobrinho. Líliann se levantou e o abraçou. André encarou o sobrinho. Parou na frente dele e falou.

— Precisamos ter uma grande conversa hoje. — Carlos olhou do tio para a mãe. — Mas, antes, Líliann, o que faz aqui? — Líliann usava roupas sociais claras. Tinha os óculos escuros preso à cabeça. Usava batom rosa claro.

— Carlos, por favor, me deixe falar com seu tio. — Líliann olhou para o filho e passou a mão no rosto dele, vendo os curativos. — Fred, vai dar uma volta com ele.

— Eu não vou a lugar nenhum. — Carlos se levantou e sentiu um pouco de dor na costela. — Primeiro, você fica estranho com aquele cara lá na praia. Depois, minha mãe está aqui. O que está acontecendo?

— Filho, por favor. — Líliann se aproximou.

— Aconteceu alguma coisa com meu pai? — os seguranças se olharam. — Fred, fala!

REFLEXO DISTORCIDO

— Rapaz...

— Chega, tio! — Carlos gritou. — Me conta o que está acontecendo! — fungou. — Agora! Me pede maturidade, quer que eu assuma um cargo na empresa, mas não me deixa saber das coisas?

— Tudo bem. — André encarou Líliann. — Heitor está vivo. — Líliann tapou a boca, impedindo o grito. — E Allan também.

Líliann desmaiou no sofá. Carlos a amparou com a ajuda de Fred. O segurança foi até a cozinha, retornando com um copo d'água. André estava ofegante. Como explicar tudo isso ao seu sobrinho? A mulher despertou e encarou o homem. Carlos se sentou ao lado dela e segurou sua mão.

— O que tenho pra dizer vai fazer este garoto endoidar, e eu sei que não tem outra maneira. — André suspirou. — Carlos, o homem que te criou não é seu pai.

— Deus! — Líliann abraçou o filho. O rapaz se levantou rapidamente, encarando tio.

— Que loucura é essa? — silêncio. — Como?

— Durante anos, eu e sua mãe, todos nós, fomos enganados. Pensamos que Allan estava bem, Heitor morto, mas, não. Allan caiu no mar no dia do acidente, e Heitor, na estrada. Allan está vivo e quer voltar.

— Me casei com Heitor. — Líliann estava inconformada. — Como não suspeitei? — ela abraçou o filho.

— Você teve suas suspeitas. — André se sentou no sofá. — Mudança de humor, agressividade. Bebedeira. Mas eu sempre aliei isso tudo aos traumas que ele sofreu.

— Quando eu tive a ideia de fazer o DNA, você me achou louca. — Lílian falou, encarando o ex-cunhado. Carlos encarou a mãe, incrédulo.

— DNA? — o rapaz respirou fundo. Passou a mão no pescoço, sentindo o suor acumular. — Eu não tô bem...

— Filho. — Líliann o fez se sentar. — Existe um teste de DNA feito no exterior que é mais elaborado e poderia descobrir se o homem com quem me casei era o homem por quem me apaixonei. — silêncio. — Mas seu tio me impediu, alegando que Allan... — ela engasgou ao dizer o nome. — estava só passando por uma fase.

— Digitais são arriscadas de pegar. — André ficou pensativo. — Heitor poderia ferir qualquer um, caso soubesse de nossas suspeitas.

— Não é a primeira vez que Heitor se passa por Allan. — Bento se pronunciou, recebendo o olhar de todos. O velho segurança fungou, unindo as mãos à frente do corpo. — Até eu notei as diferenças, mas eles são iguais, e Heitor mente muito bem.

— Ele enganou todos. — Líliann chorou.

— Meu pai. — Carlos encarou o tio. — Meu pai verdadeiro. Me leva até ele!

***

Mansão dos Alcântara Machado — 17h — Terça-feira

— Senhor Allan... — um segurança entrava no escritório. Encarou Heitor e Jones. — Bento foi requisitado pela dona Líliann, foram ao Rio de Janeiro.

REFLEXO DISTORCIDO

— Será que aquela mulher não consegue largar do filho? — Heitor se levantou, nervoso. — Por isso, ele é um frouxo. — Jones sorria.

— Deseja mais alguma coisa? — o segurança se mantinha próximo da porta.

— Sim, limpe meu carro, vou para o Rio. Quero saber que reunião é esta que não fui convidado.

***

Rio de Janeiro, Praia da Barra — 10h — Quarta-feira

Carlos não conseguiu ver seu pai biológico. André tentou acalmá-lo, mas sem sucesso. O rapaz entrou em seu quarto e trancou a porta. Líliann dormiu no quarto de André, enquanto o ex-cunhado se ajeitou no sofá. Carlos acordou cedo e foi para a varanda. Fred, o segurança, levantou-se bem cedo, havia dormido na sala, com André e estava com cara de cansado. O segurança se aproximou do jovem patrão com um copo de suco nas mãos.

— Suco? — encarou o amigo. Sem camisa e somente de cuecas box, Carlos encarou o segurança. — Melhora essa cara.

— Eu ainda estou tentando entender. — Carlos não olhou para ele. O vento vindo do mar bagunçava seus cabelos. — Toda essa história de doença, passar-se por outro. Como pode haver alguém assim?

— Eu li as reportagens sobre o que Heitor fez, eu fui entrevistado por ele. — Fred bebeu um gole do suco. — Ele é alguém comum, mas está perturbado.

204

— Sabe o que é esquizofrenia? — Carlos se lembrava do que seu tio lhe contou.

— Me subestima, não é Carlos? — Fred o olhou de canto, debruçando-se na grade. — Sou formado em psicologia, mas nunca trabalhei na área. O caso da morte de seu avô e, depois, a descoberta da doença do seu tio foram usados na minha aula.

— Que lindo, minha família agora é objeto de estudo. — ironizou. — Se eu te pedir uma coisa, promete que não conta para ninguém? — encarou o segurança com um sorriso no rosto.

— Qualquer coisa que você faça pode prejudicar meu emprego. — Fred o encarou.

— Não será demitido, só consegue com meu tio o local onde está o Allan.

***

12h

Vinícius acordou, deparando-se com um homem totalmente diferente sentado na cama que era ocupada pelo seu pai. Allan havia se barbeado, deixara a máscara de pescador velho e barbudo, para revelar a face de um homem maduro. O rapaz sorriu para ele e falou:

— Então este é você. — Ficou pensativo. — Devo te chamar de Allan agora? — sentou-se, espreguiçando-se. Passou a mão nos cabelos curtos e ásperos.

— Sim, ou pode me chamar de pai. — riu. — Continuar me chamando de pai.

REFLEXO DISTORCIDO

— Só de saber que aquele marrento é seu filho, me dá raiva.
— Vinícius se levantou e tocou o nariz. Ainda estava inchado, mas
já havia retirado o curativo. — Ele quebrou meu nariz. — fungou.

— E você arrancou sangue do rosto dele. — Allan o encarou.
— São irmãos. Estão quites.

A campainha do apartamento tocou, e Allan fez o rapaz se
calar. Foi até a porta, abrindo-a com cuidado. O homem do outro lado, apesar de mais velho, era reconhecível. Nicholas Gomes
sorriu para ele como se visse um velho amigo. Allan engoliu em
seco e saiu do apartamento, fechando a porta e deixando Vinícius lá dentro.

— Investigador Nicholas? — Allan estava tenso. — Meu irmão
te mandou?

— Agora, é delegado, e não... — Nick o encarou, admirado.
Finalmente, encontrara Allan. — Será que posso entrar? O assunto é delicado.

— Durante quinze anos, eu procurei por você, mas me deparei com um pescador chamado Pedro. — Nicholas sorriu para
Vinícius, que permanecia calado ao lado do pai. — Três anos
depois, eu começo a desistir e, finalmente, te encontro na praia
de Copacabana, com André Alcântara Machado, seu irmão. Por
que voltou?

— Passei quinze anos criando este rapaz aqui. — Allan bateu
a mão direita nas costas de Vinícius. — Ele deu um trabalhão.

— Eu sei, acidente no mar. — Vinícius arregalou os olhos. —
Não se espante, eu fiz o dever de casa. E sei que sua mãe foi
morta por um bandido local chamado Mathias Guerra.

— Ele me tirou tudo...

— Não tirou seu pai. — Nicholas suspirou. — Soltei um chamado para prenderem Mathias, fique calmo. — Vinicius sorriu. — Bom, estou aqui porque Suzana Moiter não fechou o caso da morte de seu pai. Eu e ela, embora quase desistindo, temos investigado seu irmão todos estes anos, buscando uma falha que prove que ele não é você.

—Se eu aparecer, ele mesmo se revela. — Allan estava sério. Passou as mãos nos cabelos brancos. Suspirou, pesaroso. — Ele se casou com a minha esposa, criou meus filhos. Causou a morte de um deles. Quero ele preso, mas, antes, quero que ele pague por todo o mal.

— O que pretende? — Nicholas estava intrigado.

—Heitor tem um grande evento dentro de alguns dias. — Vinícius prestava atenção. — Irei mostrar para a mídia quem ele realmente é.

— Isso é arriscado, Allan. Preste atenção. — Nicholas se levantou. — Você tem um filho; ou melhor, dois. Carlos é esperto e tem segurança, mas Vinícius é um alvo fácil, se Heitor quiser te atingir. Se ele te entregar para a polícia como Heitor Alcântara Machado, provar que isso é uma mentira será difícil. Ainda mais quando Jones Fernandes ainda está à solta.

— Acha que ele e Heitor ainda mantém contato? — Allan caminhou pelo pequeno quarto.

— Tudo é possível para Heitor. — Nicholas se levantou. — Quero que me leve até seu irmão e...

A campainha tocou novamente, e Nicholas se calou. Vinícius se levantou calmamente e foi ver quem era. Abriu a porta e fechou a cara.

REFLEXO DISTORCIDO

— Preciso vê-lo. — Carlos estava vestido de forma casual. Usava um boné típico de quem estava se escondendo. Ao seu lado, um homem alto de cabelos negros o acompanhava.

— Carlos? — Allan surgiu atrás de Vinícius. — Entra, por favor.

***

Horas antes

Fred prestava atenção à conversa de Líliann e André, até que o nome do hotel foi dito de forma rápida e baixa. O segurança saiu discretamente da sala, indo para o quarto do jovem patrão. Entrou sem bater. Carlos vestia uma jaqueta preta de couro e tinha um boné preto nas mãos.

— Pronto?

— Conseguiu o endereço? — Carlos o encarou, colocando o boné.

— Sim, vamos logo.

Saíram sem ser vistos, graças à ajuda de Bento. Fred desceu até o estacionamento, pegando o carro de Líliann. Carlos entrou, sentando-se no banco de trás, e suspirou. Nunca havia desrespeitado sua mãe. Não era longe. Fred estacionou depois de quinze minutos dirigindo. Carlos ficou parado na frente do apartamento, pensando se apertava ou não a campainha.

— Se quiser, podemos ir embora. — Fred estava logo atrás do rapaz. Carlos suspirou e tocou a campainha.

— Muito prazer, Nicholas Gomes. — Nick estendeu a mão, a fim de cumprimentar o rapaz e seu segurança. — Estava conversando com seu pa... com o Allan sobre a situação.

— Sua mãe sabe que está aqui? — Allan o encarou. Vinícius se sentou na cama e encarou o rapaz. As marcas da briga da segunda-feira ainda podiam ser vistas no rosto de Carlos. — André te mandou?

— Não, nenhum deles sabe que estou aqui. — Carlos cruzou os braços atrás do corpo. Olhou o apartamento. Era simples. — Eu não vou me demorar. — suspirou. Fred notou que o patrão estava nervoso. Segurou-o pelo ombro, dando-lhe forças. Carlos suspirou. — Nunca tive um pai de verdade. — riu.

— Carlos, eu...

— Estou falando. — Interrompeu-o, erguendo a mão. A postura reta e o olhar sério demonstravam que fora ensinado a ser um homem de palavras diretas. — Pensei que você tivesse o mínimo de educação e...

— Ei! — Vinícius se levantou. Allan o impediu de continuar falando. Carlos sorriu, olhando-o.

— Eu só vim aqui olhar na cara do homem que me fez e ver que ele realmente é um fraco. — Fred tocou o ombro do portão, dizendo:

— Melhor irmos...

— Calado, Fred. — O segurança deu um passo atrás e abaixou a cabeça, respirando fundo.

REFLEXO DISTORCIDO

— Filho, eu posso explicar. — Allan deu um passo à frente e o segurou pelo ombro.

— Tire suas mãos de mim. — Carlos respirou fundo. — Não me chame de filho. Quero que saiba, seja lá o que vai fazer, que eu nunca serei seu filho. Um homem que abandona sua família não merece perdão.

19h

O voo de Suzana Moiter pousou no Rio de janeiro, e a delegada seguiu até o hotel. Nicholas a esperava na recepção. Ele sorriu e a abraçou. Caminharam até o bar. O homem estava cansado. Suzana o encarou, dizendo:

— Então, Carlos Alcântara Machado fez Allan baixar a crista? — riu, bebendo um pouco de vodca. — Parece que ele terá grandes problemas.

— Não te contei tudo. Allan quer desmascarar Heitor na festa de lançamento do novo processador da empresa. — Nicholas falou, vendo-a espantar-se. — Ele ficou todo esse tempo planejando a vingança, e a morte da mãe do Vinícius foi o estopim para que ele realizasse seu plano.

— E o destino está do lado dele. Pelo que parece, Líliann e André acreditaram em tudo. — ela suspirou. — Difícil de acreditar. Sabe que irei deter Allan no exato momento em que ele aparecer. Para o mundo, ele é o Heitor. Um assassino.

— Sim, sei. Mas quero que faça isso somente depois de Allan desmascarar Heitor. — Suzana negou com a cabeça, enquanto bebia sua caipirinha.

— Muito arriscado. Andei pesquisando sobre esquizofrenia paranoide. Heitor tinha, como motivação, a morte de André. Para ele, quando André morresse, seus problemas seriam solucionados. Mas, quando Allan o confrontou, na tentativa de fazê-lo se entregar, Heitor viu a morte de Allan como a solução de seus problemas. — suspirou. — Já tivemos esta conversa antes, Nick. Heitor já se passou pelo irmão, já tentou ser igual ou melhor do que ele. Meu medo é Allan confrontar o irmão, e outra pessoa começar a ser vista como problema para Heitor.

***

Carlos entrou no apartamento, sendo recebido pelos olhares de André e Líliann, que estavam sentados no sofá. Fred se encaminhou para a cozinha, vendo o jovem patrão sentar-se chorando ao lado da mãe.

— Eu disse para você não ir. — André falou, sério. Encarou Fred, recriminando sua atitude com o olhar. — Não sabemos o que está acontecendo...

— Ele é idêntico ao meu pai. — riu. — Eu nem sei mais quem é quem.

— Eles são muito parecidos mesmo. — Líliann encarou o filho. — Como foi? — abraçou-o.

— Horrível. Chamei-o de fraco. — Carlos encarou o tio. — Ele estava com um amigo, Nicholas Gomes.

— O investigador?

CAPÍTULO 19
LEMBRANÇAS

Allan recebeu um telefonema de André, trocou de roupa e saiu com Vinícius. O rapaz estava calado, sabia que iria ficar no mesmo ambiente que Carlos, e isso o deixaria nervoso. Um carro estava parado na frente do hotel. Bento saiu, abrindo a porta e sorrindo ao ver o patrão. Allan o abraçou, feliz. Do outro lado da rua, um carro preto estava parado. Jones observava o carro de Bento seguir pela avenida. Pegou o celular, digitando o número de seu patrão.

— Ele está aqui. Seu irmão e Líliann já sabem. — Jones ouvia os gritos de Heitor. — Sim, senhor, irei segui-los.

***

A porta do apartamento se abriu, e Allan e Vinícius entraram. No sofá, Carlos e Líliann estavam sentados. Allan suspirou ao ver a mulher. Estava linda. O tempo lhe fizera bem. André saiu da cozinha. Recebendo os visitantes, mostrou a mesa de café para Vi-

REFLEXO DISTORCIDO

nícius. Carlos suspirou, levantando-se. Falou, estendendo a mão:

— Eu te devo desculpas. — Vinícius encarou Allan e apertou a mão do irmão. — Eles têm que conversar, vamos para a cozinha. — Carlos não olhou para Allan.

— Carlos. — Allan o interrompeu. — Podemos falar? — o rapaz tremeu.

Vinícius permaneceu na sala, vendo Allan e Carlos caminharem até a cozinha. Lado a lado, eles tinham a mesma altura, o que fazia de Carlos mais alto do que Vinícius. Carlos se sentou à mesa.

— Você está certo. — Allan falou, encarando o rapaz. — Sou fraco.

— Olha, eu... — Allan ergueu a mão, pedindo para continuar.

— Quando eu acordei, não me lembrava de nada. — Allan se sentou próximo do filho. — Me deram o nome de Pedro. — riu.

— Demorou para se lembrar? — Carlos tentava entender.

— Um mês ou dois, mas eu quis, sim, desaparecer. Ter outra vida, começar do zero. — Allan pegou um copo e o encheu com suco de laranja. — Somente quando vi em um jornal que a AMTech estava demitindo os funcionários, percebi que minha ausência estava fazendo mal às pessoas. — Allan bebeu um gole do suco. — Tentei voltar, fui até São Paulo, mas meu filho sofreu um acidente. Tive que voltar.

— Meu tio contou. — Carlos ficou pensativo. — Há três anos, se você voltasse, acho que seria pior. Meu irmão estava morto, e eu, perdido.

— De certa forma, foi bom esperar. — Allan se levantou assim que Vinícius entrou na cozinha. — Eu tenho dois filhos agora e quero acertar a minha vida. — Allan sorriu para os rapazes. — Por favor, não se matem.

— Pode deixar. — Carlos se levantou e estendeu a mão, a fim de cumprimentar o pai. — Desculpa pelo que eu disse.

***

O carro estacionou um quarteirão antes do hotel em que André estava hospedado. Jones desceu do carro e andou até o hotel. Na recepção, uma mulher loira o encarou. Jones suspirou e sorriu, dizendo:

— Por favor.... André Alcântara Machado, qual o quarto? — A mulher digitou o nome no computador.

— Apartamento 345, quem devo anunciar? — Ela sorria largamente.

— Ninguém. — a mulher notou o erro de falar o número do apartamento antes de saber quem estava requisitando. Ficou calada, vendo o estranho sair. Jones voltou para o carro. Pegou o telefone, discando o número de Heitor.

— Já os achou? — Heitor estava ofegante.

— Estão no apartamento 345 do Candelese. — Jones olhava para a rua. — Estão todos lá.

— Ótimo, agora é comigo.

***

Três anos atrás — AMTech

REFLEXO DISTORCIDO

Líliann estava sentada em uma das mesas que foram colocadas no salão de festas da empresa. Ao seu lado, dois rapazes estavam conversando sem prestar muita atenção à festa. Era a comemoração dos quarenta anos da AMTeh, e todos os funcionários e seus familiares estavam presentes. Allan e André haviam acabado de discursar. Veronic estava sentada em uma mesa com seu filho. Augusto usava um terno preto igual aos dos seus primos e tinha nas mãos um copo com refrigerante.

A festa corria bem, mas Líliann contava todas as taças de champanhe e copos de whisky que Allan tomava. Ele já estava alterado. A mulher se levantou, recebendo-o com um beijo. Segurou o copo de whisky e sorriu para ele. Ele a envolveu em seus braços, sorrindo. Líliann usava um vestido longo negro com as costas de fora e sandália de salto. Os cabelos enrolados em cachos caíam até seus ombros. Allan a largou e, sentando-se à mesa, encarou os filhos, dizendo:

— Inúmeras jovens nesta festa, e vocês aí, conversando. — Encarou Líliann, que sorriu levemente. — Andem, vão se divertir.

— Pai, chega de beber por hoje, né? — Caio o impedia de pegar outro copo de whisky. — Já está chato.

— Os papéis se inverteram, e, agora, você manda em mim. — Allan se levantou, olhou as horas no relógio de pulso e falou: — Vamos embora.

— Vou pedir ao Bento para dirigir nosso carro. — Carlos se levantou, passando pelo pai. Allan o segurou pelo braço. — O que foi?

— Não! Eu dirijo. — Líliann se levantou, passando a mão nos ombros do marido. Sorriu para Carlos.

— Meu amor, nossos filhos se preocupam com você. — Líliann o beijou no rosto. — Deixe que o segurança nos leve.

216

FERNANDO LUIZ

— Eu já disse que posso dirigir até a mansão. Vamos agora. — André notou a exaltação do irmão e se aproximou.

Não houve conversa. Allan entrou em seu carro e esperou. Líliann se sentou atrás, com Carlos, enquanto Caio havia ido na frente, com o pai. Bento e os seguranças formaram uma linha de proteção, deixando um carro na frente e outro atrás da Lamborghini preta de Allan. André se despediu, preocupado com os sobrinhos e com Líliann. Allan dirigiu de forma calma, mas, ao saírem da Avenida Paulista e entrarem na Consolação, o patrão se desviou dos carros dos seguranças e acelerou.

— Pai, vai com calma. — Caio apertou o cinto de segurança. Logo atrás, Bento e os outros seguranças ligavam para o carro do patrão. Carlos atendeu.

— É, ele está acelerando. Sim! Estamos todos de cinto.

Allan acelerou mais ainda. Chegando a duzentos por hora, fez uma curva fechada, saindo da Avenida da Consolação. Caio gritou, e Líliann bateu a cabeça no vidro. Carlos fechou os olhos quando viu outro carro vindo na direção contrária. O som do impacto deixou todos surdos. Os carros dos seguranças chegaram, e Bento desceu rapidamente. Correu até a Lamborghini, que havia capotado por sete metros depois do ponto da batida. O segurança se desesperou ao ver o corpo de Caio caído no meio da rua. Nas ferragens, Carlos e Líliann estavam desacordados e Allan, preso, com um corte profundo na cintura.

— Chamem uma ambulância e liguem para o André.

No hospital, André estava tenso. Ao seu lado, Veronic estava abraçada com Augusto. Os seguranças se aproximaram.

— Ele acelerou, quebrou a linha de segurança. — Bento estava cansado. Já passava das quatro da manhã. — Ele provocou o

217

acidente. — André fechou os olhos, ouvindo seu nome ser chamado pelo médico.

— Como eles estão? — Veronic e Augusto se aproximaram do médico com André. — Estão bem? — o médico ficou em silêncio por alguns segundos.

— Eu sinto muito, mas o jovem Caio não resistiu. — Veronic abraçou o filho, e André ficou em choque. — Carlos está em coma, e seu estado é grave. A senhora Líliann já foi levada para o quarto. Teve uma pequena concussão, mas está fora de perigo.

— E meu irmão? Ele tem uma pequena lesão no quadril devido a um acidente há quinze anos. — André tentava se manter calmo. — Doutor, por favor, me fala o que aconteceu... — sua voz falhou. Ele tremia.

— Seu irmão está bem, está sedado, ele quebrou a perna e algumas costelas. — *Mais costelas quebradas*, pensou André. O médico estava tenso. — Senhor André, por favor, me acompanhe.

— O que houve? — André se afastou da mulher e do filho, que choravam.

— Os seguranças me informaram que o seu sobrinho estava no banco do carona, com cinto, ao lado do pai. — André assentiu, lembrando-se. Caio foi lançado para fora. Se estivesse utilizando o cinto de segurança, ele estaria vivo.

André foi o responsável por dar a notícia da morte de Caio para Líliann. Allan não derramou nenhuma lágrima. Líliann ficou ao lado de Carlos durante os três meses em que ele esteve em coma. Quando o rapaz acordou, a primeira coisa que perguntou foi sobre o irmão. Augusto e Veronic estavam junto. Os gritos e o choro do rapaz foram terríveis.

No enterro, Allan não disse uma única palavra. Havia colegas do colégio e vizinhos. A família só efetuou a cerimônia quando Carlos acordou. O jovem Alcântara Machado tremia ao ver o mausoléu ser aberto. André ficou observando o caixão vazio com o nome de Heitor. Líliann chorava, abraçada ao filho. Quando a porta se fechou, Allan virou as costas e saiu. Os repórteres fotografavam ao longe. Um jornalista se aproximou e falou:

— Meus pêsames, Allan. — Vinícius Magalhães lhe estendeu a mão.

— Não me lembro de ter lhe dado liberdades, me chame de Dr. Allan. — O repórter se assustou com a atitude. — Agora, me dê licença.

Bento, que sempre seguia o patrão, ficou impressionado com a arrogância de Allan, com o tom de voz, com a postura imponente. O segurança se lembrou de Walter e de Heitor.

***

Trindade – Rio de janeiro – dois dias após o acidente de Allan e Heitor

— Maria! Traz água e pano limpo. — gritou o homem que carregava um rapaz totalmente molhado e machucado. — Maria!

— Já vai! — respondeu a mulher com um lenço na cabeça. — Minha nossa! O que houve?

— Encontramos ele no mar, está muito fraco. — o homem o deitou sobre a mesa. — Vamos cuidar dele.

— Francisco, não o conhecemos e não temos remédios. — Francisco tirou a camiseta e pegou outra em um balde de roupas limpas. — Não somos médicos! — a chuva caía do lado de fora.

REFLEXO DISTORCIDO

— Vou atrás de um médico, só cuida dele. Já volto. — Francisco saiu da casa, deixando-a sozinha. Um trovão ecoou, clareando a praia.

— Oxente. — fungou. — Quem é você? — ficou olhando para o homem. A mulher arrumou o avental à frente do corpo. Colocou as mãos na cintura, olhando o homem de longe.

Começou a retirar a roupa do estranho. Estava bem vestido, com terno preto. Estava descalço; em um dos pés, usava uma meia negra. Os cabelos molhados exibiam alguns fios brancos. A mulher vasculhou os bolsos e encontrou um envelope. Estava totalmente encharcado, mas estava inteiro. Ela o pegou com cuidado e o colocou na tampa da panela de feijão. O vapor secaria o papel.

— Heitor ... Heitor, cui-da-do...

— Está acordando. — suspirou, pegando algumas cobertas e colocando sobre ele. Jogou mais lenha no fogão de pedra, aumentando o calor da casa. — Vai sobreviver.

Quando a noite vinha caindo, Francisco retornava para a casa com um homem velho, que vestia um jaleco branco. A chuva havia acabado. O marido se aproximou da mulher e a abraçou, vendo o médico aproximar-se do estranho. Tinha uma maleta nas mãos. Maria havia feito alguns curativos no rosto e nas mãos do estranho. Ele estava dormindo agora, e isso era bom.

— Ele acordou. — Maria falou, abraçando o marido. — Dei um pouco de feijão, mas ele vomitou.

— Normal. — O médico falou, medindo a pressão arterial do homem. — Ele disse algo?

— "Heitor, cuidado". — Maria encarou o velho. — Só isso. Quando estava acordado, ele não disse mais nada. — ela não estava gostado nada do que o marido estava fazendo. — olhei os bolsos da calça, ele não tem documentos.

220

— Francisco, quer mesmo deixar um estranho aqui? — o médico verificava as costelas do estranho.

— Eu tenho uma arma, e, sim, ele está muito fraco para tentar algo. — o pescador sorriu. — E aí, ele vai sobreviver?

— Vou ministrar alguns medicamentos e deixar alguns com você. — o médico falou, pegando um saco de soro fisiológico e equipamentos intravenosos. — Maria, prepare uma canja bem forte ou um caldo de peixe. Vai alimentando-o devagar.

— Tudo bem!

***

Hotel Candelese — dias atuais

— Não me lembro de muita coisa. — Allan contava sua história para todos. — E o único motivo de eu não ter voltado após ter recobrado a memória foi o Vinícius. O pai dele foi morto, e eu o criei.

— Isso é incrível. — André o encarava. Allan estava impressionado com como ele se tornara parecido com seu pai. Os cabelos brancos alinhados para trás e o gosto por relógios de ouro. — Vamos entrar em contato com o Nicholas e a Suzana Moiter e...

O interfone tocou. André o pegou rapidamente. Encarou todos e falou, tapando o fone.

— Heitor está aqui! — estava tenso. — Allan, pegue o Vinícius e saiam pela escada. Fred vai com eles.

— Senhor André... — a voz da recepcionista o alertou.

— Ahh, sim, pode deixá-lo subir.

CAPÍTULO 20

AMTECH RIO

Allan esperou a porta ser aberta. André demorou alguns minutos após ter tocado a campainha. O irmão o recebeu com um sorriso no rosto. Ao entrar no apartamento, encarou Líliann e Carlos, que conversavam sentados no sofá. Na cozinha, Bento estava com o celular nas mãos. André fechou a porta e falou:

— Não sabia que viria! — Carlos se levantou e encarou o pai.

— Eu não entendi o motivo de minha ex-mulher pegar meu segurança. — Allan encarou Líliann. — Está acontecendo algo?

— Não! Absolutamente nada. — levantou-se. — Carlos estava preocupado com o jantar do fim de semana. Bento se ofereceu para me trazer. Disse que não era necessário, mas ele insistiu.

— Bento, esqueceu de me comunicar? — Allan mirou o olhar no segurança.

— Desculpe, senhor Allan. — o segurança se aproximou do patrão. Estava velho. Os cabelos brancos impecavelmente alinhados. — Dona Líliann viria pela rodoviária, eu insisti.

REFLEXO DISTORCIDO

— Tudo bem. — Allan se sentou no sofá. Desabotoando o terno, passou as mãos nos cabelos brancos, alinhando-os para trás. — André! Quando será sua reunião?

— Hoje! — André encarou Carlos. Seu olhar estava tenso. — Vai nos acompanhar? — André tentava manter a calma.

— Sim, quero ver meu filho negociando...

— Pai, não preciso de plateia. — Carlos suspirou. — Não é uma negociação, é uma apresentação, e não vou assumir nenhum cargo hoje, só vou ajudar o tio.

— Augusto já está retornando, André? — ignorando o filho, Allan mudou o assunto, sabendo que Carlos não se interessava pelo primo. — Formado, eu espero?

— Sim, Veronic foi até Nova York para a formatura. Infelizmente, não pude ir. — André pousou a mão sobre o ombro de Carlos. — Ele chega em alguns dias. — silêncio.

— Que bom, quero ele do meu lado na festa de lançamento do nosso novo produto. — Allan encarou Líliann. — O que planejou para o final de semana? — passou a mão nos cabelos brancos e suspirou.

— Um almoço simples, Carlos ainda não sabe se pedirá a mão da moça. — Allan se virou rapidamente, encarando o filho. — Acalme-se, Allan, é que eles brigaram.

Líliann conseguia manter a mentira por muito mais tempo do que André e Carlos. Ela observou o ex-marido, que permaneceu calado. André limpou a garganta e falou:

— Carlos, vamos passar o cronograma da reunião? — Carlos fungou, encarando o pai. Passou por ele, abrindo o notebook sobre a mesinha de centro. Sentou-se no sofá, notando que o pai ainda o observava.

224

— Casais brigam! — falou, sem olhá-lo.

— Já assisti a este filme. — Allan suspirou. — Dou dois meses para que ela diga que está grávida e peça uma pensão gorda. — Líliann suspirou, e André ficou tenso. — Esta é a parte em que você diz que ela é uma boa pessoa.

— Mas ela é! — gritou. Líliann o olhou, fazendo-o baixar o tom. — Nós nos desentendemos, só isso. Porque tive que viajar. Isso passa.

— Em três dias? — riu. — Sua mãe pediu que eu conhecesse a fulana...

— Hellena, o nome dela é Hellena. — Carlos se levantou. — Pobre, periférica, a mulher que eu amo.

— Allan! — André interrompeu o irmão antes que ele falasse. — Acredito que não veio até aqui para criticar seu filho. — olhou seriamente. — Carlos, o cronograma!

— Tudo bem. — suspirou. Sentou-se novamente. Allan cruzou as pernas. Líliann bateu em seu ombro e o chamou para a cozinha. Carlos os observou. — Eles vão brigar. — sussurrou.

— Se você se estressar com ele desta forma novamente, pode colocar tudo a perder — André sussurrou. — Sei que é difícil, mas *seu* pai tem um plano.

— Agora que sei a verdade, vai ficar difícil. Ele matou meu irmão. — Carlos escutou a voz de Allan se elevar. — Eu vou lá.

— Não!

***

— Se ele se casar com essa menina...

— Você vai fazer o quê? — Líliann o encarou. — Já bloqueou

o cartão dele. Você não é mais o homem por quem me apaixonei. O que é isso? Eu era pobre quando nos conhecemos.

— Não tente comparar o que eu era antes da morte de Heitor e o que me tornei depois. — Allan gritou. — Sou mais parecido com meu pai.

— Não! —Ela limpou uma lágrima que caía. — Dr. Walter era mais homem, mais íntegro e não se importaria se o neto dele se casasse com uma mendiga, desde que ela fosse boa para ele.

Allan acertou um tabefe na cara de Líliann. Ela revidou, voando em sua direção. Bento e André entraram no meio. Carlos empurrou Allan, acertando-lhe um murro na cara. Líliann segurou o filho.

— Nunca mais encosta na minha mãe! — estava ofegante. — Vai embora!

— Tudo bem.... — Allan limpou a boca. Estava sangrando. — Nos vemos na reunião. — Allan saiu do apartamento calmamente. Não disse mais nada. Apenas foi embora.

***

Antes

— A saída de emergência é por aqui. — Fred seguia na frente. Vinícius e Allan logo atrás. — Vamos logo.

— Você acha que é seguro deixá-los? — Allan olhou para trás. André estava na porta, vendo os números do elevador seguirem uma ordem crescente.

— Vamos logo. — Fred abriu a porta da escada de emergência. Vinícius passou para o pequeno corredor escuro. Logo, Allan o seguia. — Eles ficarão bem, senhor Allan.

— Tudo bem. — Allan começou a descer as escadas.

Vinícius estava calado ao lado do pai. Fred os guiou até o saguão e, depois, levou-os até a garagem. Um carro negro passou por eles, fazendo Allan parar e observar o motorista. Fred destravou um dos carros da família e se virou encarando o verdadeiro pai de Carlos.

— Senhor, temos que ir logo!

— Pedro! — Vinícius gritou, despertando Allan de seu transe. — O que foi?

— Pensei ter visto alguém conhecido. — Allan entrou no carro. Vinícius ficou calado. —Alguém que eu pensei que estava desaparecido....

— Dr. André pediu que eu os levasse para São Paulo. — Fred encarou seus passageiros. —Disse para não desgrudar de vocês.

— Você tem uma arma? — Allan olhava pelo retrovisor, vendo o carro que se distanciava parar duas pilastras atrás do carro em que estavam.

— Tenho, mas...

Os disparos quebraram o vidro traseiro. Jones Fernandes saiu do carro com a arma em punho, disparando até o pente cair, vazio. Enfiou a mão atrás da calça e pegou outro pente. Recarregou a arma e, caminhando calmamente, voltou a atirar. Vinícius se abaixou, assustado. Allan se abaixou atrás do banco e encarou Fred, que retirava, de dentro de seu terno, um revólver negro. O rapaz respirou fundo. Abriu a porta do carro e deu três tiros. Dois

REFLEXO DISTORCIDO

deles acertaram o ombro de Jones, que deu um passo para trás. Não gritou. Sua face demonstrava dor. Passou a arma para a outra mão. Ergueu o braço bom e atirou uma única vez, acertando a perna de Fred.

Allan o puxou para dentro. Girou a chave do carro e pisou no acelerador. Vinícius estava em pânico.

— Filho, pega o volante. — Fred gritava de dor. — Vinícius! Agora!

Demorou, mas o rapaz despertou do transe. Allan puxava Fred, colocando-o no banco de trás. Vinícius segurava o volante. Pararam na guarita. Os seguranças do prédio não conseguiram fazer o carro que saía em alta velocidade parar. Vinícius passou para o banco da frente e dirigiu pela orla. Fred respirou fundo, vendo Allan retirar o cinto e prender em sua coxa com força, fazendo um torniquete.

— Tem um carro seguindo a gente. — Vinícius olhava pelo retrovisor. O carro preto estava logo atrás. Allan olhou, notando ser o mesmo. Jones não desistiria assim tão fácil.

— Filho, vai! — Allan gritou.

***

Nick acordava de madrugada todas as noites. Desta vez, não foi diferente, exceto que, hoje, não estava sozinho. Olhou para o lado e sorriu. Suzana Moiter dormia profundamente. Estava cansada por causa da viagem; depois do que fizeram, ela ficou exausta. Já fazia tempo que a relação deles evoluíra de chefe e subordinado para amigos. A investigação do caso Alcântara Machado os aproximou cada vez mais, e Nick não a enxergava mais como amiga. Ele encarou o relógio. Passava das quatro da manhã. Sentou-se na cama.

Levantou-se lentamente, bocejando. Caminhou pelo quarto, pensativo. Tentava unir as peças do quebra-cabeça de mais de dezoito anos. Encarou seu reflexo no espelho. Os cabelos estavam mais longos do que antes. A barba estava por fazer, e os fios brancos a dominavam. Foi até a cozinha e olhou o relógio novamente. *Estou divagando demais.* O dia já começava a clarear, quando seu celular tocou. Pegou-o rapidamente e atendeu.

— Jones Fernandes acaba de tentar matar a mim e ao meu filho. — a voz de Allan ecoou pelo apartamento, já que estava em viva-voz. — O que eu faço?

— Onde estão?

Nicholas bateu a mão levemente na mesa. Falou alto. Suzana surgiu na porta do quarto, enrolada no lençol. Nick lhe fez um sinal e sussurrou.

— Allan? — esticou o braço ligando a cafeteira.

— Onde me encontrou... — um grito foi ouvido ao fundo. — Venha logo, Fred foi baleado.

Nick suspirou. Suzana se sentou ao seu lado na mesa:

— O que houve? — Ela olhou as horas no visor de seu celular. Nicholas desligava o celular. O cheiro do café inundou o ar. — Quem era?

— Jones atentou contra a vida de Allan, o verdadeiro Allan — fungou e esticou o braço novamente, desligando a cafeteira — Esta história está pra lá de confusa. — levantou-se.

REFLEXO DISTORCIDO

— Aonde vai? — ela o observou, vendo-o retornar para o quarto.

— Vou ajudar Allan. Parece que o segurança de Carlos foi baleado. — respirou fundo — Você vem comigo?

— Tudo bem. Vou me vestir.

***

Horas antes — AMtech Rio de Janeiro, salão de reuniões

— Você assume. — André sussurrou no ouvido de Carlos. O rapaz suspirou, encarando o falso pai. Estava com uma marca vermelha no rosto, devido ao soco que levou.

— É bom ver todos aqui. — Carlos se levantou, arrumando o terno. Usava preto sobre preto. Dispensou o uso de gravata, mantendo os três primeiros botões abertos. Moreno, um metro e oitenta, um homem maduro, apesar dos dezenove anos. Os cabelos loiros estavam penteados impecavelmente para trás, os fios brancos brilhavam, dando-lhe o charme Alcântara Machado. — Sou Carlos Alcântara Machado e conduzirei esta reunião.

Firme e sem olhar para o pai, o jovem Alcântara Machado se direcionou para a tela, em que um gráfico era projetado. Os acionistas acompanhavam tudo de seus tablets e celulares. Com o aumento das filiais, a AMtech soltou uma leva de ações para novos financiadores. Hoje, era uma reunião decisiva para manter os acionistas e demonstrar os lucros da empresa. Carlos encarou todos e disse:

230

— Há cinco anos, a AMTech tem crescido substancialmente, o que nos levou a parar com os cortes de funcionários. — André se virou rapidamente e sorriu para o irmão. Allan estava atento à fala do filho. — Saibam que o novo sistema operacional será nosso dínamo, iremos lucrar muito com a criação do senhor Lahey. — Carlos apontou para um homem aparentemente da mesma idade que seu pai. Usava terno azul marinho e tinha óculos de aros grandes. Era careca e exibia um sorriso branco.

— Agradeça ao marketing. — Wilson Lahey falou, causando os risos de todos. Menos de Allan.

— Será que podemos ter uma prévia do novo sistema operacional? — Allan quebrou o silêncio. — Ou seremos surpreendidos daqui uma semana?

— Meu pai não gosta de surpresas. — todos riram. — O sistema AT100 está rodando em todos os computadores da empresa. — suspirou, pegando o controle do data show. Apertou um botão. — Senhores, o AT100.

A tela se apagou, e o símbolo da AMTech surgiu na tela, para, depois, fragmentar-se em pixels. A apresentação durou alguns minutos. Canais do Youtube, páginas da web e a incrível seleção de hologramas para deficientes físicos foram mostrados no vídeo. André se levantou lentamente, ligando um aparelho sobre a mesa, que se acendeu. A mesa toda era um computador. Todos estavam impressionados, inclusive Wilson Lahey. Apesar de ter sido o idealizador do AT100, era a primeira vez que o via funcionando a todo vapor.

— Mesas consoles chegarão às empresas em um prazo de seis a doze meses. O sistema operacional receberá duzentos mil downloads gratuitos com a versão padrão. — Carlos apontou

REFLEXO DISTORCIDO

para a tela, que exibia as três versões disponíveis. — Para aqueles que quiserem as duas versões com acesso aos hologravadores e ao sistema de otimização... — suspirou, nunca havia guiado uma reunião desta magnitude. — a venda será feita através do próprio sistema padrão – ou seja, todos poderão optar pelo melhor que o AT100 pode dar. — suspirou. — Obrigado.

Todos bateram palmas, inclusive Allan. Carlos se sentou, esperando a luz se acender. A sala se iluminou, e as perguntas começaram. André e ele se dividiram para respondê-las.

— Sei que foi uma apresentação incrível, André. — Uma mulher falou no fundo da sala. — Seu sobrinho será um ótimo presidente um dia.

— Esta apresentação foi ideia dele. — André dava todos os créditos ao sobrinho. — E foi uma prova em que ele passou. — sorriu. — É bom ver que ele se interessa. — Olhou para Allan, que não esboçava emoção alguma.

— A AMtech precisa de uma liderança jovem. — a mesma mulher falou, recebendo o olhar frio de Allan.

— Augusto também assumirá — Allan falou. — Estou impressionado, meu filho. Ótimo trabalho, conseguiu prender o público. Dará um ótimo gestor. — André o encarou. — Sua formação vai começar cedo, pelo que vejo. Já escolheu um bom tutor.

— Obrigado, pai. — Carlos respirou fundo. — Devo zelar pelo que é meu. — encarou todos. — Não posso me esquecer. — levantou-se, ficando lado a lado com o pai, que se levantava. Segurou-o pelo ombro, sorrindo. — Meu pai teve a ideia, que eu aceitei de imediato. — André se levantou, preocupado com o que o sobrinho iria dizer. — Ele está dando a vocês a versão final do AT100. Serão os primeiros a usá-los.

Palmas foram o que André ouviu, mas Carlos não ouviu nada. Estava olhando dentro dos olhos do pai. A reunião acabou, e André foi para a sala da diretoria. Sentou-se na cadeira, ouvindo o grito de Allan.

— Doze mil! — silêncio. — Doze mil reais dados de mão beijada. — Allan estava nervoso.

— Pensei que fosse quinze. — ironizou, encarando-o. — Tire da minha mesada. Dos meus lucros da empresa. Promessa é dívida. — Carlos se sentou ao lado do tio.

— Eu não prometi nada! — Allan avançou sobre o filho, acertando-lhe um tabefe na cara. André se levantou e empurrou o irmão. — Está proibido de retirar qualquer valor da sua conta e proibido de colocar os pés nesta empresa.

— Allan! — André o encarou, espalmando suas mãos em seu peito, impedindo-o de avançar sobre o garoto novamente. — Acalme-se. Eu pago pelos sistemas doados.

— Você protege muito esse garoto. — fungou. Arrumou a gravata, seu olhar de ódio para o filho era intenso. — Saia das minhas vistas, Carlos. Agora!

— Assim manda o rei. — Carlos se levantou com a mão no rosto. — Só mais uma coisa. — André o encarou. — Não se incomode com fazer o almoço na mansão. Será na casa dos meus sogros, e você não está convidado.

André balançou a cabeça negativamente, e Allan observou o filho sair da sala. Os dois irmãos ficaram calados por um tempo. Foram interrompidos pela entrada de uma secretária, que estava acompanhada de um policial.

— Sr. Allan, Dr. André. — A jovem parou próximo ao dois. — Este policial deseja falar com os senhores.

— Obrigado, Kaity. — André a dispensou.

— Em que podemos ser úteis, policial? — Allan se sentou à mesa, respirando profundamente.

REFLEXO DISTORCIDO

— Obrigado por me receberem sem hora marcada, mas, hoje, mais cedo, no Candelese, houve um tiroteio. — André arregalou os olhos, e Allan suspirou. — Um dos seus carros saiu da garagem em alta velocidade e foi seguido pela orla por outro carro que também estava na garagem.

— Vou ligar para o meu chefe de segurança e ver o que aconteceu. — André pegou o telefone mas, antes de discar o número, o policial falou:

— Pegamos imagens da câmera da garagem e constatamos que Jones Fernandes atentou contra um de seus seguranças. — André abaixou o aparelho e encarou Allan. — Preciso entender o porquê de seu segurança fugir às pressas.

— Só um instante.... — André esperava Bento atender. — Alô, Bento. — esperou. — Aconteceu algo no Candelese, a polícia está aqui.

— Bento é nosso chefe de segurança já há quarenta anos. — Allan encarou o policial, dando-lhe explicações.

— Sim, tudo bem. — André encarou Allan. Desligou o celular — Bom, meu segurança notou a falta do carro na garagem. O segurança que o levou se chama Fred. Ele cuida da proteção do meu sobrinho.

— Preciso que o encontrem. Jones Fernandes o perseguiu e causou alguns problemas no trânsito. — o policial respirou profundamente. — Ele é procurado pela Interpol desde o ocorrido com a família Alcântara Machado. Se ele retornou para o Brasil, peço que tomem cuidado.

— Sim, senhor, irei encontrar Fred e ver o que houve.

André acompanhou o policial até a saída e entrou no elevador. Pegou o celular e ligou para o número de Fred. O telefone tocou várias vezes e, por fim, caiu na caixa postal. Na recepção da empresa, Carlos estava sentado em um sofá.

234

— Venha, agora. — André passou por ele. — Não faça perguntas.

— Tudo bem. — Carlos olhou para cima, para o hall aberto e viu seu pai observando-os sair. Allan pegou o celular e fez uma ligação.

***

Allan observou o irmão sair com o policial e pegou o celular rapidamente. Jones não atendia, e isso o deixava furioso. Esperou o outro elevador surgir e desceu, saindo no hall acima da recepção. Este dava a visão de toda a entrada, tinha um pequeno bar e algumas mesas. Encaminhou-se até a grade de proteção e observou seu irmão passando perto de seu filho. Carlos se levantou e seguiu André. *O que eles estão tramando*, pensou, ao pegar o telefone e ligar novamente para Jones, que, desta vez, atendeu.

— Onde você está? — gritou.

— No meu apartamento. — fungou. — Perdi eles de vista. Seu irmão e um garoto negro. Estão com o segurança do seu filho. — riu. — O infeliz é bom de mira.

— Você foi visto, seu imbecil! — cuspiu as palavras. — A polícia tem uma gravação sua atirando no segurança. — Agora, a máscara havia caído. Não era Allan ao telefone. Heitor respirou fundo, olhando as pessoas no bar, alguns funcionários e acionistas. — Pegue o garoto, os dois garotos. — ficou em silêncio. — Já cansei desta brincadeira. Dê um sumiço neles por alguns dias.

— Sim, senhor Heitor.

CAPÍTULO 21
HEREDITÁRIO

— Você não podia ter feito aquilo! — André gritou. Estavam na avenida, o trânsito era um caos puro. — enfrentar Heitor daquela forma. Carlos, o que conversamos?

— Eu não sei o que deu em mim. — riu. — Quando eu vi, já estava tomando a decisão. — respirou fundo. *Você podia tê-lo desmascarado.* — Eu podia ter acabado com ele na hora.

— Nem pense nisso! —André girou o volante, estacionando próximo ao prédio onde Allan estava. — O que você tem?

— Nada. — *Não minta, fale.* — Eu... eu estou tendo algum tipo de alucinação. — fechou os olhos e suspirou. — É como se o Caio estivesse aqui, na minha cabeça.

— Respira fundo. — André não precisou muito para ligar os pontos. Já havia visto aquilo. Olhar perdido. Silêncio repentino. — Já faz quanto tempo? E não diga que começou agora.

— Hoje, foi como se eu o ouvisse nitidamente, tio. — Carlos começou a chorar. — Mas sempre foi um sussurro.

REFLEXO DISTORCIDO

— Por que não me contou? — Carlos estava calado. André desligou o carro e observou o sobrinho — Carlos, isso é sério. Vendo o histórico da família, não podia ter me escondido isso.

— Eu tive medo! — gritou, batendo a mão na cabeça. Respirou fundo. — Tive medo de ser igual a ele. Igual ao Heitor. — chorou. — Por isso, sempre me interessei pelas histórias. Queria entender o que é esquizofrenia.

— Vou ligar para a sua mãe. Bento vai te levar para casa. — Carlos arregalou os olhos. — Onde mais posso te deixar seguro?

— Na casa da Hellena, me leva pra lá. — respirou profundamente. — Quando estou com ela, as vozes param. — ele bagunçou os cabelos.

***

Antes

Alguém batia na porta com força. Vinícius caminhou com cautela e a abriu lentamente. O casal estava vestido de forma elegante. Suzana Moiter sorriu para o garoto. Em seguida, Nick pediu para entrar. O jovem pescador os deixou adentrar o apartamento. Na cama, Fred dormia com a perna amarrada com um cinto. Allan saiu do banheiro e recebeu os policiais.

— Delegada Moiter! — sorriu. — Quanto tempo!

— Senhor Allan. — ela sorriu, estendendo a mão para cumprimentá-lo. — Por que agora?

— Vamos com calma, Suzana. — Nick verificava o ferimento na perna de Fred. — Ele perdeu um pouco de sangue e vai ter que levar pontos. A bala atravessou. — Nicholas retirou a mochi-

238

la que trazia presa às costas e, de dentro, retirou uma caixinha branca. — Não tenho anestesia.

— Tudo bem. — Fred despertava — Eu aguento. — engoliu em seco.

— Como despistaram Jones? — Suzana se sentou no pequeno sofá. Os cabelos encaracolados balançavam soltos até seus ombros. Cruzou as pernas e esperou a resposta.

— Foi difícil, mas acho que o fizemos bater o carro. — Vinícius falou, recebendo o olhar de todos.

— Suzana, este é meu filho, Vinícius.

Allan quebrou o silêncio que se formou. A mulher arrumou os cachos atrás da orelha e meneou a cabeça em cumprimento.

Alguém batia na porta novamente. Allan se encaminhou para abri-la. Suzana sacou a arma e observou, atenta. André entrou calmamente, com Carlos ao seu lado. Vinícius encarou o rosto do irmão. Estava marcado. Allan e seu irmão cochichavam algo.

— Acho que não devemos manter segredos entre nós, senhores. — Suzana guardou a arma no coldre. — O que houve com o garoto? — apontou para Carlos, que se sentava na cama. Estava calado.

— Ele está em choque. — André respirou. — Ele teve uma crise. — passou a mão no rosto. Estava cansado.

— Crise? — Allan se sentou ao lado do filho e o tocou no ombro. Carlos estremeceu. — Filho, sou eu, Allan!

— Qual Allan? — riu. — Eu não sei mais quem é quem. — chorou. — Eu não vou aguentar. — colocou as mãos nos ouvidos, como se tentasse impedir o som de entrar.

— Allan! —André o chamou de canto. O irmão se levantou, afastando-se do filho. — Carlos está tendo os mesmos sinais que Heitor apresentava na adolescência.

REFLEXO DISTORCIDO

— O que faremos? — Allan passou a mão nos cabelos brancos. Em sua mente, via as imagens de Heitor logo após ter atirado em Anitta.

— Devemos tirá-lo daqui. — Suzana falou. Ela prestava atenção na conversa dos dois. — Carlos é jovem e precisa de cuidados. Não podemos deixá-lo no meio disto.

— Tudo bem. — Allan encarou André. — Ligue para o Bento, faça-o vir aqui e pegar Fred e Carlos. Líliann ainda está na cidade? — André assentiu. — Tudo bem. Leve-a também. Todos eles são alvos que Heitor vai usar para me atingir. Se ele souber que Carlos está assim, com certeza irá usá-lo.

— Eu duvido muito que seu filho seja o alvo de Heitor. — Suzana pegou um livro na bolsa. — Gustavo Braz me ajudou a entender um pouco sobre esquizofrenia, e Heitor pode usar outro como alvo. Seu filho não fez nada contra ele e....

— Está enganada. — André a interrompeu. — Carlos e Heitor não têm uma boa relação desde a morte de Caio. E, hoje, Carlos o afrontou na frente de todos os acionistas.

— Fez o quê? — Fred gritou, devido ao procedimento de sutura que era realizado por Nick. — Carlos, você tem que tomar cuidado.

— Eu fiz ele perder quinze mil reais com uma doação. — Carlos sorriu. — Doei o novo sistema operacional para todos os acionistas. — respirou fundo. Estava mais calmo. — Me desculpa, tio. — ele encarou André. — Eu deveria ter te contado tudo o que acontece aqui. — ele bateu levemente na cabeça. — Vou ficar longe daqui pra frente.

— Isso é ótimo. — Suzana falou. — Agora, senhor Allan, me deve dezoito anos de explicações.

240

***

Depois de quase duas horas de explicações, Allan se sentia cansado. André havia organizado tudo para que Carlos, Fred e Líliann saíssem do Rio de janeiro sem que Heitor descobrisse. Assim que o carro parou na frente do prédio, Allan encarou Vinícius, lançando-lhe sua mochila.

— Você também vai — o garoto o olhou, incrédulo.

— Você disse...

—Sim, eu sei o que eu disse. — Allan se levantou. — Fique com o seu irmão. Encontrarei vocês em São Paulo. —Vinícius obedeceu e pegou a mochila.

— O que pretende fazer, senhor Allan? — Suzana Moiter o encarou. — Sabe que, se aparecer em público, será preso como Heitor Alcântara Machado.

— Sim, eu sei, mas serei solto em seguida, quando provar minha inocência. — André entrou no apartamento. — Ainda temos um advogado particular?

— Sim, Alexander, filho do Dr. Theo. — sorriu. — Vamos? — olhou os garotos.

— Tudo bem... — Vinícius abraçou o pai. Carlos saiu sem dizer nada. Fred, embora estivesse mancando, caminhou até saída e seguiu seus patrões

No apartamento, Suzana, Nicholas e Allan se encararam.

— E agora, do que precisa? — Nick retirava as luvas que usara. Coçou a barba e ajeitou a gola da camisa.

— Gatos, o quanto conseguir. — Suzana o olhou, confusa. — Temos uma semana para trazer Heitor de volta dos mortos.

IRMÃO

CAPÍTULO 22

IRMÃO

O carro parou na frente de uma casa simples. Líliann desceu de óculos escuros. Usava uma saia negra abaixo do joelho, sandálias bege e uma camisa semissocial azul celeste. Para finalizar, um terninho no mesmo tom das sandálias, que usava para cobrir os ombros. Os vizinhos observaram a imponência da mulher. Líliann nunca fora rica, mas, ao se tornar uma Alcântara Machado, aprendeu a se portar. Fred mancou para fora do carro, amparado por Carlos e Vinícius. Bento ficou dentro do carro

— Acho melhor você voltar para a mansão. Diga ao Hei... Allan que nos deixou em minha casa. — Líliann sorriu para o velho segurança.

— Tudo bem, senhora. — sorriu também. — Qualquer coisa, liga. O André chegará à noite. Ele precisou ir para a empresa aqui de São Paulo.

— Ok.

O portão se abriu, e uma jovem de cabelos negros correu na direção de Carlos, abraçou-o e o beijou. Líliann se manteve pró-

REFLEXO DISTORCIDO

xima ao carro. O rapaz se afastou da jovem, sorrindo para ela. Puxou-a pelo braço, deixando o peso de Fred totalmente para Vinícius carregar. Carlos sorriu para a mãe e disse:

— Hellena, esta é a minha mãe. — a jovem respirou fundo e ficou vermelha de vergonha por causa da demonstração pública de afeto. — Mãe, esta é Hellena.

— Muito prazer. — Líliann a cumprimentou com um beijo no rosto. — Pelo visto, meu filho tem bom gosto. — sorriu. — Você é linda. — a jovem ficou mais vermelha.

— Seus pais estão? — Carlos a encarou.

— Não, foram na feira. — Ela olhou os outros dois rapazes, que estavam próximo do portão. — Quem são?

— Amor, podemos entrar? Aconteceu uma coisa.

***

Mansão dos Alcântara Machado — Duas horas depois

Heitor entrou na mansão, jogando sua mala sobre o sofá. Bento foi em sua direção, vindo do jardim.

— Resolveu voltar? —Heitor o encarou.

— Sr. Allan, me desculpe...

— Ta. Já sei. Líliann precisou. — respirou fundo, caminhando até o bar. Pegou a garrafa de whisky e bebeu no gargalo. — Posso saber onde ela e meu filho estão?

— Na casa dela, senhor. Deixei-os no condomínio. — Bento respirou fundo.

— Pode ir. — Heitor se manteve de costas para o chefe da segurança. Seu celular tocou. Pegou-o e o atendeu, verificando, antes, se Bento havia se retirado.

— Eles estão na zona leste. — A voz de Jones estava longe. — Numa favela, sua esposa e o filho do Allan também...

— Não faça nada. — Heitor respirou fundo. Sorveu mais um gole da bebida, sentiu-a queimar. — Observe-os, ligarei em breve.

— Você manda.

***

— Carlos, pensei que não viria mais para as nossas conversas. — o pai de Hellena o olhava, atento. Era um homem magro, usava bermudas, camiseta regata, chinelos e sempre sorria. Os cabelos negros brilhavam sob a luz artificial do interior da residência. — Senhora, Líliann... Não me leve a mal, mas diagnostiquei seu filho no momento em que ele cruzou esta porta.

— Eu nunca notei nada. — Carlos estava de cabeça baixa. Hellena massageava seus cabelos. Sorria com os fios brancos que cresciam entre os loiros. — Filho, por que não me contou?

— Heitor contou? — Carlos se levantou. Respirou fundo. — Desculpe!

— Entenda que está acontecendo muita coisa na vida de seu filho. A relutância do pai ao aceitar o namoro dele com a milha filha é um dos fatores da introspecção do seu filho. — o homem sorriu. — Me desculpe, me chamo Cezar, sou psicólogo há nove anos.

— Eu notei. — Líliann riu levemente. Encarou o filho, que estava pensativo.

REFLEXO DISTORCIDO

— Sr. Cezar, eu e minha mãe estamos aqui porque aconteceu uma coisa grave e não temos aonde ir. — Líliann endireitou a postura. — Meu pai não é quem todos pensam. — respirou fundo. Sentia as vozes surgindo. — Ele enganou todos, inclusive a minha mãe.

— Seu pai é, na verdade, seu tio Heitor, estou certo? — Todos o olharam. — Não se espantem. Nas minhas primeiras conversas particulares com Carlos, ele me contou que o pai sempre fora o bom e o mal unidos.

— O senhor está certo. — Líliann falou, poupando o filho. — Sempre tive minhas suspeitas e, depois da morte de Caio, comecei a observá-lo mais. Só que não acaba por aí. Só descobrimos a verdade porque Allan ainda está vivo.

Vinícius observava tudo, calado. Estava sentado ao lado de Fred, que estava deitado no sofá de dois lugares, enquanto os outros tentavam explicar a situação para o pai de Hellena. Estava com fome. Sentiu o cheiro de comida vindo da cozinha. Fred sorriu.

— Se você conseguir um prato pra mim, eu agradeço. — o segurança sorriu.

— Não precisam assaltar a cozinha. — a mãe de Hellena sorriu para os dois. — Está na mesa. Dona Líliann, não sei se está do seu agrado. — Líliann sorriu, dizendo:

— Você sabe quantos anos faz que eu não como carne de panela? — levantou-se e se aproximou da mulher. — Está tudo ótimo. Não nasci rica e acho que não deveria ter me casado com um.

Riram as duas e foram para a cozinha. Carlos se aproximou de Vinícius e o chamou para fora da casa. Saíram para o quintal dos fundos. O jovem pescador notou que o rapaz estava tenso.

FERNANDO LUIZ

— Tenho um trabalho para você. — Vinícius sorriu com a fala do irmão. — Não ria, é sério. Estou preocupado com o Allan.

— E você acha que eu estou como? — Vinícius respirou fundo. — O que quer? — olhou a área totalmente rústica, com tijolos à mostra. A escada que levava para a laje estava inacabada, sem corrimão.

— Primeiro, quero que se alimente e descanse. Depois... — Carlos se calou ao ver Hellena aparecer no quintal.

— Meninos... vai esfriar...

— Já estamos indo. — Carlos respirou fundo. Sorriu para ela, vendo-a entrar na casa. — Vamos sair de madrugada. Eu sei onde o Allan está. Quero ajudá-lo.

— Não é uma boa ideia. — Vinícius o encarou. Olhou o céu. Já começava a escurecer.

— Heitor pode matá-lo...

— E Jones Fernandes pode matar os dois. — André saiu de dentro da casa e os encarou. — O pai de vocês está aí. Fiquem calmos. Ele está bem.

***

Vinícius cruzou a sala rapidamente e abraçou Allan. Carlos os observava de longe. Allan se soltou do filho e falou:

— Chega de ideias suicidas. — sorriu. — Da última vez, envolveu um tubarão.

247

REFLEXO DISTORCIDO

— Tudo bem, só estava preocupado. — Allan encarou Carlos. O rapaz se mantinha distante — O que resolveram? — silêncio.

— Vamos comer, depois eu conto. — Allan direcionou o rapaz para a cozinha e se aproximou de Carlos. — Tudo bem?

— Sim. — Carlos estava tenso. — Com fome? — sorriu para o pai.

— Sim. — Allan teve vontade de abraçar o filho, mas não o fez. Virou-se e foi para a cozinha.

***

Horas antes

Nicholas e Suzana Moiter estavam no apartamento de Nick, tentando entender o que os gatos tinham a ver com o plano. Allan andava de um lado para o outro, explicando-lhes. Suzana riu alto, interrompendo-o:

— Qual a graça? — Allan e Nick a encararam. A mulher estava sentada no sofá com uma xícara de café nas mãos.

— Gatos no salão de festa da AMtech, tem certeza que é sua melhor ideia? — a mulher o olhava com atenção. — Não vou mobilizar uma equipe para soltar gatos.

— Não precisa de uma equipe, somente vocês. —Allan suspirou. — Soltem os gatos e verão o quanto Heitor irá se enfurecer. — Suzana riu novamente — Escute. Ele é meu irmão, eu o conheço muito bem. Heitor vai se revelar.

— Tudo bem. — Nicholas se levantou e se espreguiçou. — Posso conseguir os gatos. Agora, quero que use um colete à prova de balas. Você estará na mira de todos os seguranças da empresa. Se Heitor mandar qualquer um deles atirar, você pode morrer...

— E sem contar Jones Fernandes, que pode estar por lá... — Suzana cruzou as pernas.

— E a polícia. — Nick estalou os dedos. — A polícia é nosso principal problema. Posso dar alguns telefonemas, mas, quando você aparecer perante as câmeras, os policiais irão prender Heitor Alcântara Machado. Entende isso? Você será preso, e provar que você não é Heitor será difícil.

— Tudo bem. — Allan suspirou. — Desestabilizando Heitor, a mídia irá voltar a questionar. Tudo será abalado, a empresa, a credibilidade. Heitor fará de tudo para me matar.

— Ele vai te ferir. — Suzana o interrompeu. — Carlos se tornou um alvo quando afrontou Heitor. — Vou pedir alguns favores. Quero oferecer escolta para seus filhos e para Líliann.

— Você fez o dever de casa no que diz respeito à esquizofrenia, não? — Allan encarou. — Por que não desistiu?

— Quando descobri que Heitor ainda estava vivo, a Marinha o declarava morto. — Suzana fungou. — Eu tentei, mas meus superiores não aceitaram, me forçaram a fechar o caso. Mas eu e Nick continuamos a investigação em segredo. Eu não consigo aceitar que Heitor não esteja preso. E, além do mais, tem algo que impede os Alcântara Machado de serem presos, seja a sua influência ou o dinheiro. Quero acabar com isso. Vou colocar Heitor na cadeia.

— Eu receio que esse não seja o fim do meu irmão. — Allan fungou. —Heitor só irá parar quando estiver morto.

REFLEXO DISTORCIDO

***

Zona leste de São Paulo

— Então... — o pai de Hellena encarou Allan. — está correndo um grande risco. — deu um gole no refrigerante.

— Eu sei, mas fiquei dezoito anos longe, e Heitor já aprontou
demais com o meu nome. — Allan enrolou o garfo no macarrão.
— Heitor é perigoso, sádico. Tenho que pará-lo.

— E nós o ajudaremos, pai. — Vinícius falou, bebendo um
gole de guaraná. — Eu e Carlos...

— Não! — Líliann o interrompeu. — Não é uma boa ideia
vocês se envolverem nisso.

— Mas mãe...

— Sua mãe está certa. — Allan olhou para o filho. — E você...
— apontou o garfo na direção de Vinícius. — Quero que fique
aqui com seu irmão. Fred está se recuperando e poderá protegê-
-los, proteger todos. — Allan encarou os pais de Hellena. A jovem
comia, calada, ao lado de Carlos. —Resolverei isso com a ajuda
da polícia e de André.

— Allan. — Líliann o encarou. — Carlos estará na festa, e eu
também. — Ela ficou calada por alguns segundos. — Pelo bem da
empresa, eu e ele manteremos as boas aparências.

— Eu posso protegê-los na festa. Qualquer movimentação
suspeita, eu os retiro de lá. — Fred falou da sala. Estava sentado
no sofá, comendo, atento a toda a conversa.

— E eu fico aqui? — Vinícius estava incrédulo. — Eu disse que te ajudaria!

— E eu agradeço, mas não! Você fica. — Allan falou mais sério. O rapaz empurrou o prato. Levantou-se e falou:

— A comida estava ótima. — olhou os pais de Hellena — Vou me retirar.

— Vinícius... — Allan tentou impedi-lo. O rapaz saiu da casa, subindo para a laje.

— Deixa. — Líliann tocou o braço de Allan. — Ele vai aceitar.

CAPÍTULO 23
SENTIMENTO ANTIGO

Allan chegou à laje e encarou o céu estrelado. Sorriu, lembrando-se das noites em que ficava olhando-o na praia. Vinícius estava escorado na grade, olhando a rua. Algumas pessoas passavam, despreocupadas. A iluminação deixava tudo em tons de laranja e amarelo. As casas de tijolos aparentes e as enormes escadarias faziam da paisagem uma bela pintura abstrata. Allan se aproximou do filho e o tocou no ombro. O rapaz fungou, afastando-se do pai.

— Ei! — Allan o chamou. — Vinícius! — falou mais alto, impedindo-o de descer. — Você é meu filho, e eu te amo. Pedi sua ajuda, sim. Mas não posso te perder.

— Eu quero ajudar. — falou, sem olhá-lo. — Você é a minha família, não me tira esse direito.

— Eu serei preso, você sabe disso — Allan se aproximou dele. — Olha pra mim. — Vinícius se virou. Allan fechou os olhos e fungou. — Vou me arrepender disso... Você pode ir à festa. — Vinícius sorriu. — Mas, se qualquer coisa der errado, saia de lá junto com o seu irmão.

REFLEXO DISTORCIDO

— Tudo bem. — o rapaz o abraçou.

— Vai dormir. Temos uma semana ainda para que eu mude de ideia. — Vinícius sorriu e desceu as escadas, voltando para dentro de casa.

Allan olhou o céu novamente. *Pai, se estiver me ouvindo, me ajuda. Por favor, me ajuda! Nunca te pedi nada, me ajuda.*

— A noite está linda. — a voz de Líliann o despertou de seus pensamentos. — Como você está?

— Me sentindo deslocado. — Riu. — Não é para menos. — Allan se aproximou, tocou-lhe o rosto e sorriu. — Senti sua falta.

Líliann o beijou, e a sensação foi boa. O casal ainda se amava. Isso era um fato. Allan a abraçou e sorriu em meio ao beijo:

— O que foi? — perguntou Líliann, enroscando-se em seus braços.

— Tudo isto, eu não queria que fosse assim. — suspirou. — Ainda nem pude chorar a morte do meu filho.

— Não fique assim. — Líliann o abraçou com força. — Caio era incrível, muito parecido com você, mas não podemos mudar o que está acontecendo. Só não quero Carlos envolvido nisso.

— No que dependesse de mim, ele nem iria à festa, mas Heitor já deve estar suspeitando de algo. — Allan afastou Líliann no exato momento em que Carlos surgiu na laje.

— Atrapalho? — o rapaz forçou um sorriso.

— Não! — Líliann se aproximou dele e o abraçou. — Algum problema?

— Será que eu posso conversar com ele? — indicou Allan. — Vai ser rápido.

254

FERNANDO LUIZ

Líliann encarou Allan, sorriu e afastou, voltando para dentro da residência. Carlos olhou o céu estrelado e suspirou. Allan observou o filho, e, antes de quebrar o silêncio que se formava, Carlos falou:

— Ano que vem, eu pretendo me casar com Hellena e vir morar aqui! — virou-se, encarando o pai. — Quero que saiba que não importa o que diga. Eu a amo.

— Filho, eu não vejo problema algum que se case com ela. É uma menina linda e de boa família. — Carlos ficou calado. —Não sei o tipo de relação que você tinha com ele...

— Eu não consigo, vocês são muito iguais. — Carlos se afastou, indo na direção da escada que levava para dentro da casa. Allan o segurou pelo braço. — Me solte!

— Não! — Allan o virou, olhando-o nos olhos. — Eu sou seu pai. — engoliu em seco. — Ele pode ter sido um monstro na sua vida, mas eu irei te apoiar em tudo. — Puxou o filho e o abraçou. — Não deixarei que ele te tire de mim.

— Eu tô com medo. — Carlos passou a mão nos cabelos. — Isso aqui. — Bateu o dedo na cabeça. — Tenho medo de ser igual a ele.

— Isso não vai acontecer. — Allan o encarou. — Quando tudo estiver resolvido, você fará o tratamento. Enquanto isso, continue conversando com o pai de Hellena, ele poderá te ajudar.

255

CAPÍTULO 24

PRIMO PERFEITO

Aeroporto de Congonhas – Dois dias depois

André estava sentado na área de espera, celular na mão e pensamentos perdidos em tudo o que estava acontecendo em sua vida. O retorno de Allan dos mortos só o fez ligar os pontos com mais firmeza. Ele sempre teve suas suspeitas com relação às mudanças do irmão após o acidente. Quando Líliann surgiu em seu apartamento, aos prantos, dizendo-lhe que Allan não era mais o mesmo, André passou a olhar para o irmão com mais cautela. Agora, ele estava se lembrando dos motivos de Augusto estudar no estrangeiro. Veronic tinha medo. Logo após a morte de Caio, as suspeitas sobre Allan só aumentavam. Foi aí que ele decidiu.

***

Três anos atrás – São Paulo

— Não irei estudar em Nova York, nem sei o que quero fazer da vida. —Augusto encarou o pai.

— Você vai se especializar, vai estudar — fungou — Vai ser útil para a família.

— Grande bosta. — ironizou. — Vocês surtaram depois da morte do Caio, estão querendo que eu me afaste do meu tio.

— Se você sabe que seu tio é perigoso, então entende meus motivos. — André se sentou no sofá. — Filho, por favor. Você escolhe o curso, poderá morar sozinho, ter uma liberdade que eu nunca tive. Aprender a se virar e a ser homem.

— Sem seguranças? — André encarou o rapaz. Era alto e forte, não aparentava a idade que realmente tinha.

— Se me prometer ser responsável e usar camisinha...

— Pai! Vai demorar para que eu encontre uma garota lá. — riu. — Pode deixar, serei responsável.

***

Dias atuais – aeroporto de Congonhas

— Pai? — André se virou rapidamente, despertando de seus pensamentos. Augusto estava parado atrás dele, com Veronic.

André não disse nada, levantou-se e abraçou o filho. Augusto estava diferente. Mais forte, com barba no rosto. Os olhos verdes reluziam com a luz artificial do ambiente. Veronic abandonara o tom vermelho dos cabelos, adotando um corte curto e negro. Ela abraçou o marido e o beijou. Estavam longe um do outro há quase um ano, e ele estava louco pelo reencontro. Augusto pigarreou, e André o puxou para mais um abraço; agora, envolvendo os dois.

— Pai, vai me sufocar. — Augusto se afastou. — Tudo isso é saudade?

— Hummm, falou grosso. — riu. — Parabéns, meu filho. Agora, já é um homem.

— A mania dos Alcântara Machado de masculinidade. — ironizou, pegando a mala do chão. — Aonde iremos?

— Para a casa da namorada do Carlos, seu tio está lá. — Augusto parou de andar e encarou o pai. Sorriu de canto.

— Carlos está namorando? — André se lembrou de sua conversa com o sobrinho. — Ela é bonita?

— Sim, lembrei-me de uma coisa. — André se aproximou do filho e falou em seu ouvido. — Teremos uma conversa séria!

— O que eu fiz? — Veronic encarou o marido.

***

De manhã, Allan acordou com uma dor nas costas insuportável. Líliann estava deitada ao seu lado. Dormiram juntos no chão da sala. Ele se levantou e encarou Vinícius, que já estava acordado. O rapaz tinha os olhos cheios d'água.

— Ei, o que foi? — sentou-se no sofá, ao seu lado.

— Nada. — ele limpou os olhos, sentou-se ao lado do pai e suspirou. — Só lembrando da minha mãe.

— Tudo vai ficar bem, meu filho. — Allan o abraçou. — Vamos nos arrumar. Temos que ver um lugar para ficar.

Carlos e Hellena surgiram na sala. O rapaz estava sem camisas e de bermudas. Sorriu ao ver o pai e o irmão já acordados. A manhã passou rapidamente, e, no início da tarde, André chegou, acompanhado de Veronic e Augusto. O rapaz estava sério e, ao encarar Allan, de imediato, notou algo diferente em seu tio. As roupas e a forma calma e descontraída de falar não foram o fator que delatara as mudanças em seu tio. Augusto nunca imaginara seu tio em um local como este, uma favela, pobre e decadente.

— Como foi a viagem, Veronic? — Allan se aproximou da mulher e a cumprimentou com um beijo no rosto. Ela ficou parada, estática. — Sim, sou eu!

— Meu Deus... — Veronic tremeu. Encarou Líliann. — Você estava certa!

—Sim...

— O que está acontecendo? — Augusto desabotoou o terno e se sentou no sofá, espanando, antes, o assento e retirando alguma poeira que pudesse sujá-lo. — Por que estamos aqui, nesta casa?

— Este é seu filho? — Allan encarou o rapaz. — Arrogante, não? — olhou-o dos pés à cabeça. A postura Alcântara Machado.

— Passou muito tempo sendo ensinado pelo...

— Por você — Augusto encarou Allan. — O que foi, tio? Está tão diferente...

— Nunca estive tão bem na minha vida. — Allan sorriu. — André, precisamos de um lugar para ficar, todos nós.

— Foi por isso que vim aqui. Quero que venham para o meu apartamento. Nicholas e Suzana estão se preparando para sábado. Temos de ser rápidos, e minha casa fica mais próxima da AMTech. — André segurou Augusto pelo ombro, fazendo-o se levantar. O rapaz o encarou. — Tem algum lugar aqui onde posso ter uma conversa particular com meu filho?

— Lá em cima, na laje. — Carlos falou, sério. Veronic tentou protestar, mas André o arrastou escada acima. Allan tentou segui-lo, mas Carlos o impediu. — Deixa, ele precisa ouvir.

— O que está acontecendo, Carlinhos? — Veronic encarou o sobrinho.

— Carlos aprontou uma coisa no passado, algo que me faz ter ódio dele. — Veronic suspirou. — O tio vai dar uma bronca nele e aproveitar para contar tudo isso para ele.

— Só espero que Augusto não revide...

***

— Eu nunca pensei que você fosse tão ridículo. — André largou o filho. Olhava-o dos pés à cabeça. — E, ainda, faz com que Carlos seja ridicularizado.

— Ele é um bosta, nunca será um homem de verdade. — riu. — Olha o tipo de pessoa que ele se envolve. O que o tio Allan está fazendo aqui?

— Escute, Augusto. Heitor está vivo! — o rapaz encarou o pai com um meio sorriso no rosto. — Esteve vivo todos estes anos.

— Pai, bebeu? — riu, debochado. — Heitor morreu em um acidente, há dezoito anos. Você me contou isso. Me fez fazer aqueles exames doidos para saber se eu não tinha a mesma doença que ele.

— Filho, escute. — André respirou fundo. — Lembra quando eu disse que Heitor gostava de se passar pelo seu tio Allan?

— Sim, Carlos e Caio viviam fazendo isso. Eu achava ridículo... — fechou a cara. Desabotoou os botões da camisa devido ao calor.

— Eu também. — André encarou o céu. Estava quente, e o sol iluminava toda a região. — Escute. O homem que te aconselhou, que te acobertou e que te ensinou a ser um advogado não era o Allan. Ele conseguiu enganar todos se passando pelo Allan.

— Pera aí... — Augusto ficou pensativo. — Carlos e Caio são filhos do Heitor... Aquele homem, o homem que, basicamente, me educou é um assassino?

— Filho, calma! — André se aproximou dele. — Heitor está vivo, e Allan também. — Augusto arregalou os olhos. — Sim, pode parecer loucura, mas estamos querendo colocar Heitor na cadeia. Peço que me escute e tente entender. É confuso, mas temos que acertar tudo.

Augusto se sentou em uma caixa de concreto que estava no canto da laje. Não ligou para o fato de seu terno sujar-se com o cimento. Ficou escutando o pai lhe contar tudo. Quando já se passava das três da tarde, Allan surgiu na laje e encarou os dois. Augusto o olhou, receoso.

— Então... — tentou reunir as palavras certas. — Você é o verdadeiro Allan?

— Sim... — Allan sorriu. — E você, o pupilo do Heitor?

— Eu sou o seu pupilo... ou não, é confuso demais. — Augusto se levantou assim que Carlos surgiu na laje. — Primo, me desculpe por tudo. — Carlos encarou o pai.

— Tudo bem, Augusto. — Carlos se aproximou-se dele e apertou sua mão. — Temos que ser amigos para salvar o que é nosso.

— É, mas eu não falo da empresa. — Augusto suspirou. — Fui um idiota, me desculpe.

262

Enquanto os dois conversavam, Allan ficou olhando a vizinhança. Um carro negro passava lentamente na rua. André observou o carro passar e encarou o irmão.

— Esse carro...

— Sim, Jones Fernandes. — Allan encarou o filho e o sobrinho. — Vão para dentro, agora.

— Algum problema? — Carlos questionou o pai.

— Entrem e avisem os outros para arrumarem as coisas. — Allan olhou a rua. O carro já estava longe. — Irmão, precisamos de um bom plano para sair daqui.

CAPÍTULO 25

FESTA FELINA

Heitor acompanhava os preparativos para a festa pessoalmente. Estava, a semana inteira, acertando tudo com os funcionários, para que o lançamento do AT100 fosse um verdadeiro sucesso. Os seguranças foram colocados em lugares estratégicos, seguindo as ordens de Bento. O velho chefe da segurança já sabia o que fazer quando Allan entrasse na festa. O patrão o observava com atenção. Sabia que ele escondia a verdade e entraria no jogo. Com a proximidade da noite, Heitor saiu do salão, subiu até o seu escritório, tomou um banho e trocou de roupa. O visual sério – terno negro de risca e camisa no mesmo tom – se completava com a gravata petróleo e os sapato negros impecavelmente engraxados. Os cabelos, por sua vez, exibiam um penteado formal.

Os cabelos brancos, agora em maioria, misturavam-se com os negros. Os quarenta e nove anos fizeram de Heitor um homem forte e robusto. Assemelhava-se, cada vez mais, com seu pai. Caminhando pelos corredores, os funcionários o olhavam com medo, abaixavam a cabeça e seguiam seu caminho. Heitor

REFLEXO DISTORCIDO

desceu até o salão de festas. Totalmente organizado, reluzia em tons de prata e azul, as cores do AT100. Do lado esquerdo da escadaria, uma cascata de champanhe abastecia centenas de taças cuidadosamente empilhadas em forma de triângulo. Do lado direito, uma mesa enorme exibia centenas de aperitivos, bebidas dos mais diversos tipos e uma enorme lagosta no centro.

Líliann se aproximou de Heitor, engolindo todo o medo. Ao seu lado, Carlos caminhava calmamente. Ambos eram seguidos por Fred, que tentava não mancar. Carlos cumprimentou o pai, pegando um copo de vodca.

— A noite mal começou, meu filho. — Heitor tomou para si a máscara de Allan. — Ainda iremos comemorar muito.

— Não duvido, pai. — Fred encarou o jovem patrão, notando a aspereza em sua voz. — Mas estou feliz, é uma vitória para a empresa.

— Sua apresentação, embora extrema, causou uma boa impressão nos acionistas. — Carlos sorriu, deu um beijo em sua mãe e se afastou, acenando para o pai. Allan encarou Líliann e disse: — Viu? Eu tentei!

— Se não tivesse batido nele lá no rio, poderia ter sido uma conversa amigável. — Líliann pegou uma taça de espumante. O garçom esperou que ela a segurasse com firmeza e se afastou com a bandeja. — Ele é jovem, tem muito que aprender.

— Ele me fez perder quinze mil. Sabe o que é isso?

— Sim, dinheiro. — suspirou, bebendo todo o espumante em um único gole. — E você tem demais.

***

André entrou no salão, acompanhado de Veronic e Augusto. Pai e filho exibiam, ambos, um terno azul marinho. André usava camisa branca e gravata negra. Augusto preferiu uma camisa negra e dispensou o uso de gravatas. Veronic usava um vestido longo vermelho e trazia consigo uma pequena bolsa de mão. André fez questão de que ela a trouxesse, disse que poderia ser útil. Fred se aproximou de André e falou:

— Vinícius está com Carlos. Para todos os efeitos, é um amigo do colégio viciado em tecnologia. — O jovem segurança sorriu. — Senhor Augusto, peço que me acompanhe.

— Tudo bem, mas não quero levar um...

— Shiii. — André o repreendeu. — Cuidado com o que fala. E, lembre-se, haja naturalmente.

***

Nicholas apresentou seu convite para a recepcionista e teve sua passagem liberada. Estava comum. Terno preto, camisa branca, gravata negra. Cabelos penteados de forma desgrenhada e um sorriso cafajeste no rosto. Logo atrás, Suzana Moiter adentrava o salão com toda a sua imponência. A mulher exibia seu penteado afro envolto em um turbante negro. Usava um vestido longo na cor dourada com um racho na lateral esquerda, que exibia toda a sua perna. Os seios fartos eram espremidos até saltarem à vista dos homens mais sérios. As costas livres deixavam todos sem ar. Nicholas lhe deu a mão e, juntos, caminharam até uma mesa livre. Suzana olhava os cantos, pré-determinados por Bento, onde os seguranças confiáveis ficariam.

— Você está linda. — Nicholas a pegou pela cintura e a girou. — Não vamos nos sentar agora.

— Nicholas, estamos de serviço. — Suzana passou a mão na orelha direita, onde um brinco longo de prata balançava discretamente. O rádio comunicador se enroscava nele e se prendia no cabelo dentro do turbante.

— Isso mesmo, senhorita Suzana. *Não estamos aqui por uma festa, e eu espero que a senhorita esteja certa.*

— Eu não chamaria uma força tarefa aqui por mero acaso. — ela beijou Nicholas quando notou um segurança encarando-a. — Heitor está aqui, estou certa disso.

— Tudo bem, delegada, vamos esperar o sinal. Mas quem foi que deu a ideia dos gatos?

Nicholas e Suzana riram e continuaram a girar pelo salão. A música lenta os envolvia a cada segundo. Fred meneou a cabeça para Nicholas, e Suzana se soltou, discretamente, de seu acompanhante, passando a mão em seu vestido. O sensor foi acionado no exato momento em que o falso Allan surgira no topo da escada. Ele olhava todos que dançavam e conversavam sentados às mesas. Líliann notou que Suzana já havia acionado o sensor. Fred se levantou, chamando pelos rapazes.

Vinícius se levantou. As luzes foram diminuindo, e todos olharam para a escada. Um animal negro subia os degraus descontraidamente. O jovem pescador sorriu ao ver Heitor chutar o animal e arrancar exclamações horrorizadas dos convidados. No centro do salão, uma figura idêntica, um homem com as mesmas roupas estava parado. As pessoas pararam de dançar. As luzes voltaram ao normal. Uma comoção se formou quando o homem pegou o pobre animal e o massageou. Segurou-o no colo e ergueu seu olhar. Heitor gelou ao ver seu reflexo encarando-o. Allan sorriu, massageando o pelo negro do pequeno felino.

— Olá, irmão!

Doze horas antes

— Você acha que fomos seguidos? — Líliann encarava Allan.

— É a terceira vez que pergunta isso desde que saímos da zona leste. — Allan estava sentado no sofá. Com uma caneta nas mãos, ele rabiscava algumas linhas em um caderno. — Fique calma, amanhã tudo estará resolvido.

— Hellena falou que o carro ainda está passando pela rua. — Carlos guardava o celular. — Não fomos seguidos.

A campainha ecoou pela casa, e Veronic se prontificou a atender a porta. Nicholas entrou com uma caixa grande nas mãos. Depositou-a no chão, próximo à porta. O som dos animais em seu interior dizia que ele havia conseguido. Ele sorriu para todos e caminhou até a cozinha. Suzana entrou e sorriu. Líliann a encarou, prestando atenção em sua conversa com Allan.

— Seu segurança é de confiança? — ela se sentou no sofá. — Preciso de quatro pontos para poder me localizar.

— André! — Allan apontou a caneta na direção do meio-irmão. — Peça ao Bento que separe quatro seguranças.

— Pode deixar. — o meio-irmão se levantou, pegando o celular com a intenção de ligar para o chefe da segurança.

— Outra coisa. — Suzana apontou para a caixa cheia de gatos. — Preciso de um local para deixar nossos convidados de honra. A caixa é mecanizada. Tem um sensor que abrirá o compartimento da porta, liberando eles.

— Meu pai... — Carlos ficou calado. Respirou fundo — ele estará na empresa dentro de duas horas. Irá se trocar lá. Já deixou tudo comprado.

— Como soube disso? — Líliann questionou o filho.

— Entrei na agenda virtual dele. Advinha! Ele comprou outro Armani. Lá se vai o dinheiro da família — falou, terminando com um sussurro. Vinícius e Fred, que estavam próximos a ele, riram — Comprei um igual para você.

— Obrigado. — Allan sorriu, voltando a desenhar. — Só precisamos saber que tipo de penteado ele irá usar.

— Liso, arrumadinho e... — Líliann falou, sorrindo

— Arrepiado, é uma festa. — André a interrompeu. — Bento já está organizando tudo. E disse que podemos levar os gatos pela garagem. Ele cuidará de tudo.

— Está tudo indo corretamente....

— Nem tudo. — Nicholas retornava com uma garrafa de cerveja nas mãos. — Primeiro, precisamos nos certificar de que Jones Fernandes não estará lá. Segundo, somos só eu e a Su que temos armas.

— Você não conhece ninguém que possa nos ajudar? — Allan concluía os últimos riscos do desenho. — Um chefe de polícia, por exemplo?

— Talvez, vou fazer alguns telefonemas. — Suzana se levantou, seguindo para a varanda do apartamento.

— Pai, você tem que se arrumar; aliás, todos nós. — Vinícius falou, encarando todos. — Ou iremos nos atrasar. O que é isso? — olhou o desenho.

— Estou divagando. — suspirou. — Desenhar me acalma. — entregou-lhe a folha. Era o rosto de Líliann

* * *

AMTech – doze horas depois

Dezessete, sim! Dezessete gatos pulavam e corriam pelo salão, e Heitor não fez absolutamente nada. Ele encarava Allan com tanto ódio, que sua respiração ofegante era facilmente sentida. Os seguranças se prontificaram, posicionando-se ao lado de Heitor. Miraram as armas na direção de Allan.

— Boa noite, muito boa noite. — a voz de Allan ecoava pelo salão. O sistema de som do AT100 era formidável. — Espero não ter acabado com a festa, meus amiguinhos gostam daqui. — ele sorriu, e o animal em seu colo ronronava.

— Heitor? — Allan sorriu, tamanha era a teatralidade do irmão. — Você está... vivo?

Uma comoção surgiu, pessoas murmurando. Estava dando certo.

— Sim, estou. — abaixou-se lentamente, deixando o gato correr para perto dos outros de sua espécie. — Mas eu não sou o Heitor...

— Chamem a polícia, esse homem matou meu pai! — Heitor gritou em alto e bom som. — Heitor está vivo, um assassino.

— Senhor, devemos atirar? — Líliann caminhava até mais próxima de Fred e Carlos.

— Não, prendam-no!

Os seguranças foram se aproximando. Allan se mantinha parado no mesmo lugar.

REFLEXO DISTORCIDO

— Polícia de São Paulo. — Uma voz feminina ecoava pelo salão. — Senhor Allan, Suzana Moiter.

— Delegada Moiter, sua presença se faz oportuna. — Heitor a encarava. — Prenda-o.

— Heitor! — Suzana respirou fundo, sacando sua arma que se mantinha escondida debaixo do vestido, em um coldre preso à coxa direita. — Levante as mãos e deite no chão...

— Eu não sou Heitor, delegada. — Allan gritou. — Eu sou Allan Alcântara Machado e voltei para que ele fosse preso.

***

Enquanto a discussão seguia seu rumo, Fred segurou Carlos e Vinícius pelos braços, arrastando-os para fora do salão. Augusto os seguiu, juntamente com Líliann. O segurança abriu uma porta oculta e os levou para o estacionamento. Todos estavam calados, e a tensão só aumentava. O corredor escuro, somente iluminado por pequenas luzes de emergência, deixava o clima ainda mais angustiante. No final do corredor, quando chegavam à garagem, uma forma se fez presente. O homem alto e forte de cabeça raspada sorria para eles. Mantinha as mãos em uma arma prateada brilhante. Jones Fernandes atirou duas vezes. Aproximou-se do grupo, pegando Líliann pelo pescoço e jogando-a contra a parede.

A mulher caiu desmaiada, sem defesa alguma. O segurança marginal derrubou Carlos e jogou Augusto longe. Vinícius tentou correr, mas também foi derrubado. Logo, ele se viu dentro de um carro com Carlos desmaiado. Seu rosto sangrava, e ele não sabia o que fazer. Saíram do prédio lentamente, seguindo pela Avenida

272

Paulista. Vinícius tinha medo. Ele não viu o que aconteceu com Augusto. Foi tudo muito rápido. Ele só pôde ver Fred caindo, devido aos tiros que recebera.

CAPÍTULO 26

FRENTE A FRENTE

Os jornalistas convidados filmavam e fotografavam tudo. André se aproximou de Veronic com cuidado, pegou sua pequena bolsa e abriu o feixe rapidamente. Retirou de dentro um pequeno revólver, saiu de trás da mulher e apontou a arma na direção do homem parado no meio do salão.

— Senhorita Suzana, o que está acontecendo? Retire ele daí.

— Senhor André, abaixe a arma. — Suzana perdera o controle de tudo. Nicholas se mantinha do outro lado do círculo formado. Sua mão segurava um revólver e o comunicador.

— Comandante Vargas, não dê a ordem, ele está na linha de tiro. — Nick falou em um tom baixo e calmo.

— Que porra é essa? Atirem logo! *É* Heitor, andem, atirem!

— Não! — Nicholas se lançou à frente de André, derrubando-o no chão. O tiro feito por um atirador de elite atravessou seu ombro e acertou o peito do homem, que caiu desacordado. — Mas... que porra!

Todos gritaram quando o tiro foi efetuado. Nicholas caiu, gritando por causa da dor no braço. Os seguranças imobilizaram

REFLEXO DISTORCIDO

Heitor. Estava vivo. Descobriram que ele estava com um colete à prova de balas. Allan se aproximou do irmão e lhe deu um murro na cara. Os seguranças controlaram o patrão e o levaram para fora do salão. Inúmeras viaturas e repórteres se acotovelavam na frente do prédio da AMtech. A Avenida Paulista fora bloqueada. Helicópteros sobrevoavam, e a televisão anunciava a seguinte manchete:

De volta dos mortos: Heitor Alcântara Machado é preso na festa da AMTech

***

Líliann acordou com uma dor de cabeça tremenda. Bento a encontrara no corredor que levava à garagem. O segurança devia levá-los para longe, como havia sido combinado. Porém, devido à demora para chegarem à garagem, o velho segurança resolveu procurá-los. Pensou que algo pudesse ter dado errado no salão, mas os tiros o fizeram crer que o plano de fuga fora interrompido.

— Senhora, está bem? — Bento a ajudava a sentar. — Senhora...

— Carlos! — Ela gritou. — Ele levou o Carlos.

— Quem o levou, senhora? — Bento olhava o corredor. O corpo de Fred caído no chão, com três furos de bala no peito. Augusto, caído ao longe, gemia ao acordar. Estava machucado. — Senhora Líliann, precisa me dizer o que houve.

— Jones, ele levou Vinícius e Carlos. — Líliann encarou o corpo de Fred. — Ahh, não, não. Não!

— Tony, Sandro, venham até a ala sul. Fred foi baleado. — Suspirou — Patrão, Carlos e o colega foram sequestrados... Dona Líliann e senhor Augusto precisam de cuidados.

— Estamos indo... — uma voz respondeu pelo rádio. Era Sandro, um dos seguranças confiáveis. — Qual o estado do Fred?

— Ele morreu, venham logo. Jones Fernandes pegou o patrão Carlos.

***

Na delegacia, Allan fora algemado e colocado em uma sala de interrogatórios. André apareceu para olhá-lo. Não falou nada, somente sinalizou com o olhar que estava tudo indo bem. Seu telefone tocou, e ele saiu. Enquanto recebia as notícias do sequestro de Carlos e Vinícius, Heitor, sorrateiramente, entrou na sala. Fechou a porta e se sentou à frente do irmão.

— Dezenove anos. — riu. — Onde esteve?

— Pescando. — ele não encarou o irmão — Você roubou a minha vida — falou, trincando os dentes. — Matou *meu* filho.

— Alguns erros no percurso. — Allan rosnou, raivoso. Tentou se levantar, mas a algema impediu. — Quem sabe? Hã? Líliann, André. A esposa e o filho. — riu — Bento e Carlos, com certeza, sabem.... Quem mais? Você não poderia arquitetar uma aparição dessas com anzóis e linha.

— Todos sabem, a mídia sabe. — Allan sentiu a boca doer devido ao soco que levou. — Líliann sempre soube e...

— Senhor Allan. — os dois olharam para a porta. Suzana respirou fundo, atentando-se às algemas. Falou com aquele que se levantou. — Não pode ficar aqui, é o protocolo.

— Sim, eu entendo. — ele sorriu levemente. — Certifique-se de que meu irmão *Heitor* permaneça preso por muito tempo, delegada. — olhou na direção do irmão. — Ele já causou muita dor.

CAPÍTULO 27

VOZES

— Não é comum, mas, devido aos acontecimentos, eu devo lhe informar. — Suzana encarou Allan. — Fred foi morto, e Vinícius e Carlos foram sequestrados por Jones Fernandes na garagem da AMTech.

— Me solta, tenho que salvar meus filhos... Líliann — Ele batia as algemas.

— Não posso te soltar, eu lhe avisei sobre as consequências. — Suzana o olhou de forma séria. — Avisei que seria preso, já que Heitor é considerado um fugitivo. O caso será reaberto, e Nicholas estará à frente disso.

— Meus filhos! — gritou, sacudindo as algemas. — Suzana, tínhamos uma acordo. Eu voltaria se tivesse chances de ser solto e colocar Heitor atrás das grades.

— Tecnicamente, eu prendi Heitor. — Suzana movimentou os olhos para a direita, sinalizando a câmera filmadora. — Você não será solto, Heitor. Não tente nos enganar. Durante dezenove anos, você se manteve escondido. Por que voltar?

REFLEXO DISTORCIDO

— Por acaso, você sabe onde está o príncipe? — Allan entrou na jogada. Suzana saiu da sala, gritando para Nicholas organizar as buscas.

Allan se recostou na cadeira de ferro e chorou. Estava desesperado e, agora, queria, mais do que nunca, saber onde estavam seus filhos. No final da tarde, André o visitou na cela. O irmão o encarou, estava cansado.

— Augusto quebrou duas costelas, e Líliann deslocou o ombro. — Allan fechou os olhos. — Ainda não os encontramos.

— E Heitor? — Allan estava em uma cela sozinho. Afinal, sendo preso como Heitor, tinha as mesmas regalias que ele, ao ser considerado alguém com Ensino Superior.

— Na mansão. — suspirou. — Soltou uma nota sobre o aparecimento de Heitor e sobre o sequestro do filho. Colocou recompensa.

Silêncio.

— O vídeo dele chutando o gato já viralizou na internet — sorriu. — Alguns ativistas protetores dos animais já se pronunciaram. Ele será processado.

— Fique de olho nele. — engoliu em seco. — Diga a Líliann que eu a amo.

— Pode deixar. — André remexeu a mão dentro do bolso e sussurrou. — Alexander já está com o caso. Irá provar que você é você. Temos todos os exames de Heitor e iremos fazer um teste com você. Fique calmo. Você será solto.

— Não temos tempo para testes. — Allan gritou. — Convença Nicholas a me deixar fugir.

***

— Acordem! — a ordem fez com que Carlos e Vinícius saltassem do colchão onde dormiam. — Interessante, muito interessante.

— Pai? — Carlos encarou o homem. — Por favor, solte a gente.

— Não sou seu pai, moleque. — riu. — Durante muitos anos, eu aturei você e seu irmão. Felizmente, consegui me livrar de um deles. — Vinícius engoliu em seco. Carlos arregalou os olhos. — Isso mesmo, moleque. Eu forcei aquele acidente e, com um movimento rápido, soltei o cinto do seu irmão.

— Seu.... — Carlos voou na direção de Heitor, acertando-lhe um soco na cara. Heitor o pegou pelo pescoço e o jogou no chão. Chutou-lhe as costelas. — Assassino! — gritou em meio a dor. — Ele te amava!

— Eu sempre me enojei de vocês dois, cópias baratas do Allan. — respirou fundo. — Eu só tirei ele do meu caminho. Eu só fiz o que me mandaram.

— Eu sei como se sente, sou mais parecido com você do que você pensa. — Carlos se levantou, sentindo dor nas costelas. — Eu também as escuto. — bateu a mão na cabeça. — Na minha, é a voz do Caio. Quem é na sua?

Heitor se afastou, bateu a mão direita diversas vezes na cabeça. Respirou fundo e encarou os rapazes. Andava de um lado para o outro, sussurrando palavras sem nexo, mas que, para Carlos, faziam total sentido. Ele estava tendo uma crise. As vozes em sua cabeça o estavam controlando. Heitor ficou de costas, respirando de forma ofegante. Vinícius se mantinha calado. Carlos se aproximou do tio e tocou o seu ombro.

— Seu avô sempre me deu ordens. — Heitor falou baixo. — Ele me mandou fazer isso.

Carlos não pôde desviar, e Vinícius se paralisou com o barulho. O som do tiro fez com que Carlos gritasse. A dor percorreu o seu corpo. O rapaz caiu de joelhos. Heitor o empurrou com um chute. Ficou olhando o corpo do rapaz por alguns segundos e saiu. Foi quando Vinícius notou a porta aberta e o homem careca parado, observando tudo. Nessa hora, ele se ajoelhou próximo de seu irmão caído e se desesperou.

***

—Tivemos uma denúncia de tiros nesta região. —Allan abriu os olhos, vendo um papel branco. Limpou o rosto e leu o endereço. — Conhece a região?

—Morávamos lá antes de nos mudarmos para a mansão. — Allan se levantou. Estava cansado. Os cabelos estavam desgrenhados, e o terno, sujo, devido à poeira do chão da cela. —Heitor está lá?

— Não sei. — Nicholas abriu a grade. — Espero que não faça nenhuma burrada que custe meu emprego. Vamos!

— Conversou com meu irmão? — Allan o encarou antes de sair.

— Não, seu advogado está falando com o juiz que está com o caso. Temos tempo até denunciarem sua fuga, e seu advogado ficar com cara de tacho. — Nicholas abriu a porta do corredor, saindo da delegacia. Estava vazia. Um policial estava de pé, na porta.

— Tem certeza que vale a pena arriscar seu distintivo? — Allan desceu as escadas até o carro parado na calçada.

— Não é mais pelo meu emprego, é pela minha honra. — Nicholas deu a partida. — Dezoito anos querendo colocar ele atrás das grades. Cansei de ser o louco da história.

— De uma coisa, estou certo: você não é o louco da história. — Allan passou o cinto e observou o caminho até Santos.

CAPÍTULO 28
ILUSÃO DE ÓTICA

— Allan fugiu da cadeia. — Líliann desligava o telefone. — Alexander está furioso.

— Nicholas está com ele. — Suzana falou ao se levantar do sofá. — Senhor André, acredito que vai querer ver o fim desta história. — a policial guardava a arma no coldre. Usava uma jaqueta jeans marrom e uma calça preta colada ao corpo. Sua arma ficava presa à sua cintura. — Vamos, senhor André. Vou rastrear o carro de Nicholas.

— Irei junto! — Líliann se prontificou.

— Não, fique com Veronic e Augusto, não quero que mais ninguém se machuque. — Veronic abraçou Líliann. André se aproximou do filho e lhe deu um beijo na testa.

A delegada e o herdeiro dos Alcântara Machado saíram da casa às pressas. Logo que ligou o carro, a mulher digitou o código de rastreio do GPS de Nicholas. O sinal foi captado, e ela pôde segui-lo. André reconheceu o endereço. Desesperou-se por estarem muito longe. Temia chegar tarde demais.

REFLEXO DISTORCIDO

***

Carlos estava ofegante. Vinícius estancava o sangue do ferimento na barriga do irmão. Estavam em silêncio. A dor que Carlos sentia não era somente física, também era emocional. A cena voltava a rondar sua cabeça e se repetia incessantemente. Rever a morte de Fred o deixava cada vez mais calado, e isso assustava Vinícius. Os irmãos estavam no chão do pequeno cômodo, acuados. Davam forças um para o outro. Carlos se movimentou da desconfortável em que estava, sentiu a dor do ferimento e gritou.

— Calma! — Vinícius o ajudou a se sentar melhor. — Nosso pai já deve estar vindo.

— Ele está na cadeia. — engoliu em seco. — Não tem salvação.

***

Nicholas dirigia em alta velocidade. Aproveitando a estrada vazia, ele conseguia vencer a distância até o local. Allan suspirou ao ver a velha casa de praia dos Alcântara Machado. Fazia muito tempo desde a última vez em que viera para cá. Ele entendia os motivos de o seu irmão se esconder ali. O policial desligou o motor dois quarteirões antes da propriedade. Desceram usando a escuridão como aliada e se aproximaram. Allan caminhou, cauteloso, até a porta de madeira nobre. Nicholas, de arma em punho, seguia-o, olhando cada canto escuro do jardim. Não havia iluminação, o que deixava o policial cada vez mais tenso.

— Está quieto demais. — Nicholas verificou a porta e constatou estar aberta. — E fácil também, muito fácil — sussurrava de forma calma.

Allan abriu a porta e entrou. Nicholas o seguiu. A sala escura os deixava cegos. O herdeiro dos Alcântara Machado ficou parado, encarando uma sombra logo à frente, próximo do corredor. Heitor caminhou, calmamente, até eles, sorriu e se sentou no sofá. Nicholas lhe apontava a arma, dizendo:

— Heitor Alcântara Machado, você está preso. — Heitor ria.

— Delegado Gomes, acredita mesmo que é assim que acaba? — Heitor se levantou. — Jones! — falou em alto e bom som, chamando o capanga.

Jones Fernandes surgiu do nada, desarmando o policial. Derrubando-o no chão, pegou a arma e a pressionou contra a nuca de Allan, que permanecia de pé.

— Sabe, você se tornou um homem decadente. — Heitor se afastou do irmão. Nicholas estava caído. Tentou se levantar, mas Jones o chutou. Pegando um revólver atrás de sua camisa, apontou na direção do homem. — Não tente, delegado. Ele é pago para matar sem ordens expressas.

— Louco. — Nicholas grunhiu.

— Eu? — Heitor gritou. — Não estou louco, não sou louco.

— Irmão! — Allan quebrou o silêncio. — Você precisa de um médico.

— Chega! — o grito de Heitor fez Allan estremecer. — Chega desse jogo de opostos. — riu. — Adeus, irmão.

Heitor sinalizou com a cabeça, e Jones desceu o cão do revólver

***

O tiro ecoou pela propriedade. Vinícius e Carlos se assustaram. Logo, outros tiros foram disparados ao longe. O grito de um

REFLEXO DISTORCIDO

homem vinha na direção deles. A porta se abriu, e um homem com o braço sangrando entrou.

— Vinícius! — Allan abraçou o filho. — Vamos, a polícia está aí, vamos.

— Ele machucou o Carlos. — Vinícius tremia de medo. Mais tiros estouravam ao longe. Alan observou o filho deitado com um ferimento na barriga.

— Tudo bem, eu ajudo. — Allan levantou o filho. — Vamos, vamos. Acabou.

***

Suzana Moiter estacionou na propriedade. Saindo do carro com arma em punho, caminhou até o lado do carona e falou:

— Senhor André, peço que fique no carro. — A mulher puxou os cabelos, amarrando-os rapidamente. — Conte até cem. Se eu não voltar, use o rádio. — fungou — Simplesmente, diga "policial pede reforço, 75752". Eles virão rapidamente.

André concordou, observou a mulher se afastar e começou a contar. Em sua mente, os números seguiam de forma acelerada, e ele sentia que algo podia dar errado.

***

1h antes

— Você já atirou alguma vez na vida? — Nicholas dirigia.

— Sim, morar em uma vila de pescadores não é um mar de rosas. — Allan olhou o mar e se lembrou do acidente que Heitor causou.

— Pegue, no porta-luvas, um revólver, carregue-o e guarde-o com você. Heitor não imagina que você possa estar armado. — Nicholas girou o volante, fazendo uma curva fechada. — Deixe destravado.

— Deveríamos ligar para Suzana. — Allan carregava o pente. — Afinal, ela...

— Ela já está nos seguindo. — Nicholas olhou o pequeno monitor próximo ao rádio. Uma luz verde piscava. — Ela é esperta.

***

— 98,99... — André escutou os tiros e saiu do carro. Correu para a propriedade.

Suzana estava próxima da porta, de joelhos. Nicholas recebera dois tiros, sendo um deles na cabeça. Mais à frente, André viu Jones caído, sem vida. Ao seu lado, agonizando, Heitor estava caído. O sangue escorria de um ferimento próximo do pescoço. O grito de dor de Carlos o despertou. Afastou-se do irmão agonizante e correu para as dependências da casa, encontrando Allan ferido, que carregava seu filho, também ferido. Vinícius, em choque, saiu da propriedade e se sentou no gramado. Luzes começaram a acender-se. Ele olhou para trás, vendo Suzana com a mão no painel de disjuntores da casa. Allan e André carregaram Carlos e o deitaram na grama. O ferimento havia sido estancado, graças ao esforço do jovem pescador.

Allan se afastou e sorriu. Enfiou a mão no bolso da calça, retirando um canivete preto. O brilho da lâmina fez com que Suzana corresse em sua direção, mirando-lhe o revólver. Rapidamente, ele guardou o objeto, sem que os rapazes e André notassem.

REFLEXO DISTORCIDO

— O que é isso, delegada? — Allan ergueu as mãos.

— Quem é você? — Vinícius se levantou rapidamente, afastando-se do pai. Suzana estava consternada, devido à morte do parceiro. — Uma vida de buscas e investigações. Peço que coopere e pense na resposta com base no respeito que meu cargo e minha função merecem. — respirou fundo. Sua mão tremia. — E não em base no que minha idade e gênero podem lhe sugerir. Repito. Quem é você?

— Delegada. — falou de forma lenta e serena. André puxou Carlos com cuidado.

Suzana deu quatro tiros no peito de Allan. Vinícius gritou, desesperado. André se levantou e a desarmou.

— Você está louca? Ele é...

— Allan está lá dentro, Sr. André, e precisa de cuidados.

— Mas como... — André se ajoelhou próximo ao corpo. Seu irmão dava os últimos suspiros.

Suzana olhou para dentro da casa. Entrou rapidamente, estancando o ferimento no pescoço do outro homem caído. Na mente de André, ela auxiliava Heitor. Os papéis haviam se invertido. A mulher se virou, sentindo a presença de Vinícius.

— Pressione o ferimento, irei chamar uma ambulância. — Vinícius deu um passo para trás. André surgiu atrás dele. — Não estou errada. Se tem dúvidas, me ajude a salvá-lo e procure por Gustavo Braz.

CAPÍTULO 29

PRECISO DO NOME

As viaturas lotaram a propriedade e as ruas vizinhas. Carlos estava em choque. André não sabia mais quem era quem. Suzana Moiter entregou sua arma para a perícia e se sentou na guia da calçada. Vinícius se sentou ao seu lado e falou:

— E se você estiver errada? — Suzana o encarou. Estava chorando.

— Não estou errada, rapaz. Ele enganou todos nós.

— Suzana Moiter? — um policial se aproximou. — A senhora está presa. — a mulher se levantou e deixou que a algemassem. Antes de ser levada, encarou o jovem Vinícius e falou:

— Eu não estou errada.

***

Antes

— Chega! — o grito de Heitor fez Allan estremecer. — Chega deste jogo de opostos. — riu. — Adeus, irmão.

REFLEXO DISTORCIDO

Nicholas chutou a perna de Jones, enquanto Allan erguia a mão com o revólver destravado. O policial foi golpeado com força. Allan mirou no irmão, mas o som de um tiro o fez perder o foco. Rapidamente, ele pode notar Nicholas caído com um tiro no peito. Jones Fernandes o encarou, e, com isso, não pode notar Suzana Moiter na entrada da casa. A policial atirou. A bala cruzou o caminho entre ela e Jones, acertando-lhe no ombro. O segundo tiro foi tão rápido, que Jones não pôde perceber. O terceiro errou seu alvo, que caía, agonizando. A bala percorreu uma curta distância, acertando o pescoço de Allan de raspão e concluindo seu destino no ombro da terceira pessoa que estava na sala.

Tudo foi tão rápido, que Suzana não notou que Jones, enquanto recebia o segundo disparo, deixou sua mão no gatilho. A bala acertou a cabeça de Nicholas, que estava caído no chão, com a mão no peito. A delegada se desesperou, ajoelhando-se no chão. Nicholas estava morto. Havia concluído o caso e não poderia receber os louros da vitória. André chegou à sala, viu a cena e seguiu casa adentro, acudindo seus sobrinhos.

***

Horas depois

André caminhava de um lado para o outro no corredor do hospital, o mesmo em que, há três anos, recebera a notícia da morte de seu sobrinho. Ele não suportaria receber outra notícia dessas. Em sua mente, a cena de Suzana Moiter atirando a sangue frio em Allan ainda o deixava sem chão. *Estava lado a lado com ele, ajudou-o a carregar os meninos para fora da casa e, mesmo assim, com Heitor caído na sala, ela atirou no cara erra-*

294

do. Isso não era justo. Ela era a única que acreditava na verdade. Como pôde errar?

— Ela não errou. — a voz de Veronic o despertou. — Carlos disse que ele hesitou...

— Como assim? — André caminhou até um banco próximo e se sentou, encarando a esposa. Veronic arrumou o cabelo atrás da orelha e, suspirando, disse:

— Quando ele entrou no quarto, os meninos se assustaram. — ela tocou a mão do marido. — Ele chamou por Vinícius, iria levar somente ele.

— Eu vi Suzana Moiter matar meu irmão. — André falou, com raiva. — Eu vi.

— E esteve na presença dele durante todos esses anos e acreditou que era o Allan. — Veronic falou um pouco mais alto. — Meu amor, escute. — suspirou. — Heitor era capaz de muita coisa, ele podia, sim, querer matar o garoto.

Silencio, um médico se aproximou. André se levantou e foi até ele.

— Sr. André? — o médico o cumprimentou. — Seu sobrinho está fora de perigo. — André abraçou a esposa. — A bala se alojou próximo à coluna, mas a cirurgia foi um sucesso. Ele não corre risco de morte ou de ficar paraplégico.

— Graças a Deus! — Veronic sorria.

— Seu irmão também está fora de perigo. Ele perdeu sangue, mas foi socorrido rapidamente. — o médico o encarou. — Eu preciso saber o nome dele para fazer os papéis.

— Isso, doutor, saberemos em breve. — André se afastou, seguindo na direção do quarto em que Carlos estava.

CAPÍTULO 30
SOMENTE ELE SABIA

Liliann entrou no quarto e fechou a porta, encarando o homem deitado na maca. O ferimento no pescoço – agora, com um curativo –, o braço direito perfurado por um equipo, que injetava uma substância amarelada. A mulher se sentou perto da maca e disse:

— Allan? — ela aguardou. Tocou a mão do homem, notando as ataduras que serviam como algemas.

— André pediu que me amarrassem, ele não acredita. — Liliann o encarou. — E você também não. — Allan fechou os olhos.

— Sabe que é complicado. Tudo o que Vinícius me contou... — ela limpou as lágrimas, que escorriam.

— Ele está bem? — Allan falou baixo. Sua garganta doía. — Carlos, eu não o vi.

— Carlos foi baleado na barriga, mas passa bem. Fez cirurgia para a retirada da bala. — Liliann suspirou. — Vinícius está intacto.

REFLEXO DISTORCIDO

— Heitor...

— Suzana o baleou. — ela o encarou. — Ele não resistiu. — Allan fechou os olhos. Silêncio.

Liliann se levantou e o encarou.

— Preciso acreditar que você é você. — Allan abriu os olhos. — Me responda uma pergunta.

***

— E aí? — André perguntou logo que ela fechou a porta do quarto. — Ele respondeu?

— Sim. — Liliann caminhou pelo corredor. — Perguntei se ele sabia o dia em que... — ela encarou Augusto, que acompanhava Veronic — transamos a primeira vez.

Veronic sorriu.

— E ele acertou. — Liliann encarou o cunhado. — Por favor, vá falar com ele.

André passou pela mulher. Entrando no quarto, fechou a porta, sem olhar o irmão deitado na maca. Allan massageava os pulsos.

— Liliann me soltou depois que fez o interrogatório que você pediu. — André ergueu os olhos e encarou o irmão. — De todos, eu pensei que você não cometeria esse tipo de erro.

— Allan, eu...

— Me olhou igual a um lixo quando eu estava no chão. Pensei que fosse me chutar ou coisa parecida. — Allan olhava o irmão, com raiva. — Todos os anos com Heitor se passando por mim não te ensinaram algo?

298

— Vocês são gêmeos, porra! — André gritou. — Eu estava mais preocupado com Carlos, pois você disse para protegê-lo. — André encarou o teto do hospital. Silêncio.

— E agora? — Allan passou a mão no pescoço. O curativo era discreto.

— Suzana foi presa, Nicholas está morto, não sei o que fazer...

— Mande um advogado para Suzana. — André assentiu. — E me arranje um. Ainda pensam que sou Heitor?

— Provavelmente, sim. — André ficou quieto. — Escute, você conhece algum Gustavo Braz?

— Não. — Allan falou, meio rouco.

— Suzana disse que, se ainda existissem dúvidas, eu deveria procurá-lo. — Allan franziu a testa. — Irei ver de quem se trata. Se nos ajudar perante a lei, será ótimo.

— Tudo bem. — Allan fechou os olhos. — Não se esqueça do advogado para a delegada.

CAPÍTULO 31

QUEM É ESTE HOMEM?

Um mês depois da morte de...?

A justiça decretou a prisão preventiva de Suzana Moiter, até que tudo fosse resolvido. André viajou até Londres, atrás do psiquiatra Gustavo Braz. Atrapalhou sua palestra e lhe contou o ocorrido. Lembrando-se de sua breve conversa com a delegada Suzana Moiter e dos relatos midiáticos sobre o retorno de Heitor, o Dr. Braz aceitou retornar para o Brasil e ajudar a provar que Allan era realmente Allan. Durante o mês em que o Alexander preparava a defesa em nome de Allan, Gustavo Braz esteve com o acusado somente duas vezes, que foram mais do que necessárias para dar o seu depoimento ao juiz

— Não foi preciso me encontrar com o Sr. Allan mais do que duas vezes, senhor juiz. — Gustavo Braz estava sentado na cadeira de depoimentos. Encarava o advogado de Allan e a mulher ao seu lado. Suzana Moiter estava usando roupas simples, mas mantinha a imponência. — Quando a delegada Moiter me procurou, ela estava em uma guerra antiga. A investigação que ela fez a levou por caminhos complicados. Nossa mente.

REFLEXO DISTORCIDO

— O senhor a auxiliou, ajudou-a com o caso? — um advogado perguntou. Gustavo não se lembrava do nome dele. Já fazia tempo que ele se apresentara, mas sabia que ele representava o Estado e que estava lá para condenar a delegada.

— Eu somente lhe contei sobre um paciente meu, explicando-lhe que os esquizofrênicos veem os seus problemas como sendo causados por algo ou alguém. — todos se mantinham em silêncio. — John Wilkes Booth matou Lincoln em 1865, alegando livrar o mundo de um tirano. Vale lembrar que Booth era contra a abolição dos escravos. Charles Guiteau matou o Presidente James Garfield em 1881, alegando que ele estava destruindo o partido republicano e precisava morrer.

As pessoas cochichavam.

— Suzana Moiter ficou intrigada com o fato de que Heitor Alcântara Machado, esquizofrênico desde seus quinze anos, poderia mudar seu foco e ferir outras pessoas. — com isso, Alexander falou:

— Já foram incluídos nos autos do processo os crimes cometidos por Heitor. — fez-se silêncio enquanto ele revirava alguns papéis sobre a mesa. — A morte da própria mãe na tentativa de assassinar seu meio-irmão e a mãe dele, empregada da família na época. A morte da noiva de seu irmão. Os mais recentes: a morte de Caio Alcântara Machado e a tentativa de assassinato de Carlos Alcântara Machado e Allan Alcântara Machado.

— Protesto. — o advogado de acusação gritou.

— Sob qual alegação? — o juiz, enormemente gordo, encarou-o.

— Estamos aqui para verificar a real identidade de um homem e ver a pena para uma delegada que atirou em um homem desarmado...

— Já foram entregues à perícia o canivete encontrado nas roupas de *Heitor.* — Alexander se levantou e entregou ao juiz um papel. — Isso ratifica o depoimento de minha cliente. Ela atirou em um homem que estava prestes a atentar contra a vida de dois jovens.

— Negado. — o juiz se atentou à fala de Gustavo Braz. — Continue, doutor. — Alexander sorria, vitorioso.

Allan estava tenso e, ao mesmo tempo, impressionado. O jovem advogado era bom.

— Sem mais perguntas. — o advogado se sentou.

— A testemunha é sua, sr. Alexander.

— Pois bem. — Alexander se levantou. — Dr. Gustavo, me responda. — silêncio. — Quem é este homem? — apontou na direção de Allan.

— Como eu já havia dito, este, senhor, é Allan Alcântara Machado.

— E o que prova a sua afirmação? — Alexander se virou de costas para o homem, encarando todos que lá estavam. André se endireitou. Carlos fechou os olhos, e Vinícius suspirou, pesaroso. Já estavam cansados.

— Quando entrei na mansão, Allan me recebeu, sorridente, e me contou a sua vida. — silêncio. — Vendo o histórico de Heitor, ele não me receberia. Mandaria um funcionário ou me dispensaria. — tossiu. — Contou-me a sua vida e seus traumas. A raiva de Heitor devido à morte de sua noiva, a recém-descoberta do real causador da morte de sua mãe... Caso fosse Heitor, ele me contaria o seu dia, não iria me contar seu passado.

— Não consigo entendê-lo, doutor. — Alexander o encarou.

REFLEXO DISTORCIDO

— Em cem anos de pesquisa, muitos estudiosos depararam com várias facetas da esquizofrenia. Eu posso dizer que vi uma frente a frente. — silêncio. — Heitor Alcântara Machado segue o padrão Booth/Guiteau, ou seja, ele vê seus problemas sendo causados por Tânia Belcorth e seu filho, André. Entende que Allan é mais feliz no quesito relacionamento, haja vista a morte de sua noiva, mesmo que por acidente. A morte do jovem Caio, premeditada e calculada a ponto de somente ele morrer...

Mais silêncio. Allan abriu os olhos.

— Como médico, consulto esquizofrênicos todos os dias. — sorriu. — Todos nós temos um grau de esquizofrenia. A de Allan — apontou para ele. — foi sumir dezoito anos e voltar na intenção de recobrar seu lugar. O que prova que ele é ele? Vinícius, seu filho adotivo. O senhor não acha que, se ele quisesse realmente voltar e fazer tudo isso acontecer, ele já não o teria feito anos atrás?

— Protesto, a testemunha está conduzindo o interrogatório. — o advogado de acusação se levantou.

— Aceito. — O juiz encarou o médico. — Seja mais direto, sr. Braz.

— Pois bem, quando o jovem Vinícius foi atacado por um tubarão, anos trás, Allan recebeu um telefonema da falecida mãe do garoto. — Vinícius sorriu. — Heitor não se importaria, deixaria o garoto morrer. Afinal, ele estaria atrapalhando seus planos.

— Não tenho mais perguntas. — Alexander sorriu e se sentou.

O advogado de acusação se levantou.

— Sr. juiz, a acusação chama Vinícius Guerra.

Vinícius se levantou e caminhou lentamente até o banco. Usava roupas sociais de Carlos e estava nervoso. Fez o juramento e encarou Allan, para, depois, prestar atenção no advogado.

— O que aconteceu na festa de lançamento na AM Tech? — Vinícius suspirou.

— Quando os gatos apareceram, e Heitor começou a se mostrar, eu, Carlos e Augusto seguimos o segurança do meu irmão...

— Desculpe, irmão?

— Sim. — Vinícius o encarou. — Carlos é filho de Allan; portanto, meu irmão. Escute. — Vinícius se controlou. — Allan me criou, me ensinou a ser homem. Quando conseguimos contato com André, fomos apresentados.

— Poderia nos dizer o motivo de entrar em contato com os Alcântara Machado? — o homem cruzou os braços.

— Allan queria voltar para a sua família, minha mãe havia sido morta. — Alexander falou, interrompendo:

— Maria Guerra, morta há dois meses por Mathias Souza. O homem já foi preso. — o advogado de defesa se levantou com laudos médicos e policiais sobre a morte de Maria. Vinícius sorriu.

— Continue, garoto.

— Allan me disse que, com os Alcântara Machado, eu ficaria seguro, e ele voltaria a ser quem era, mas aí... — Vinícius suspirou. — descobrimos que Heitor havia tomado sua vida.

— Sem mais perguntas. — o advogado se sentou novamente.

— Peço um recesso, sr. juiz. — Alexander se levantou. — Preciso me reunir com meus clientes e verificar uma nova abordagem para uma nova testemunha.

— Aceito. — O juiz se levantou. — Voltamos em vinte minutos. — bateu o martelo.

CAPÍTULO 32

A MULHER QUE OS CRIOU

Alexander se reuniu com Suzana e Allan em uma sala reservada. André também entrou e falou.

— Alexander, está perdendo o controle...

— Não estou sr. André. — Alexander se sentou. — Preciso que traga a sua amiga. — Allan encarou André

— Que amiga? — Suzana se mantinha calada.

— Surpresa. — André se retirou.

— Delegada Suzana, os próximos minutos são cruciais. Irei chamar a senhora e lhe fazer duas perguntas. Por que continuou a investigação? E como soube que estava certa?

— Tudo bem. — Suzana falou, suspirando. — A acusação irá me bombardear.

— Ele não terá tempo. — Alexander sorria, vitorioso. — Sr. Allan, fique calmo, não lhe darei tempo para que lhe chame.

***

Minutos depois

— Continuei a investigação, pois Allan Alcântara Machado não gosta de delegacias. Ele morou em Berlim e foi fichado. A polícia de lá não é muito delicada. — sorriu, vendo Alexander entregar ao juiz as cópias da ficha criminal de Allan em Berlim. — quando chamado para depor sobre a morte de seu pai, Allan solicitou que eu fosse até a sua casa, demonstrando total desconforto com delegacias. Após o acidente, solicitei que ele fosse à delegacia depor, já que havíamos descoberto quem matou Walter Alcântara Machado. — silêncio. — Ele aceitou. Esse foi o motivo. Naquele momento, eu soube, mas não podia, simplesmente, prendê-lo. Havia muito em jogo.

— Sim. E como soube que o homem em que atirou era Heitor, e não Allan? — Alexander sorriu, escorando-se em sua mesa.

— Quando cheguei à casa da praia, Nicholas estava parado, com uma arma apontada para sua cabeça. Jones Fernandes o havia dominado. Logo à frente, dois homens se encaravam. Heitor olhava para o irmão, que era seguido por Nicholas.

— Então, você afirma que Nicholas Gomes facilitou a saída de Allan – até então, Heitor – da prisão? — Alexander a surpreendeu com uma terceira pergunta.

— Sim. — ela engoliu em seco. — Nicholas estava obcecado pela investigação. Com o caso reaberto, a investigação que lhe deu o cargo de delegado havia sido anulada. Para ele, era uma questão de honra.

— Sem mais perguntas. — Alexander encarou o advogado de acusação. — Ela é toda sua.

— A defesa não tem perguntas. — o homem bufava, sabia que estava errado e havia perdido o caso.

— Sr. Alexander, sua outra testemunha já está disponível?

— Sim. — Alexander deu passagem para Suzana sentar-se. — A defesa chama para depor Ivanna Silva.

Allan arregalou os olhos, virando-se para trás e vendo a porta abrir-se. André entrou lentamente, segurando o braço de uma idosa. Ivanna estava velha, usava bengala e aparelho auditivo. Alexander o ajudou, trazendo a mulher e sentando-a no banco das testemunhas. Ela fez o juramento, olhou na direção de Allan e ficou pálida.

— Allan? — ela sorriu. — Ai, Deus, só pode ser um milagre.

— Dona Ivanna, a senhora conhece aquele homem? — Alexander apontou na direção de Allan. A idosa suspirou.

— Se não for um fantasma, só pode ser Allan, meu menino. — silêncio. O juiz se debruçou, falando um pouco mais alto.

— Sra. Ivanna, quantos anos trabalhou para a família Alcântara Machado?

— Vinte e nove anos. — tossiu.

— E como soube que Allan não é Allan? — Alexander estava impaciente. Queria chegar ao fim de tudo.

— No dia do acidente, quando ele chegou em casa, me demitiu. — todos exclamaram. Liliann sorria. — Allan nunca faria isso.

REFLEXO DISTORCIDO

***

19 anos atrás — Mansão dos Alcântara Machado

Ivanna o olhava. Hora ou outra, ficava parada, vendo-o caminhar pela mansão. A empregada ficou parada no meio do escritório, encarando-o, sem dizer absolutamente nada.

— O que quer, Ivanna? — Allan a olhou. Parou de digitar no computador e ficou em silêncio.

— O que você fez, Heitor? — ele arregalou os olhos. — Ele era seu irmão. — choramingou.

— Você está louca, eu sou Allan. — riu. — Está ficando senil?

— Allan nunca me trataria assim. — ela se aproximou. — Fui eu quem te criou, sei quem você é. Você não me engana.

— Parabéns, Ivanna, — Allan sorriu. — Está demitida, viva o resto de sua vida com o dinheiro que meu pai te deu.

Ivanna ficou em silêncio. Allan se levantou, passando por ela. A mulher o segurou pelo braço.

— Ele sofreu? — ela olhou dentro dos olhos dele.

— Não sei, o carro explodiu. — Allan passou por ela, deixando-a sozinha, chorando.

***

— E foi assim. — Ivanna não tirava os olhos de Allan. — Foi assim que eu soube. Está no olhar, nos gestos, na forma de tratar as pessoas. Este é Allan Alcântara Machado. Se essa moça... —ela encarava Suzana. — se ela matou Heitor, ela fez um bem para os Alcântara Machado.

Ivanna se retirou. A acusação não quis ouvi-la. A defesa a dispensou com palmas. Allan se levantou e a abraçou. Logo, o juiz pediu silêncio. Foi anunciado um novo recesso. Em seguida, todos se reuniram em meio a um silêncio sepulcral, enquanto o juiz lia, para si mesmo, o veredicto. Suzana Moiter fechou os olhos quando o juiz começou a falar.

— É necessário ressaltar que o exame capaz de nos dizer realmente quem é quem, no caso de gêmeos, só é possível no exterior, pois, aqui no Brasil, ficaremos presos em ações judiciais e já esperamos dezoito anos para saber a verdade. — silêncio. — Digo, também, que não existe verdade absoluta, e são as atitudes do homem que nos dizem em que acreditar.

Alexander se debruçou na mesa, encarando o juiz.

— Suzana Moiter, levante-se. — A mulher se levantou rapidamente. — Seus depoimentos corroboram a sua atitude, e sua conduta, durante anos, é impecável. A senhora agiu de acordo com o seu treinamento. O canivete encontrado está com as digitais de Heitor Alcântara Machado.

Suzana sorriu.

— Declaro-a inocente de seus atos. — bateu o martelo.

Allan se levantou e a abraçou. Todos aplaudiram, enquanto o advogado de acusação fechava a cara.

— Silêncio. — o juiz batia o martelo. — Levante-se, Sr... — Silêncio.

Allan fechou os olhos.

REFLEXO DISTORCIDO

— Entendo que ser um gêmeo, ver seu reflexo não seguir seus passos seja algo complicado. — o juiz abaixou os olhos e começou a ler. — Dezoito anos em uma vila de pescadores, sendo um pai atencioso. Vivendo uma vida sem luxos, algo que Heitor — falou, encarando todos. Allan sorriu. — não faria.

Silêncio.

— Senhor Allan, tudo o que foi dito aqui, todas as histórias e depoimentos afirmam quem você é. — o juiz o encarou. — O senhor sabe quem você é?

Allan abriu os olhos e falou:

— Eu sou Allan Alcântara Machado.

CAPÍTULO 33
ACERTANDO OS PONTOS

O enterro de Nicholas Gomes foi rápido. Algumas honras militares e, depois, o sepultamento. Allan acompanhou o cortejo ao lado de seus filhos. Carlos caminhava devagar, devido ao ferimento na barriga. Vinícius estava sério. Ambos usavam terno preto sem gravata. Os Alcântara Machado chamavam atenção por sua beleza e seriedade no olhar. Vinícius estava se acostumando com a vida de luxos que agora herdara. Augusto seguia juntamente com seu pai. André usava óculos escuros, mantinha os cabelos brancos penteados para trás. Veronic usava um véu negro sobre os cabelos, vestia uma roupa simples, calças jeans escuras e uma camiseta preta.

André parou ao lado do irmão e falou:

— Ele tinha família? — Allan o olhou.

— Não, até onde sei, só a Suzana. — Liliann surgiu entre eles, entregando uma garrafa d'água para o filho. — Tudo bem?

— Sim, é que cansei de enterros. — Ela o olhou de canto. Suzana Moiter se aproximou da família.

REFLEXO DISTORCIDO

— Obrigado por terem vindo. — Ela estendeu uma pasta marrom para as mãos de André, que a pegou, relutante. — São os exames de Heitor que ficaram comigo durante todos esses anos. Está tudo aí.

— Obrigado. — André suspirou. — Por tudo.

Suzana sorriu e se afastou.

Allan se afastou dos familiares, caminhando pelo cemitério, chegando até o mausoléu da família. O corpo de Heitor já havia sido devidamente sepultado. Não houve cerimônia. Bento e Augusto cuidaram de tudo, deixando os funcionários depositarem o caixão, sozinhos. Allan enfiou a mão no bolso do terno, retirando sua carta dada pelo seu pai. Suspirou e começou a lê-la novamente.

Allan Alcântara Machado.

Meu querido filho, sei que nos desentendemos no passado e que minhas atitudes o fizeram se afastar. Eu sempre soube por onde andou e sei que aprontou muito em sua juventude. Pois chega a hora de parar.

Allan, cuide do que é seu, esta família, lute por ela e ajude seus irmãos.

André precisará de você na empresa e Heitor ainda tem problemas que hoje não poderei mais cuidar. Ajude-os e acima de tudo, ajude sua família.

Walter Alcântara Machado

REFLEXO DISTORCIDO

19 anos atrás — Mansão dos Alcântara Machado

Allan retornava ao escritório. Havia ido atrás de Liliann, que, devido às afrontas de Heitor, não permaneceu até o fim da leitura do testamento. Heitor estava saindo do escritório, retirando do bolso um envelope branco. Allan observou o irmão lendo o documento. Heitor estava tenso. Allan se aproximou, dizendo:

— Algum problema, irmão? — Heitor dobrou o papel rapidamente e o olhou, irônico.

— Privacidade, irmão. — sorriu. — Privacidade. — Heitor se afastou. — Irei para a empresa.

— Está tudo bem mesmo? — Allan tentava ser sociável com o irmão. Heitor parou e levantou sua mão ao bolso onde guardara o papel.

— Sabe, Allan, eu tenho algo para contar... — Allan se endireitou, esperando uma sorte de ofensas ou até agressões. Heitor ficou parado, pensativo, meio que estático. Retirou a mão do bolso e sorriu. — Nada importante, irmão. — Sorriu novamente. — Estou na empresa.

Allan achou estranho. Afinal, Heitor nunca fora de sorrir. Permaneceu parado, observando seu irmão sair da residência. Sabia que ele não estava bem, mas não iria tentar novamente. Heitor nunca se abriu com ninguém, esta não seria a primeira vez, ainda mais com ele. Allan se perdeu em pensamento, até que o som do choro de André o fez despertar. Entrou no escritório, vendo o irmão com um papel do mesmo tom do que Heitor lia nas mãos. André limpou as lágrimas, estendendo-lhe um envelope branco fechado. Seu nome estava escrito com uma letra desenhadaimpecavelmente, lindas. A letra de seu pai. André falou:

318

— Papai nos deixou conselhos. — ele limpou as lágrimas dos olhos. — Leia quando estiver sozinho.

— Obrigado. — Ele encarou o quadro acima da mesa do escritório. — Durante anos, eu o admirei, e, quando eu digo isso a ele, ele se vai. — suspirou. — Líliann foi embora, não quis me ouvir.

— Heitor não perde uma só chance de humilhar quem tem menos do que ele. — André se levantou. — Mas papai também cutucou a onça.

— Líliann, agora, é uma acionista e tem mais ações que Heitor. —Allan sorriu. — Nosso pai realmente gosta de ensinar Heitor, mesmo depois de morto. — suspirou. — Seja lá o que nosso pai escreveu a ele, Heitor me pareceu estranho lá fora.

— Você o viu lendo? — André o encarou.

— Sim, ele quis me dizer algo, mas deixou pra lá...

— O enigma Heitor, ninguém revela. — riu, saindo do escritório e deixando o irmão sozinho.

Dias atuais

O enigma Heitor — a frase que André disse naquele dia, hoje, fazia sentido. Líliann se aproximou, tocando-lhe o ombro. Allan se virou, guardando sua carta no bolso. A mulher reconheceu o envelope, hoje amarelado. Abriu a bolsa e, imediatamente, retirou um igual, com outro nome escrito.

— Heitor deixou isto sobre a mesa no dia em que pedi o divórcio. — Líliann sorriu. — Acho que ele sabia que eu sabia.

Allan pegou o envelope e o abriu.

Heitor Alcântara Machado.

Você que sempre regeu a empresa através de minhas ordens, que tomou medidas sem meu consentimento, embora eu sempre soube o que se passa dentro da empresa, hoje irá acatar a minha última ordem.
Pegue seus papéis e mostre-os aos seus irmãos, peça-lhes ajuda, não posso mais lhe ajudar meu filho e o tratamento necessita ser concluído.
Allan irá lhe ajudar, seus problemas pessoais irão sumir quando ele descobrir que você precisa de ajuda. Heitor, meu filho, não tema a mão dos seus amigos que queiram lhe ajudar, pedir ajuda é o maior ato de coragem, até para um Alcântara Machado.

Seu pai que lhe ama.

Walter Alcântara Machado.

— Ele ia me contar. — Allan respirou fundo. Sentiu-se zonzo. — Há dezenove anos, Heitor iria me contar, mas não conseguiu.

— Você acha que ele ia querer ajuda? — Líliann notou que ele não passava bem. — Allan?

— Meu irmão fez muita coisa errada, ele estava doente. — Allan fechou os olhos, sentiu o corpo tremer, ouviu o grito de Líliann pedindo ajuda. — Ele estava doente. — falou antes de desmaiar.

CAPÍTULO 34
RETRATO DE FAMÍLIA

Allan passou as duas semanas após o enterro do oficial Nicholas Gomes efetuando dezenas de exames e retomando o seu tratamento contra a diabetes. Vinícius não conseguia entender o motivo de tal doença aparecer agora. Carlos estava sentado no sofá da mansão, quando Augusto entrou com um embrulho fino nas mãos. Vinícius adentrava a mansão logo atrás. Ambos sorriam.

— O que houve? — Carlos encarou os dois. — O que é isso?

— Papai e Líliann estão divorciados, mas, depois do que aconteceu com ele no cemitério, eles estão mais próximos. — Vinícius se sentou no sofá. — Iremos fazer uma cerimônia informal no final de semana.

— Como assim? — Carlos olhava o embrulho. — Precisamos ver garçons, Buffet, não é assim que se faz uma cerimônia.

— Estamos falando de algo somente para nós, Carlos. — Augusto pegou o embrulho e o depositou sobre a mesa de centro. — Isso é nosso presente para eles.

REFLEXO DISTORCIDO

— Nosso? — Carlos estava intrigado. — Vocês são loucos.

— Tem certeza? — Augusto brincou. Carlos o olhou com raiva. — Desculpe. Piada de mau gosto.

— Que bom que você sabe. — Vinícius os observava. — O que foi?

— Ele ainda não está bem, não tenho certeza que uma festa o ajudará. — Ele suspirou. — Os médicos disseram que a diabetes dele é emocional.

— A ideia foi sua. — Augusto caminhou até o bar, pegando um copo e enchendo-o com um pouco de vinho. — Aliás, não podemos fazer nada grandioso, pois ele viaja semana que vem.

— Olha, vocês estão mais confusos do que eu. — Carlos riu com a piada. — Por favor, me contem desde o início. Que festa é essa?

***

Allan acordou com Líliann ao seu lado. Sempre pensava que as semanas que sucederam sua breve estadia no hospital tinham sido um sonho. A mulher suspirou, abrindo os olhos. Sorriu, dizendo:

— Bom dia. — Allan se sentou, puxando-a para mais próximo de si.

— Bom dia. — sorriu. — Onde estão os meninos?

— Lá embaixo, planejando alguma coisa. — Líliann suspirou. — Acho melhor te contar. Os meninos estão planejando fazer uma festa.

Allan sorriu, endireitando-se na cama.

— Seria surpresa, eu suponho? — Allan enrolava os dedos nos fios de cabelo de Líliann.

— Não sei o que estão planejando, mas estão lá embaixo, tramando algo. — riu. — Achei melhor te preparar. Fiquei assustada com o que o médico disse.

— Uma festa realizada pelos meus filhos e meu sobrinho. Não vai me fazer mal. — Allan ficou pensativo. — Irei fingir surpresa. — riu. Silêncio.

— Eu fui chamada para trabalhar na GeoTech. — Allan se levantou. — Sei que não preciso, mas estou parada há muito tempo, e os últimos acontecimentos me deixaram tensa.

— Por que está me contando? — Allan a encarou. Passou as mãos nos cabelos brancos e ficou em silêncio. — Você pode fazer o que quiser de sua vida.

— Eu sei. — levantou-se. — Só estou tentando seguir a minha vida, agora que tudo acabou. E trabalhar no concorrente vai chamar a atenção dos repórteres para a família, novamente.

— Essa é a pior parte. — Allan se aproximou dela. — Quero que venha comigo para os Estados Unidos. Vamos tentar ser uma família novamente. Aí, você decide se aceita ou não trabalhar para a GeoTech.

— Está flertando comigo, senhor Allan? — Líliann o abraçou.

***

No final da tarde, todos estavam reunidos em volta da mesa no hall de vidro. André e Augusto estavam sentados lado a lado.

REFLEXO DISTORCIDO

Carlos e Hellena se sentavam mais próximos de Allan e Líliann. Vinícius e Veronic fechavam a roda. Allan usava roupas simples, seus cabelos desgrenhados lhe davam uma aparência quase comum. Após algumas horas de conversas, Carlos sinalizou aos funcionários que começassem a servir o jantar.

— Pelo visto, Carlos está demonstrando seus dotes como gestor. — André estava impressionado com a organização. — Está de parabéns, sobrinho.

— Não me parabenize. — Carlos sorriu. — Augusto e Vinícius tiveram a ideia. — Allan segurou a mão de Vinicius, sorrindo.

O prato da noite era o favorito de Allan: macarrão à carbonara. Líliann conversava com Veronic sobre a viagem aos E. U. A, quando Vinícius se levantou, pedindo atenção a todos.

— Eu... nunca fiz isso na minha vida. — todos riram. — Mas eu tive uma aula prática com meu... primo. — silêncio.

— Se não conseguir... — Carlos falou, mas Vinícius ergueu a mão, sinalizando que continuaria.

— É tudo novo para mim, e tudo o que passei nas últimas semanas me mudou para sempre. — engoliu em seco. — Eu ganhei uma família que me aceitou e, junto com meu irmão e meu primo, eu queria agradecer.

Vinícius sinalizou ao funcionário que estava atrás dele com um embrulho fino nas mãos. Suspirou, pegando o pequeno pacote, e sorriu para Allan.

— O bom de ter um primo advogado é que ele conseguiu isso com rapidez. — estendeu o pacote para as mãos de Allan. — É para os dois.

Allan sorriu, e Líliann segurou o pacote, enquanto ele abraçava o filho. A mulher começou a abri-lo. Era uma caixa fina do tamanho de uma folha sulfite. Dentro, apenas uma única folha. Uma certidão de anulação.

— Oh, meu Deus. — Líliann pegou o documento com lágrimas nos olhos. Allan se sentou novamente e começou a ler. — Isso é real?

— Achamos que seria um bom recomeço se consertássemos a união de vocês. — Carlos se levantou e caminhou até o irmão, ficando ao seu lado. — Esta família pode se consertar com o tempo. A empresa pode se consertar com o tempo. Mas nós precisávamos disso para reconstruir tudo.

Allan se levantou e abraçou os filhos, para, depois, afastar-se e abraçar Augusto. Líliann estendia o papel para Veronic, que o leu e parabenizou o filho.

— Pelo visto, a empresa já tem um novo diretor. —Allan encarou André.

— Eu pensava em deixar Carlos cuidar da diretoria. — Augusto bebeu um gole de vinho. — Mas, como estão de partida para o exterior...

— Você vai conseguir. — André pousou a mão nos ombros do filho. — Estarei ao seu lado.

***

Logo após o jantar, Augusto subiu até o quarto que mantinha na mansão, retornando com uma câmera fotográfica. Encarou todos. Allan, rapidamente, pediu que todos se agrupassem no

REFLEXO DISTORCIDO

jardim. Hellena ficou parada na escadaria de entrada, observando tudo. Allan pediu a Bento que tirasse a foto, mas, antes, correu até a entrada, pegando a garota pelo braço. A jovem sorriu, sendo colocada ao lado de Carlos, que a beijou.

— Todos da família devem sair na foto. — Allan falou, beijando a testa da menina.

— Vamos, olhem o passarinho. — Bento sorria.

Allan se postou ao lado de Líliann, beijando-a rapidamente. Augusto ficou entre André e Veronic, abraçando-os fortemente. Allan endireitou a postura. André fez como o irmão, sendo copiado por Augusto e Carlos, que sorriram, olhando para Vinícius. Logo, o mais novo Alcântara Machado endireitava a postura, mantendo sua coluna ereta e o olhar sério. O flash iluminou o jardim. Allan puxou Líliann, beijando-a ternamente.

— Obrigado. — Líliann sussurrou.

— Pelo quê? — Allan a olhou sem entender.

— Por continuar sendo você. — e o beijou novamente.

EPÍLOGO

Hospital psiquiátrico de Nova York

Carlos se sentou em um banco do corredor do hospital. Estava esperando a sua vez para ter a sua primeira consulta com um especialista. Desde o dia em que levou o tiro, sua mente tem sido uma montanha russa de pensamentos. Todos o dizem que ele é louco. Allan estava ao seu lado, aguardando a chamada. Segurava a aliança que, agora, era o símbolo e a prova de sua real identidade. Líliann permaneceu no hotel com Vinícius, que estava aprendendo a falar inglês. Eles se tornaram próximos desde o jantar de há três dias.

— Sabe... — Carlos quebrou o silêncio. — Estou confuso.

— O que as vozes dizem? — Allan se assustou com a fala do filho. Guardou o celular e o encarou.

— Não são as vozes. — Carlos suspirou. — Sou eu. — sorriu. — Heitor tentou me matar, mas, antes de tudo, nos anos em que eu e Caio éramos mais jovens, ele foi um bom pai.

— Isso te deixa confuso? — Allan se acalmou, sabendo o rumo que a conversa tomaria. — Heitor era complicado. Mes-

REFLEXO DISTORCIDO

mo depois de tudo, até mesmo depois da morte de Caio, eu não o culpo.

— Eu também não. — Carlos suspirou. — Só não quero ser igual a ele...

— Isso você nunca será...

— Como pode ter tanta certeza? — Carlos olhou para a porta do consultório. Estava se abrindo. Olhou para o pai, como se esperasse uma resposta.

— Ao contrário de Heitor, você não precisa ter medo de me contar as coisas... — suspirou, levantando-se. O médico chamou o paciente. Carlos também se levantou, encarando o médico.

— *Give me a minute, please*? — o doutor sorriu. Carlos encarou o pai.

— Você nunca vai precisar guerrear por atenção ou se sentir menosprezado. Eu e Vinícius estamos ao seu lado. — Allan abraçou o filho — Conte-nos tudo o que quiser e nunca será igual a Heitor.

Allan se sentou novamente, assim que seu filho entrou no consultório. Pegou seu celular e voltou a ler sobre o assunto que tornara sua vida um caos:

O distúrbio cerebral em que o indivíduo interpreta a realidade de maneira incomum é o mais comum no Brasil, tendo mais de 150 mil casos por ano. Não tem cura, mas o tratamento pode ajudar. De origem crônica, pode durar anos ou a vida inteira, requer um diagnóstico médico imediato. Um paciente esquizofrênico pode ter uma vida comum, realizar tarefas de casa e constituir família, desde que seja tratado corretamente. Raramente requer exames laboratoriais ou de imagem. A esquizofrenia se caracteriza pelo comportamento social anormal. Nos casos mais graves, pacientes podem ver ou ouvir coisas que não existem. No comportamento, a agitação e a hostilidade exacerbada são os principais sintomas a serem analisados. Na cognição, o paciente pode ter confusão mental, pensamentos que não são seus (sendo ditos por outra pessoa – mente). No humor, a apatia, raiva. Sintomas psicológicos também são analisados, como alucinações, delírio, paranoia, desconfiança, fala rápida e/ou frenética. O tratamento pode durar a vida toda e, geralmente, envolve uma combinação de medicamentos e terapia psicológica e social.

Allan guardou o celular, suspirando pesadamente. Perdera dezenove anos de vida de seu filho e, agora, preparava-se para uma vida de tratamentos. Em sua mente, ele imaginara como seria a sua vida se, naquela tarde da leitura do testamento, Heitor tivesse contado seus problemas. Obviamente, ele seria julgado pela morte do pai, mas Allan não largaria o irmão. Podiam ser extremos da mesma moeda, divididos por ranhuras e traços que os diferem, mas eram iguais em essência, eram irmãos, eram Alcântara Machado.

FIM